KB251125

등대섬

나남
nanam

나남창작선 187

등대섬

2026년 3월 25일 발행
2026년 3월 25일 1쇄

지은이   윤석철
발행자   趙相浩
발행처   (주) 나남
주소   10881 경기도 파주시 회동길 193
전화   (031) 955-4601(代)
FAX   (031) 955-4555
등록   제 1-71호(1979. 5. 12)
홈페이지   http://www.nanam.net
전자우편   post@nanam.net

ISBN   978-89-300-0687-3
    978-89-300-0572-2(세트)

나남창작선 187

등대섬

윤석철
장편소설

나남
nanam

'등대섬'은 21세기의 소도(蘇塗)입니다.

판단이 멈추는 곳, 추격자들이 발길을 돌리는 곳, 쫓겨 들어간 사람들끼리 서로 기대고 다독이며 삶의 버팀목이 되어 주는 곳입니다. "왜?"라는 질문이 더 이상 의미 없는 먼 남쪽 바다 한가운데 뚝 떨어진 외딴섬. 밤바다에 빛을 비추고 낮에는 하얀 신호로 서 있는 등대는, 그래서 '솟대'입니다.

한 사람이 걸었다고 길이 되지 않습니다. 사람이 가고 오고, 마을과 마을을 잇고 사람과 사람을 이어야 비로소 길이 됩니다. '사람이 다른 사람들과 더불어 사람답게 살아가는 세상.' 그것은 전작《소설 예수》에서부터 제가 붙잡고 내려온 화두입니다.

피부 한 껍질을 벗기면, 그 아래 벌겋게 피 흘리며 떠는 타인의 살(Flesh)이 있고, 그 고통에 내 살도 함께 울고 함께 떨며 연합하는 '관계'를 삶이라고 밝힙니다. 소도의 삶에서 '처치'는 그 상처를 외면하지 않고 거듭 들여다보며 약 발라주고 싸매고 끌어안고 위로한다는 말입니다.

애초 구상한 3부작 가운데 세 번째 이야기인 《등대섬》을 먼저 세상에 내놓습니다. 제 나이 일흔여섯, 아마 마음이 급한 모양입니다. 《소설 예수》에서 '그리스도로 고백되기 이전'의 예수를 그렸다면, 이번 작품에서는 제도 종교의 울타리 밖에서도, 혹은 제도 종교가 사라진 이후에도 우리가 여전히 서로 사랑하며 살아갈 충분한 이유가 있음을 보여주고 싶었습니다.

등대섬은 누구도 구원하지 않고, 누구도 단죄하지 않습니다. 어떤 형편에서도 서로 등을 돌리지 않는 선택이 어떻게 가능한지를 물을 뿐입니다.

등대 불빛은 앞바다를 지나가는 배에게 여기로 오라는 부름이 아닙니다. 자기가 어디에 있는지, 어디로 가고 있는지 가늠하라는 신호입니다. 더 이상 날카롭게 경계를 가르는 감시의 빛이 아니라 외로움까지도 다 이해하고 받아들이는 부드러워진 빛입니다.

등대섬은 사람들이 다른 사람을 받아들여 '등대마을'을 이루는 곳입니다.

2026년 봄

윤 석 철

차 례

*

등대섬

그루터기

자정 무렵, 사납게 불어대던 바람이 스르르 잦아들었다. 이제 푸르스름한 달빛에 등대섬이 흠뻑 젖을 시간이 되었다.

섬사람들은 그때까지 잠 못 이루고 뒤척였다. 허둥지둥 걷기도 하고, 가위눌려 끙끙 신음 소리를 냈다.

섬이 낮은 소리로 중얼거리기 시작했다. 어릴 적 꿈결에 듣던 자장가로, 조곤조곤 들려주는 이야기로 사람들을 다독였다. 떠나지도 못하고 섬에 남은 사람들, 기억을 끌고 낮과 밤을 다른 사람으로 살아가는 그들을 어루만졌다.

'다 못 찬 굴 바구니… 머리에 이고, 엄마는… 엄마는….'

기억 속 어머니는 왜 손만 흔들까? 왜 달려오지 못할까?

360도 회전하는 등댓불은 20초마다 한 번씩 밤바다 15해리를 꼼꼼하게 훑었고, 바다는 밤낮으로 섬을 둘러싸고 출렁거렸다. 외딴섬을 지키는 등대나 망망한 바다는 섬사람들에게는 그저 받아들일 수밖에 없는 운명처럼 보였다. 가둬 놓고도 보호한다고 내세우는 억지일지도 몰랐다. 어디 다른 곳으로 갈 데도 없지만, 벗어나는 길은 멀고 험했다.

목포에서 배로 한 시간 반 거리에 큰섬이 있고, 그곳에서 조그만 여객선으로 갈아타고 또 두 시간. 먼 남쪽 바다에 섬이 있다. 등대가 세워지기 전에는 어떻게 불렸는지 아무도 모른다. 지금은 등대가 있어 그저 등대섬이다.

섬사람들은 웬만한 일이 아니면 섬 밖으로 나가지 않았다. 주민등록을 올릴 때 딱 한 번. 벌금을 내지 않아도 된다면 선거 때든 언제든 섬 밖으로 나가 사람들 눈에 띄고 싶지 않았다.

하루 두 번 오가는 큰섬 여객선이 세상으로 오갈 수 있는 유일한 통로다. 용케 배 들어오는 시간을 가늠한 나이 지긋한 어른들은 고개를 쭉 빼고 내리는 사람 하나 없는 선착장 빈 부두를 바라본다. 그 배를 타고 큰섬에 가고, 육지도 가고 싶으냐 물으면 '싫어, 싫어' 손을 내젓는다. 남겨두고 온 가족들, 돌아갈 수 없는 세상이 그립겠지만, 더는 묻지 못한다. 밤새 길을 찾아 헤매기만 하는 사연이야 서로 뻔히 짐작했다.

동쪽 수평선 위로 붉은 아침 해가 불쑥 올라왔다. 지난밤 초저녁 일은 아예 모른다는 듯, 바다는 조용하고 잔잔했다. 사람들이 산이라고 부르는 100미터 높이의 언덕이 섬 남쪽과 서쪽을 병풍처럼 가리고 서 있다. 서쪽 언덕 오래된 등대 옆에 햇살을 담뿍 받아 불그스레 물든 교회가 터울 많은 동생처럼 바짝 붙어 있다.

섬 북쪽과 동쪽 경사면에 납작하게 낮은 집들이 옹기종기 모여 있고, 스무 마지기 채 안 되는 논이 켜켜이 포개져 있다. 한때는 주민이 100명도 넘었다지만 지금은 듬성듬성 빈집이 늘어났다. 늦잠 들었던 주민들을 깨우듯, 햇빛이 집집마다 문을 두드렸다.

사람들이 아직 아침 식사를 채 끝내지 못했을 시간, 등대교회 남 집사가 조심스럽게 미숙의 집 마당으로 들어섰다. 빈 마당을 둘러보며 쿵쿵 헛기침을 했다.

"저기요, 집에 있으신가?"

미숙의 아들 다니엘이 문을 열고 내다봤다.

"엄마 계시냐?"

아이는 아무 말도 없이 고개를 끄덕였다. 부스스한 얼굴로 머리를 쓸어 넘기며 미숙이 방에서 나왔다. 방금까지 누워 있었던 모양이다.

"이현우 목사님이 사라졌어!"

알려 주는 말이 아니다. 묻는 말 같았다.

"들었어요."

"누구한테?"

미숙은 그 말에 아무 대답도 없다.

"뭐 생각나는 것 없으셔? 무슨 일인지, 어디 갔는지, 혹 들은 얘기라도?"

남 집사가 연거푸 물었다. 미숙은 고개를 돌려 바다를 바라보았다. 아침 햇살이 바다 위에서 찰랑찰랑 춤을 추었다. 그녀는 무심한 말투로 대답했다.

"없어요."

마음이 어디 먼 곳을 떠도는 사람처럼 미숙은 묻는 말에 건성건성

대꾸했다. 뒤돌아 나오려다 말고 남 집사가 물었다.

"별일 없지?"

"뭐 무슨 일이 있을 게 있나요? 그냥 날마다 그렇지요….."

"그건 그렇겠지."

마당을 한 번 더 휘둘러보던 남 집사는 고개를 갸웃거리며 돌아갔다. 남 집사가 안 보일 만큼 멀어지자 미숙은 털썩 문턱에 주저앉았다.

"엄마, 목사님이 사라졌다는 말이 무슨 말이에요?"

"너는 몰라도 돼."

"이제는 못 만나요?"

"달아났다니까!"

다니엘이 댓돌 옆에서 허겁지겁 신발을 찾아 신었다. 어디로 갈지 뻔히 알았지만 미숙은 말리지 않았다. 얼마 있지 않아 아이는 돌아올 것이다. 어깨를 축 늘어뜨리고, 고개도 힘없이 수그린 채로. 애써 달려 올라간 예배당에서 그의 부재를 실감한 채.

현우만 없는 것이 아니라 교회에 아무도 없더라는 것을 알게 된 다니엘의 텅 빈 가슴을 생각하니 벌써 마음이 시렸다. 발을 질질 끌고 비죽비죽 울음을 겨우 참으며 마당에 들어서는 아들. 아이는 결국 울음을 터트릴 것이다. 천식이 다시 도져 숨을 거칠게 할딱거리고, 콧물 눈물로 범벅이 된 얼굴로 엄마에게 매달리는 모습이 훤히 보였다.

미숙에게 부재란 처음부터 아무것도 없었던 허무가 아니다. 뒤돌아보니 당연히 거기 있으리라 믿었던 존재가 자리를 비우고 떠나 지금은 없다는 뜻이었다.

어린 딸을 친정에 맡기고 떠나 다시는 돌아오지 않은 엄마는 미숙에게 커다란 그루터기를 남겼다. 그 휑한 자리에는 깊고 어둡고 막막한 외로움과 슬픔이 엉겨 붙어 있었다. 하늘도 없고, 땅도 없는 공간 속에 떠밀린 것처럼, 시작도 끝도 없는 시간 속에서, 동서남북 방향도 가늠하지 못하고 서 있을 수밖에 없었다.

현우가 떠났다는 사실을 알고 난 다음, 다니엘뿐만 아니라 섬사람들 모두의 가슴속으로는 겨울 아침 바닷바람보다 더 차가운 바람이 불어들 것이다. 그건 오로지 뒤에 남겨져 본 사람만 알 수 있는 일이었다.

그날 새벽, 미숙은 땀에 흠뻑 젖은 채 잠을 깼다. 옆에는 다니엘이 새근새근 자고 있었다. 꿈에서 악어를 피해 두 팔을 허우적거리며 벗어나려 애썼다. 악어는 콱 달려들어 큰 이빨로 아작 물지 않고, 그녀를 어르기만 했다. 왈칵 덤벼들면 한 입에 물고 흔들 정도로 거리를 유지한 채. 낄낄거리며 웃다가 그녀 얼굴에 담배연기를 후 내뿜었다. 악어는 미숙을 스쳐간 여러 남자의 얼굴을 하고 있었다.

꿈에서 도망쳐 나와 두근거리는 가슴을 진정시키며 누워 있는 중에 문득 불길한 생각이 들었다. 며칠 전, 현우가 선착장에 매 두었던 어선을 끌고 간 일이 마음에 걸렸다. 아버지가 몰았다는 낡은 어선에 올라 요리조리 살펴보고 들여다보더니 부릉부릉 시동을 걸어 몰고 갔다.

'왜 등대언덕 아래 남쪽 바다로? 혹시….'

그냥 누워 있을 수 없었다.

허둥지둥 집을 나와 정신없이 마을을 달려, 숨을 헉헉거리며 교회 언덕을 올랐다. 교회 살림방의 불이 켜진 걸 보니 마음이 놓였다.

'뭐라고 말을 할까? 이 꼭두새벽에 찾아온 이유를 뭐라고 둘러댈까? 두 달 전, 달 밝은 밤에 그랬던 것처럼 눈을 똑바로 쳐다보는 일로 충분할까?'

덜컹 문을 열어볼 수도 없고, 남자들처럼 에헴에헴 헛기침을 하며 문을 두드릴 수도 없어서 한참 망설였다. 그녀에게 현우는 어려서부터 멀고 어려운 존재였다. 얼굴을 마주하고 서면 왠지 거북한 사람이었다.

미숙은 방 안을 들여다보는 대신 교회 마당 끝에 서서 비탈 아래 바다를 내려다보았다. 그가 끌어다 놓은 배가 그대로 있는지 살폈지만, 어두워 보이지 않았다.

가파른 길을 따라 바다로 내려갔다. 허둥지둥 내려가면서도 먼저 방문부터 열어볼 걸 잘못했다는 후회가 밀려왔다.

"없네. 없네."

배가 안 보였다. 이쪽저쪽 살펴보아도, 아무리 둘러보아도, 미끌미끌 미끄러지며 살펴보아도, 배가 없었다.

"없네."

그녀는 바다를 향해 소리쳤다.

"야, 이현우! 못난 놈아, 비겁한 놈아, 기백 없는 놈아!"

한동안 그렇게 소리 지르며 울었다.

바다에는 메아리가 없다. 무슨 말을 쏟아 놓든, 되묻지 않고, 들은 척도 하지 않고, 무심하게 철썩거릴 뿐, 마치 현우 같았다.

"나는 어쩌라고. 그 일이 그렇게 어려운 일인 거야? 교회 목사나 돼 가지고….."

퍼뜩, 다시 올라가 방 안을 살펴봐야 한다는 생각이 들었다. 정신없이 내려갈 때는 몰랐는데, 언덕 비탈길은 가파르면서도 위험했다. 제대로 계단이 있는 곳은 얼마 안 되고, 나무를 붙잡아야 겨우 지나갈 수 있을 만큼 길은 좁고 험했다. 물에 젖은 신발은 질척거리고, 걸음을 뗄 때마다 축축한 치맛자락이 다리에 달라붙었다.

"네가 이 길로 내려갔단 말이지! 도망쳤단 말이지. 목사나 돼 가지고!"

겨우 비탈길을 올라와 마당 끝에 섰을 때는 이미 날이 훤하게 밝아 왔다. 미숙은 현우 방문 앞에서 한동안 망설였다. 문을 열면, 거짓말처럼 그가 눈을 동그랗게 뜨고 '왜?' 하고 묻기를 바랐다.

없었다. 그는 방에 없었다. 불만 켜 놓은 채, 낮은 책상 위에 책을 가지런히 정돈해 쌓아 놓고 정말 떠났다. 등대섬과 섬사람들, 교회도 뒤로하고, 목사가 떠났다. 그녀가 세웠던 계획을 한마디도 묻지 않고 모두 무너뜨린 채 떠났다. 그는 그렇게 훌쩍 떠나면 안 되는 사람이었다. 그럴 만큼 결단성 있는 사람이 아니었다. 밀어붙이면 할 수 없다는 듯 마지막에는 슬그머니 받아들이는 사람이었다.

"아, 아!"

숨이 컥 막혔다. 왜 그는 처음부터 미숙을 밀어냈을까? 마을에 있는 집을 떠나 교회 살림방으로 거처를 옮길 때 진즉 알기는 했지만, 달아나야 할 만큼, 도망갈 수밖에 없을 만큼 등대섬이 싫고 미숙이 싫었단 말인가?

"좋아서 등대섬에 들어온 사람이 누가 있어. 이 나쁜 놈아. 남자가
돼 가지고…."

'남자가 돼 가지고'라는 소리만 들으면 눈꼬리가 꿈틀하던 현우였
지만, 그 말밖에 할 수 없었다.

미숙은 서둘러 마을로 내려왔다. 두 달 전 밤에 현우를 만나러 교회
에 올라갔던 일로 사람들이 수군거린다는 것을 그녀도 알고 있었다.
미숙이 총각 목사를 유혹했다는 말이 돌기 시작했고, 얼마 전에는 황
씨 할머니마저 은근한 눈길로 묻지 않았던가. 그 눈빛의 의미를 알았
지만 미숙은 차마 대답할 수 없었다.

집으로 돌아오니 다니엘은 아직 자고 있었다.

아이가 깰세라 미숙은 소리도 못 내고 울었다.

"교회라도 나오지!"

현우가 나지막한 목소리로 건넸던 말이 떠올랐다. 그때 못 이기는
척 교회를 다니기 시작했더라면, 억지로라도 집으로 불러 현우에게
따끈한 밥 한 끼 해 먹였더라면 달라졌을까.

"뭐 하러?"

교회 나오라는 말을 단호하게 거절한 것이 후회됐다. 그 말에 현우
는 입을 꾹 닫았다. 매사에 우물쭈물하는 현우. 미숙은 그를 기백 없
고 결단력 없는 남자라고만 생각했지 바람 부는 밤에 배를 몰고 바다
로 떠날 수 있는 사람인 줄은 정말 몰랐다.

'뭐 하러?'

그렇게 물은 일이 잘못이었을까. 왜 차근차근 설명해줄 생각을 하

16

지 않았을까, 목사까지 된 사람이.

'아직도 세상물정 모르는 어린애!'

어릴 적 모습에서 하나도 변하지 않은 현우였다. 젖먹이 다니엘을 안고 등대섬에 돌아왔을 때부터 미숙은 이미 그의 속을 뻔히 들여다 보고 있었다.

"떠날 때 떠나더라도 인사는 하고 가지."

"인사는 뭘, 서로 거북하게. 남아 있는 우리가 속상할까 봐 그냥 갔겠지!"

"우릴 놔두고 떠나? 제가 아들이고 조카고 손자라고 떠들더니?"

자기들은 어찌지 못하고 그저 등대섬에 붙어살지만, 현우는 젊은 사람이라 떠난 모양이라고 사람들은 생각했다. 그래도 마음 한구석은 서운했다.

"현우는 제 발로 걸어 들어온 사람이니, 가고 싶은 곳 있으면 가고, 놔두고 온 것 있으면 돌아갈 수도 있지. 아무 말도 없이 떠난 건 괘씸해도, 어쩌겠어, 젊은 사람잉께?"

등대섬 사람들은 섬을 떠난 현우의 마음을 다 헤아릴 수는 없었지만, 그래도 탈은 없기를 바랐다. 사실 그들은 등대교회 목사가 떠난 것을 대단한 일로 치지 않았다. 교회가 들어오기 훨씬 전부터 등대섬 마을이 이미 그곳에 있었고, 섬 생활의 중심은 교회가 아니었기 때문이다.

그들에게 교회 건물은 마을회관이나 마찬가지였다. 일요일마다 교회에 갔던 것도 마을 사람들끼리 둘러앉아 같이 밥이나 먹자 하는 마음이었다.

"큰섬교회가 그냥 있지는 않을걸. 곧 다른 목사를 보내겠지."

"새로 오는 목사에게도 생활비를 계속 대주려나?"

"새로 누구를 보낸다면 생활비야 주겠지만, 근데, 그게 곤란하게 됐네요."

현우가 교회와 섬을 떠나니, 당장 등대섬 주민들의 먹고사는 일이 현실적인 문제로 닥쳐왔다. 큰섬교회에서 대주던 등대교회 담임목사 생활비는 쌀값으로 치면 해마다 6,000kg에 달하는 큰돈이었다. 그 돈으로 등대섬 식량을 해결해 오지 않았던가.

"우리 당분간 입을 좀 다물어야 할 것 같네요."

남 집사가 고심 끝에 집집마다 찾아다니며 일일이 당부했다. 끝까지 감출 수는 없겠지만, 큰섬교회에서 먼저 알고 묻기 전까지는 먼저 말을 꺼내지는 말자고 조심시켰다.

마을 어른들 모두 그럴 수밖에 없다는 현실을 받아들였고, 한숨을 한 번 푹 내쉰 다음 고개를 끄덕였다. 생명을 이어가는 일보다 더 중요한 일이 없다는 것을 경험으로 잘 알기 때문이었다.

*

"이 섬이 등대섬 맞지요? 이현우 목사님이 여기 교회에서 일하신다고 하던데."

큰섬에서 온 여객선이 선착장에 닿자마자 은혜는 내리려고 준비하는 젊은 승객에게 물었다. 젊은이는 눈을 끔벅이며 머뭇거렸다. 눈부

시게 하얀 투피스를 차려입고 망사 달린 하얀 모자까지 갖춰 쓴 그녀를 보면서 그는 어색한 표정을 지었다. 조그만 여객선에도, 찾아가는 섬에도 전혀 어울리지 않는 차림새였다. 은혜 역시 배를 탈 때부터 그렇게 느끼고 있었다.

"등대섬은 맞지만, 목사님은 섬을 떠나셨어요."

젊은이가 겨우 대답했다.

"언제요? 어디로요? 왜요?"

급한 마음에 질문이 한꺼번에 쏟아졌다.

"한 달쯤 된 것 같아요. 저는 큰섬우체국 직원인데, 목사님 앞으로 온 우편물을 배달하러 갔더니 교회가 텅 비어 있더라고요."

"그럼 반송됐을 텐데…. 저는 아직 반송 우편물 못 받았어요."

말하면서도 은혜는 눈앞이 아득해지는 것을 느꼈다. 발밑이 푹 꺼지며 몸이 허공에 떠 있는 것 같았다. 가슴이 싸하고 금방 속이 메슥거렸다. 상상해본 적도 없는 일이 벌어졌다. 다리가 후들거리고, 맥도 탁 풀렸다.

미국으로 돌아가기 전 꼭 한 번 만나고 싶다는 편지를 보냈는데 회신이 없었다. 답장을 못 받았으면 못 받은 대로 떠날 일이었지만, 얼굴이라도 한 번 보고 싶었다. 하얀 얼굴, 부드러운 눈매를 못 잊어 망설이고 또 망설이다가 직접 찾아왔다. 그냥 가슴속에 묻은 채 훌쩍 떠나면, 다시는 못 볼 사람 같았다.

'이현우! 너는….'

눈앞의 등대섬은 금방이라도 은혜를 덮칠 것처럼 커졌다가 금세 저만치 물러나 작아지기를 여러 번 반복했다. 작은 섬마을이 완강하게 그녀를 밀어내는 듯했다. 현우든 섬이든 왜 자꾸 밀어낼까? 그녀는 도저히 섬에 젖어 들 수 없는 사람이라 그런가?

"마을에서 누구를 찾아가면 사정을 알 수 있을까요?"

"저도 자세한 건 모르는데요. 어린 아들 데리고 사는 아주머니가 목사님이랑 초등학교 동창이라던데, 같이 가 보실래요?"

우체국 직원은 앞서서 걸어갔다. 은혜는 그냥 그 자리에 멍하니 서 있었다.

"안 가시겠어요? 저는 저 배를 타고 다시 큰섬으로 돌아가야 해서 시간이 좀….."

"이 목사님이 안 계시다는데, 굳이 누굴 만나는 것이….."

등대섬. 현우가 나고 자라고, 어디로 숨어들듯 서울을 떠나 돌아온 섬. 서쪽 언덕 위에 하얀 등대가 보이고, 그 옆에 역시 하얀색 교회가 보였다. 언뜻 보아 스무 집 넘을까 말까 한 작은 마을, 옛날이면 몰라도 이제는 사는 사람이 백 명은 고사하고 겨우 쉰 명에도 훨씬 못 미칠 것 같았다.

'진즉 한번 와볼걸….'

후회가 밀려들었다. 말끝마다 등대섬 어부 아들이라는 말을 달고 살 때, 그의 가슴속에 깊게 숨겨져 있던 생각이 무엇이었는지 깨달았더라면, 달리 지냈을 것 같았다. 조용하고 신중하고 사려 깊은 사람이었지만 그 속에 자리 잡은 텅 빈 자리와 세상을 저만치 떼어 놓고 지내는 마음을 이해하지 못했다. 그의 내면을 보지 못한 채 보여주는 모습만 보았다. 은혜가 꿈꿨던 현우와의 미래가, 크고 작은 계획들이 제대로 말도 꺼내지 못했는데 왜 여지없이 헛일이 됐는지 이제 알 것 같았다.

역광으로 비추는 저녁 햇빛 아래 마을은 조용히 가라앉아 있었다. 왜 그가 그토록 그녀를 밀어냈는지 물에 젖듯 조금씩 깨달았다. 은혜를 지켜 주려는 현우의 사랑이었다는 것을 알았다. 그에게는 그의 자리가 있고, 은혜에게는 그녀의 자리가 있고. 코끝이 시큰거렸다. 참으려 했는데 눈물이 볼을 타고 흘러내렸다.

'현우, 어디로 갔니? 네가 가서 편하게 지낼 수 있는 곳이 이 세상 어디니?'

왜 그는 섬에서 벗어나려고 했을까? 그의 가슴속 깊은 곳에 입을 벌리고 있던 텅 빈 공간을 일찍 알아채지 못했던 일이 안타까웠다. 이제 와서 바꿀 수 있는 일은 아무것도 없었다.

등대섬 서쪽 언덕 위로 해가 지고 있었다. 등대와 교회가 하늘을 배경으로 섬을 내려다보는 곳, 어린 그에게는 산처럼 높아 보였을 언덕 그 자리를 비워 놓고 그는 어디론가 떠났다. 어쩌면 모든 기억도 내려놓은 모양이었다.

물러서고 또 물러선 사람들이 모여 산다던 섬에서, 그는 어디로 더 물러났다는 말인가. 풍덩 허무 속으로 몸을 던졌는지, 허무를 넘어 파도에 몸을 실었는지. 왜 현우를 생각하면 '허무'라는 단어가 떠오르는지 알 수 없었다. 그 말만 생각났다.

'떠나기 전에 얼마나 망설였을까? 여기는 세상에서 네게 가장 잘 어울리는 곳인데. 네가 알았든 몰랐든, 너를 따라와 내가 머물 장소는 아니야! 너는 처음부터 그걸 너무 잘 알았을 테고….'

마음속에서 은혜는 현우에게 작별 인사를 했다.

정말 미안했다. 그가 낯설어 거북해하는데도 끈질기게 어디로 끌고 가려 했을 때, 얼마나 당혹스러웠을까? 꾸역꾸역 억지로 밥을 퍼먹이듯 숨 돌릴 새 없이 책을 사 대며 다그칠 때마다 그는 무엇을 생각했을까? 벗어날 수 없는 남쪽 바다 외딴 섬, 하늘과 바다를 훑는 등대 불빛을 떠올렸을 것이다.

"등대섬."

툭하면 현우가 입에 올렸던 말이었다. 거의 언제나 세상 끝이라는 말을 덧붙였다. 그는 등대섬을 경계라는 말과 섞어 썼다는 것을 알게 됐다. 경계선 바깥의 낯선 곳을 헤매다가 겨우 자기 자리로 돌아왔는데, 이곳 등대섬에서도 그는 정착하지 못했던 모양이다.

바람 부는 언덕에 올라, 갈 곳 없는 바다를 바라보며 버텨 보려 얼마나 애썼을까. 묻지 않아도, 듣지 않아도 다 알 것 같았다. 이제는 가슴 깊은 곳에 현우를 묻어야 할 때가 됐다. 누렇게 빛바랜 사진을 꺼내 들여다보고 또 들여다보듯 손가락으로 기억을 짚으며 지내기로 했다. 현우가 떠난 등대섬 선착장. 은혜는 시작도 끝도 없는 무중력 공간에 홀로 서 있었다.

우체국 직원이라던 사람이 어느 집 담장 안을 넘겨다보며 얘기하는 것이 보였다. 그는 여객선 선착장에 망연히 서 있는 은혜를 손으로 가리켰다. 곧 그 집에서 한 여자가 아이 손을 잡고 빠른 걸음으로 걸어 나왔다.

아이를 보자 은혜의 가슴이 덜컥 내려앉았다. 어질어질 몸이 흔들렸다. 오래 잊고 살았던 아픔이 갑자기 되살아났다. 가시가 깊게 박힌 것처럼 아랫배가 아프고 걷잡을 수 없을 만큼 가슴이 벌렁벌렁 떨렸다.

"아, 현우! 너, 애가 있었나?"

아이는 제 엄마를 떼어 놓고 앞장서서 달려왔다. 뜻을 쉽게 알 수 없는 눈으로 은혜 얼굴을 빤히 올려다보며 숨을 할딱거렸다. 이내 아이를 뒤따라온 여자는 몸을 숙여 아이를 감싸고 가슴을 쓸어주었다. 몸을 일으켜 세우면서 여자가 은혜를 올려다보았다. 가무잡잡한 얼굴, 가냘픈 몸매, 삶에 많이 지친 표정. 아이가 그렇듯, 여자의 눈에도 당혹이 가득 담겨 있었다.

"누구신지?"

서로 동시에 물었다. 이름이 궁금해서 묻는 말이 아니었다. '나의 그 사람'과 어떤 관계인지 묻는 말이었다. 은혜가 먼저 입을 열었다.

"저는 박은혜, 그레이스 박이에요. 이현우 목사님과 신학대학 같은 과 동기 동창입니다. 이번에 미국으로 아주 들어가는데, 오랜만에 얼굴이나 한번 보고 가려고…."

'미국으로 들어간다'는 말을 하다가 아차 싶었다. 등대섬과는 전혀 어울리지 않는 말이었다. 더구나 '나간다'가 아니고 '들어간다'고 말했다는 것을 깨달았다. 현우가 알면 질색할 일이다. 그는 말 하나에도 예민하게 신경을 쓰는 사람이었다.

"서울에서 오셨어요?"

여자가 물었다.

"예."

은혜는 짤막하게 대답했다.

잠시 말이 끊겼다. 여자는 망설이는 듯하더니 작은 목소리로 자기를 소개했다.

"저는 미숙이에요. 그런데, 참 미인이시네요!"

초라한 자기 자신을 일으켜 세우려고 애쓰며 그녀는 말을 이었다. 목소리가 떨렸다.

"먼 길 찾아오셨는데… 그 사람은 떠났어요. 어디로 갔는지 아무도 몰라요. 바람이 아주 세고 파도까지 높았던 밤에 배를 몰고 떠났는데…. 혹시 그 사람이 잘못됐을까 걱정이에요. 정말 아무도 몰라요, 어디로 갔는지, 괜찮은지…."

미숙은 '아무도 모른다'는 말을 자꾸만 되풀이했다. 걱정과 서운함이 깊이 뒤섞인 말투였다. '그 사람'이라는 호칭이 은혜 가슴에 콱 꽂혔다. 통증이 온몸으로 찌르르 퍼져 나갔다. 이미 늦었다는 생각이 들었다. 자기가 어쩔 수 없는 자리에 와 있다는 느낌이었다.

은혜를 똑바로 쳐다보던 아이가 물었다.

"아줌마, 목사님 애인이세요?"

아이가 현우를 '목사님'이라고 부르자 은혜는 자기도 모르게 마음이 가라앉았다. 그의 아들은 아니라는 생각이 스쳤다. 그 짧은 순간, 현우와 헤어졌던 오랜 세월만큼 긴 사연이 감겼다가 풀어졌다.

미숙은 얼른 아이를 제지하면서도 눈으로 같은 말을 묻고 있었다. 아이의 얼굴 표정이 은혜의 가슴을 아프게 쿡 찔렀다.

"아주 똑똑하구나! 몇 살이나 됐니, 아가야?"

"저 아가 아니에요. 다니엘이에요. 여섯 살이에요. 대답해 주세요. 목사님 애인이세요? 아니지요?"

은혜는 아이의 눈에서 경계하는 빛과 알 수 없는 적대감을 느꼈다. 미숙은 그녀가 무어라 대답하는지 지켜보고 있었다.

은혜는 갑자기 그들을 끌어안고 함께 울고 싶어졌다. 이제까지 자기 혼자만의 현우라고 생각했는데, 그와 무슨 관계인지 묻는 사람들을 만났다. 그들도 자기들만의 현우라고 생각하며 지낸 모양이었다. 선착장에 선 세 사람은 저마다 간직했던 자기만의 현우를 잃어버린 채, 텅 빈 항아리 속을 망연히 들여다보고 있는 것 같았다. 색깔은 다르지만 상실감은 같아 보였다. 어른이라고 해서 슬픔이 더 깊고, 아이라고 덜한 걸까? 어린 다니엘의 눈에 다 묻지 못한 많은 이야기가 담겨 있었다.

등대섬 선착장은 야속할 만큼 썰렁하고 외로웠다.

"목사님 떠나셨다며? 어딘지 모르는 곳으로?"

아이의 질문에 대답이 될 수 없는 말이었다. 이미 섬을 떠난 현우, 그와 애인이니 아니니 이제 부질없었다.

'내가 뭘 기대했었지?'

알 수 없었다. 미국으로 떠나 다시는 돌아오지 않겠다고 전하려고 했지만, 왜 그런 말을 남기려 했는지 모르겠다. 혹 그가 붙잡아 주길 기대했을까? 완전히 떠난다는 말을 듣고 일그러지는 표정을 숨기려 애쓰는 모습을 다시 보고 싶었던가. 헤어진 지 12년, 서른다섯 살이 될 때까지 결혼하지 않았다는 사실을 왜 꼭 전하고 싶었을까.

은혜는 속으로 현우를 불렀다.

'아, 현우야, 이현우!'

떠난 그는 대답이 없었다.

큰섬으로 돌아가는 배가 부웅부웅 신호를 보냈다.

"다니엘, 잘 있어!"

은혜는 미숙에게도 까딱 고개로 인사한 후 발걸음을 돌렸다. 마지막으로 눈에 담은 등대섬 마을이 가슴으로 찍은 파노라마 사진처럼 선명했다. 다시는 올 수 없는 곳, 사랑했던 사람이 태어나고 자란 마을, 먼 길 헤매던 현우가 세상 어디에도 자리 잡지 못하고 돌아온 섬. 현우도 떠나 텅 빈 섬을 뒤로하고 은혜는 큰섬 가는 배 쪽으로 걸음을 옮겼다. 아이도, 미숙도 말없이 등 뒤에서 그녀를 지켜보았다.

은혜가 막 배에 오르려는 순간, 아이가 외쳤다.

"애인 아니지요?"

은혜는 걸음을 멈췄다. 여자와 아들이 석양을 등진 채 서 있었다. 역광 속 두 사람은 햇빛에 떠 있는 듯했고, 다시 보면 깊은 물속에 가라앉은 듯 일렁였다.

"아니, 아니야. 그런 적 없어!"

그 말을 남기고 은혜는 서둘러 배에 올랐다. 등대섬은 애초에 그녀와 어울리는 곳이 아니었다.

현우가 섬에 남아 있었다 해도, 등대섬은 그녀가 머물 곳은 아니었다. 손을 잡는다고 해도, 몸으로 가까워진다고 해도, 이제까지 그랬듯, 결국 자기 자리에 그냥 머물 수밖에 없을 것이다. 현우는 결코 홀쩍 이쪽으로 넘어올 사람이 아니었다.

현우가 수없이 입에 올렸던 등대언덕에 올라가지도 못하고, 그가 아버지와 함께 살았다는 집에 가 보지도 못한 채 은혜는 돌아설 수밖에 없었다. 묻지 않고 사람들을 받아들이는 등대섬에 그녀는 들어서지 않았다. 눈에 띄지는 않았지만, 등대섬 사람들은 마당에 서서 고개를 쭉 빼고 선착장을 지켜보고 있었다.

*

며칠 후, 미숙은 다니엘을 데리고 바다에 갔다.

선착장 옆에서부터 섬 동쪽으로 쭉 펼쳐진 바닷가에서는 한 시간만 대충 주워도 큰 플라스틱 바가지 가득 조개를 채울 수 있었다. 큰섬초등학교를 다닐 때, 공휴일이나 방학에 등대섬으로 돌아오면 미숙이 갈 수 있는 곳은 거기까지였다.

그곳에 검정 소가 웅크린 모양의 바위가 있다. 단단히 깍지 낀 두 손으로 무릎을 앞으로 모아 끌어안은 채 눈으로 바다를 건너던 곳. 몇 시간이고 앉아 있었던 바위다. 눈에 보이지 않지만 멀리 북쪽에 큰섬이 있고, 그 바다 너머 너머에 엄마 손 잡고 큰섬에 오는 배를 탔던 어떤 항구가 있고, 기차도 타고 버스도 타고 먼 길을 왔던 기억의 저쪽 끝에는 컴컴하고 좁은 방, 그리고 배고픔의 기억이 도사리고 있었다. 기억 속 어린 현우도 보였다. 그 애도 검정소바위 위에 홀로 앉아 출렁이며 몰려드는 파도를 세고 있었다.

바다는 그냥 바다가 아니었다. 섬에 데려다 놓고 떠나면서 '절대로 따라오면 안 돼' 매몰차게 소리 지르던 엄마였다. 검정소바위는 어린 미숙이 절대로 엄마를 닮지 않겠다고 바다를 향해 다짐하던 장소였다. 벗어나고 싶어 발버둥 쳤던 등대섬으로 젖먹이 다니엘을 안고 돌아왔던 일이 떠올랐다. 세상에서 그녀가 갈 수 있는 유일한 곳은 벗어나려고 발버둥 치던 이곳이었다. 등대섬, 검정소바위는 떠났다가도 돌아올 수밖에 없는 곳인가. 정말로 현우는 영원히 등대섬을 떠날 수 있는 사람이 되었는가? 늘 그랬듯, 바다는 거스르는 사람에게는 한없이 잔인했고, 순종하고 포기한 사람에게는 '견디면 살 만하다'고 속삭였다.

벗어나도 어디 다른 곳에 갈 수 없는 사람들이 아무 일도 없었던 듯 모여 사는 등대섬. 하지만 현우가 갑자기 사라지고 난 후, 사람들은 다시 꿈속에서 쫓기기 시작했다.

미숙도 마찬가지였다. 밤마다 악어가 나타났다. 콱 물어 물속으로 끌고 들어가고, 덥석 물어뜯다가 휙 몸을 뒤집으며 낄낄거렸다. 악어에게는 미리 순종을 맹세해도 소용없었다. 게걸스럽게 살을 뜯어먹고, 배가 차면 빙빙 돌며 다시 배고플 때를 기다렸다. 꿈속에서는 절대로 숨이 끊어지지 않으니 고통은 밤마다 계속됐다.

다니엘과 함께 검정소바위에 앉았다. 철썩 바위를 때리고 부서지는 파도 소리도 귀에 들리지 않았고, 낮게 바다 위를 스치며 날아가는 갈매기도 눈에 들어오지 않았다. 앞으로 어떻게 할 것인가? 아무런 대책이 없었다. 그저 닥치는 대로 살아갈 수밖에….

차마 입에 올리지 못한 부탁을 매몰차게 뿌리치고 떠난 현우가 야속했다. 어쩌면 그는 말 없는 부탁을 알아채지 못했을 수도 있었다.

"여기 옛날부터 조개가 많아."

"엄마, 나도 그런 것쯤은 알아요."

다니엘은 천연덕스러운 얼굴로 '그런 것쯤'이라고 말을 받았다.

"어떻게 알았어?"

"맨날 오는데 뭐…."

또래 동무도 없는 아이가 등대섬에서 갈 곳이 달리 어디 있겠는가? 아들의 말에 미숙은 가슴이 아리아리하게 저렸다.

어쩌면 새로 생긴 상처가 아니라, 오래전부터 거기 자리 잡았던 상처에서 딱지가 떨어져 나간 모양이었다. 거품이 부글부글하도록 듬뿍 소독하고 약을 바르고 거즈로 싸매면 상처가 사라지는가. 하얀 붕대 아래 상처는 그냥 벌겋게 남아 있었는지도 모를 일이었다.

'현우는 나에게 말을 잘 걸지 않았어, 등대섬에서는….'

아무리 어리다지만, 그때 미숙은 알았다.

'현우는 나를 싫어해.'

큰섬에서 초등학교를 다닐 때, 같은 배를 타고 현우와 등대섬에 돌아올 때가 많았다. 잠시 딴생각을 하다 보면 그 애는 배 반대편으로 가서 다른 하늘을 올려다보고 다른 쪽 파도를 내려다보고 있었다. 같은 등대섬에 산다는 것 말고는 아무런 다른 생각이 없었던 아이였다. 이제는 그런 현우일망정 마음속에서 지워야 할 것 같았다. 다른 방법을 찾을 수밖에 없었다.

"다니엘, 물 들어올 때 조심해야 해. 잘못하면 바위에 갇힌다."

"나도 그쯤은 알아요."

아이는 다시 '그쯤'이라는 말을 썼다. 말 안 해도 그쯤은 안다는 아들이 안쓰럽고 대견해서 미숙은 어깨를 잡아 앞뒤로 흔들어 주었다. 조개를 한 바가지나 잡은 후, 자갈밭을 헤집고 모두 거기 쏟았다. 바닷물을 가득 담은 바가지에 조개 한 줌과 십 원짜리 동전 세 개를 넣고 천천히 백을 세며 기다렸다. 동전이 없을 때면 밥 먹는 놋숟가락 놋젓가락을 넣곤 했다. 어려서부터 늘 그렇게 했다.

"엄마, 뭐 하는 거예요? 왜 돈을 거기 넣어 바쳐요?"

"바치는 게 아니고 해금하는 거란다."

"해금이 뭐예요?"

"이러면 조개가 뱃속에 가지고 있던 모래를 모두 뱉어 낸다."

"왜요?"

"제 몸에 맞지 않으니까."

제법 무엇을 깨달았다는 듯 다니엘은 계속 고개를 끄덕거렸다.

"왜?"

"저기… 목사님은 내가 아버지 해 달라고 해서 떠났지요? 그렇지요?"

"갑자기 그게 무슨 소리야?"

"모래처럼 엄마와 나를 뱉어 놓고 휑 떠난 거 아니에요?"

"무슨 소리냐고."

다니엘은 입을 꼭 다물었다. 애써 엄마의 눈을 피했다.

아이의 입이 씰룩씰룩 움직였다. 코로 들이쉬는 숨소리가 커지더니 훌쩍거리기 시작했다. 눈에 눈물이 고였다. 눈을 끔벅끔벅하더니 주르르 눈물을 흘렸다. 손등으로 눈물을 닦았다.

미숙은 아이를 끌어안았다. 아들의 가슴이 팔딱팔딱 뛰는 것이 고스란히 전해졌다. 한참 그렇게 안고 있으니 다니엘 스스로 마음을 추스른 듯했다.

"내가 목사님 찾아가서 아버지 해 달라고 얘기했는데….”

그리고 지난봄, 혼자 교회로 현우를 찾아 올라갔던 일을 털어놓았다. 여섯 살짜리 아이가 어찌 그런 생각을 할 수 있었을까.

현우를 찾아간 일도 놀라웠지만, 모래를 뱉어 내는 조개를 보고 섬을 떠난 현우를 떠올렸다는 사실이 더 안타깝고 안쓰러웠다.

다니엘도 검정소바위에 올라앉아 있던 어린 미숙과 다를 것이 없었다. 기저귀 보퉁이와 허름한 옷 몇 가지 손에 잡히는 대로 대충 싸들고 아들과 등대섬으로 돌아왔던 그때, 미숙의 암담했던 마음과 지금 아이가 느끼는 감정이 다르지 않을 것 같았다.

'세상에 적응하지 못해서, 내가 못나서, 고장 나서, 쓸모없어서 스스로 물러난 것이 아니고, 세상이 나를 밀어냈다고 생각하면….'

해금하는 조개가 그렇듯 세상은 미숙과 다니엘을 밀어내고 뱉고 쫓아냈다는 생각이 들었다. 탁 뱉어 내기도 하고, 꿈틀꿈틀 우물우물 입으로 뼈를 발라내듯 몰아내기도 하고, 선을 쫙 그어 놓거나 담을 높이 쌓아 놓고 절대로 그 안으로는 들어오지 못하도록 눈 부라리고 지키는 세상을 보았다.

'여기가 갈 곳 없는 사람들이 마지막 찾아오는 세상이라고 생각한 사람은 머물고, 손톱만큼이라도 미련이 남은 사람은 등대섬을 벗어나 세상을 찾아 나가는구나.'

미숙은 다니엘을 품속으로 더 바짝 끌어당겼다. 그리고 얘기해 주었다. 그러지 않으면 어린아이가 어떻게 이 현실을 견디겠는가?

"아니야, 분명 아니야. 목사님은 그렇게까지 막된 사람은 못 돼. 여기서도 지쳤는지 모르지.”

"내가 괜히 아버지 해 달라고 부탁해서….."

"아니라니까, 다니엘. 지쳤음에 틀림없어, 그 사람은!"

어린 다니엘이 이토록 속 깊은 마음을 품고 있었다는 것을 미숙은 비로소 알게 됐다. 아이는 어느덧 이 일 저 일을 연결해 생각할 만큼 자라 있었다.

"근데, 엄마, 저번에 멋진 아줌마가 찾아왔을 때 말이야. 목사님이 그 아줌마 만나러 떠난 것은 아닌 것 같아. 그건 확실해."

미숙은 다니엘을 다시 껴안았다. 아이는 엄마 어깨에 턱을 고이고 폭 안겨 왔다. 바닷가 검정소바위 옆에서 미숙은 또 하나의 세상을 보았다.

그녀를 밀어낸 세상이 아니라, 그녀에게 매달린 세상이었다. 어린 아들과 뱃속에 든 생명을 지키는 일이야말로 그녀를 밀어낸 세상을 이기는 일이라고 생각했다. 다른 방법이 없었다.

✱

등대섬 마을 사람들은 가능하면 현우가 떠난 일을 입에 올리지 않으려 애썼다. 섬에 적응하지 못해 떠났든, 더 좋은 자리가 있어 떠났든, 어른들은 그 일이 결국 자기들 책임이라고 여겼다. 특히 황씨 할머니가 그러했다.

"내가 좀 더 살피고 돌볼걸. 이 섬에서 나고 자란 애가 말도 없이 떠났으니, 우리 어른들 잘못이지 뭐."

아무리 등대교회 담임목사가 되어 하얀 가운을 입고 거룩한 목소리로 설교를 했어도 어른들 눈에 현우는 아직 아이였다.

아버지가 고깃배를 타고 바다로 나가면 포구에서 타박타박 혼자 집으로 걸어가던 아이, 고개 숙여 꾸벅 인사하고 묻는 말에만 짧게 대답하던 수줍은 아이. 늘 섬을 떠나는 꿈을 꾸던 아이를 어른들은 기억하고 있었다. 바다를 찾아가려고 슬그머니 언덕을 내려갔던 아이였다.

30여 년 전 어느 여름날, 예배를 마친 후였다.

"현우, 현우가 없어졌어요!"

현우 아버지 이민수 장로가 당황한 듯 외쳤다.

"혼자 집에 갔겠지."

"여태 그런 적 한 번도 없어요. 현우야, 현우야."

어른들 모두 나섰다. 어떤 사람은 언덕 위에서 마을을 향해 큰 소리로 현우를 불렀고, 다른 사람은 별로 크지도 않은 교회를 샅샅이 뒤졌다.

그때 누가 외쳤다.

"애가 여기로 내려간 모양이네. 에구, 에구. 저 험한 길로 내려갔어. 저기 봐."

교회 마당에서 바다 쪽으로 내려가는 가파른 비탈에 돌이 뒤집히고 나뭇가지가 꺾인 것이 보였다. 큰 소리로 아들을 부르며 이 장로가 서둘러 내려갔다.

"현우야, 애야! 거기 있니?"

저 아래에서 무슨 소리가 들렸다. 그는 곧 비탈 모퉁이를 돌아 사라졌다. 몇몇 남자가 뒤따라 내려갔다.

10분쯤 지나서야 어른들이 현우를 데리고 올라왔다. 아이는 얼굴이 새빨갛게 달아올라 있었다. 그러나 울지 않았다. 울었던 흔적도 없었다.

여자 어른들이 모여들어 옷에 묻은 흙도 털어주고, 귀밑머리에서 턱으로 주르르 흘러내린 땀자국도 닦아주었다. 아이는 흥분한 듯, 못내 아쉬운 듯 서 있었다. 눈에는 가 보지 못한 곳이 담겨 있었다.

이 장로가 아들의 머리를 감싸안았다. 아버지 배에 얼굴을 묻고 거친 숨을 몰아쉬던 아이가 한참 만에 고개를 돌려 어른들을 쳐다보았다. 황씨 할머니가 아이 앞에 쪼그리고 앉아 손을 잡아 주물러주며 물었다.

"아가, 현우야. 왜 거기로 내려갔어?"

"바다, 바다에 가려고."

"그럼 포구 쪽 바다로 가지. 거기는 비탈이라 위험한데."

"노래도 하고, 얘기도 하고."

"누가? 바다가?"

"예."

어린 현우는 바다가 부르는 노래, 속삭이며 들려주는 이야기를 알아듣는 아이였다. 마을 사람들에게는 섬을 둘러싸 가둬 놓은 바다였지만 아이에게는 같이 놀고 싶은 친구였던 모양이다.

그날 이후, 이민수 장로는 교회 남쪽 비탈에 길을 내기 시작했다. 삽과 곡괭이로 파고 찍고, 흙을 돋워 계단을 만들었다. 현우는 언덕 위에서 물 주전자를 끌어안고 아버지를 지켜보았다.

보름도 넘어 한 달이나 걸려 길을 낸 다음, 이 장로는 아들을 데리고 바다까지 걸어 내려갔다가 낑낑거리며 올라왔다. '길'이란 말을 여러 번 아들에게 들려주는 이 장로를 보면서 교회 어른들은 고개를 저었다.

"애를 가르쳐도 참 이상하게 가르치네."

세월이 흘렀어도 사람들은 자연스럽게 그 일을 떠올렸다.

"현우가 사라졌다는 소식을 들었을 때, 대뜸 옛날 일이 생각나더라고."

"어쩌면 이 목사는 언제 떠나도 떠날 사람이었는지도 모르지."

"그러고 보니, 이 장로님은 선견지명이 있었네. 30년 전에 벌써 아들이 떠날 길을 미리 내 놓았으니."

사람들은 자연스럽게 현우 아버지 이야기를 이어갔다. 교회 다니는 사람은 그를 장로님이라 불렀고, 다른 사람들은 이민수 어른, 이민수 아저씨라고 불렀다.

그는 특별히 나이가 많은 편은 아니었지만, 등대교회를 세울 때 앞장섰던 사람이라 나중에 자연스럽게 교회 장로가 됐다. 그가 세상을 뜬 다음에는 남 집사가 그 뒤를 이어 교회 일을 맡아 살폈다.

"그 양반이 그러셨어. '안 그러면 마을이 쫙 갈라질 판인디. 다 사람 잘살자고 하는 일에 싸울 일이 무어여?'"

교회를 처음 세울 무렵의 이야기였다.

"나도 들었어. 참 대단한 분이었지. 이러시더라고. '내가 말이야, 찾아온 목사님에게 물었지. 우리 아버지, 할아버지, 할아버지의 할아버지는 예수님 안 믿어서 다 지옥에 가셨느냐. 그렇다면 나는 그런 예수님, 그런 하느님 안 믿겠습니다!' 그랬더니 목사님이 그러더래. '우리 조상님들이 섬기셨던 한울님 상제님 신령님이 교회에서 섬기는 하느님과 다르지 않습니다. 하느님이 어찌 이 땅은 내버려두고 저쪽 땅에서 저쪽 사람들만 데리고 계셨겠습니까?'"

이민수 장로의 얘기는 섬에서는 전설처럼 전해져 내려왔다. 처음 전도하러 들어온 목사가 하루 종일 따라다니며 교회를 세우자고 그를 설득할 때 했다는 말이 정말 대단했다.

"술 끊고 와라, 담배 끊고 와라, 노름 끊고 와라? 그런 소리 하지 맙시다. 이 마을에는 노름하는 사람이 하나도 없는데, 혹 있다고 해도 교회를 다니다 보면 자연히 끊어질 일인 것을 무슨 자격시험 보는 것처럼 미리 이리저리 정해 놓지 맙시다. 기준에 맞는 사람만 교회에 올 수 있다면, 등대섬뿐만 아니라 남해 바다 이 많은 섬 어디에도 꼭 들어맞는 교인을 찾을 수 없을 거요. 죽은 사람이 다시 살아나 하늘에 올라갔다는 얘기도 이상하고 믿기 어려운데, 이것저것 조건마저 까다로우면 누가 교회에 나오겠어요? 그냥 예수 안 믿고 말지."

그런 말을 다 받아들인 만큼 마음이 열린 목사였기에 현우 아버지를 설득할 수 있었고, 마을 사람들도 교회로 끌어들일 수 있었다.

등대섬 사람들은 파도를 타고 넘으며 조그만 고깃배를 몰고 그물질로 먹고살았다. 말은 하지 않았지만 그들에게 지난 삶이 모두 잘못이었다거나 죄인임을 인정하고 회개하라고 윽박질렀다면 그 누구도 절대로 예수를 믿지 않았을 것이다.

교회를 처음 세울 때부터 등대섬 사람들에게 '이래야 한다, 저래야 한다'는 절차나 규정을 강요할 수 없는 형편이었다. 그들은 살아오던 대로 살면서 교회라는 이웃 하나 새로 받아들인 것처럼 지냈다. 게다가 도시 교회처럼 예배를 드릴 별도 공간을 확보하고 시작할 수도 없었다. 처음에는 현우 아버지 집에서, 그다음에는 좀 더 큰 집에서, 날 좋은 때에는 황씨 할머니네 마당 큰 느티나무 아래 모여 예배를 드렸다.

"예배드리러 오세요!"

목청 큰 사람이 마을을 향해 몇 번 소리치면 그제야 어슬렁어슬렁 뒷짐을 지고 모여들었다. 도시에서는 교인들이 모이든 안 모이든 정해진 시간에 예배를 시작하지만, 등대섬에서는 그럴 수 없었다.

먼저 시작하면 토라지는 노인들도 있었다.

"아따, 하느님이 어디 급하게 가신다든가? 조금 더 못 기다려 준대? 참 야박하기는."

큰섬교회의 지원을 받아 등대 옆에 새로 아담하게 교회를 짓고 나서야 예배시간을 맞출 수 있게 되었다. 종탑에 댕댕 구리종을 달고, 예배시간 30분 전, 15분 전에 종을 울렸다. 큰섬교회에서 풍금을 놔주겠다고 했지만 등대교회는 정중하게 사양했다. 풍금은커녕 멜로디언조차 만져본 사람이 등대섬에는 없었다.

처음 섬에 들어온 목사는 그렇지 않았지만, 그다음 목사들은 대부분 얼마 못 가 빠져나갈 궁리만 했다. 등대교회에서 섬기는 예수나 하느님은 학교를 다닌 적도 없고, 성경을 제대로 읽어본 적도 없는 분 같았다.

'이 섬사람들이 어떻게 바뀌어야 제대로 바뀐 것일까.'

등대섬에서는 제대로 바뀌어 무엇이 돼야 할지 교회가 가르치고 나설 수 없었다. 새삼 하느님을 특별히 두려워할 일도, 울고불고 그분에게 매달려 부탁할 일도 없는 사람들이 살았다.

'아무것도 바꿀 수 없는 등대섬에서 무슨 가르침을 줄 것인가.'

사람이 할 수 없는 일이라면 모두 하느님에게 부탁하는 믿음이 얼마나 허망하게 배반당하는지, 등대섬에는 모르는 사람이 거의 없었다.

'제 기도를 이뤄 주시지 않을지라도 감사합니다.'

믿음 좋은 목사들이 하는 그런 설교에도 등대교회 교인들은 크게 감동하지 않았다. 등대섬 사람들은 하느님이든 정부 관청이든, 어디다 대고 크게 부탁할 일이 없다고 생각했다. 세상을 선과 악으로 쫙 갈라 나눌 수도 없고, 도덕으로 재단할 수도 없다고 믿으며 등대섬 사람들은 살아왔다. 교회가, 기독교라는 종교가, 예수가 등대섬에서는 기준 노릇을 할 수 없었다. 몸으로 겪어낼 수 있는 고통은 다 겪고, 섬에 들어온 사람들이 살기 때문이었다. 더 이상 무서울 것이 없는 사람들이었으니, 기독교의 가르침이나 경고에 대해서도 그저 덤덤했다.

빈 바다

시커먼 먹구름이 하늘을 가득 채운 늦여름, 큰 태풍이 올라온다고 사람들이 모두 걱정하던 때, 미숙은 등대섬 외할머니 집으로 돌아왔다. 젖먹이 아들 다니엘이 아직 한 살이 안 됐을 때였으니 벌써 4년 전이었다. 외할머니와 마을 할머니, 아주머니 몇 명이 부두에 나와 그녀와 아기를 맞아들였다. 초등학교 동창 현우는 등대교회 목사였지만 얼굴도 비치지 않았다.

"딸은 어미 팔자를 닮는다더니."

끌끌 혀를 차는 소리, 수군거리는 소리를 미숙은 애써 못 들은 척 넘겼다. 혼자 사는 외할머니에게 어린 딸을 맡겨 두고 멀리 떠난 엄마까지 한데 묶어 흉보는 말이었다. 어른들 마음이 속절없이 무너지고 있다는 뜻이었겠지만 그녀에게는 견디기 힘든 말이었다. 절대로 엄마를 닮지 않겠다고, 어려서부터 거듭 다짐하며 살아왔기 때문이다.

'엄마는 나를 버렸지!'

엄마는 그 뒤로 단 한 번도 등대섬을 다시 찾지 않았다.

미숙은 낮게 내려앉은 잿빛 하늘 아래에서 자랐다. 그 색깔이 제 운명의 빛깔이라는 것을 너무 일찍 알아버린 아이의 눈에는 세상도 잿빛으로 보였을 뿐이다.

초등학교 때 미숙은 외할머니 집보다 얹혀사는 큰섬 남의 집이 더 좋았다. 공휴일이나 방학 때 등대섬으로 돌아올 때면 말할 수 없이 가슴이 답답했다. 그 뱃길이 싫었다. 뱃전을 붙잡고 뒤로 물러나는 물결을 하염없이 바라보거나, 높은 하늘을 멍하니 쳐다보았을 뿐이었다.

멀리 등대섬이 눈에 들어오면 한숨짓는 외할머니 모습이 먼저 떠오르고 카메라 셔터처럼 가슴 문이 탁 닫혔다.

외할머니 집에 돌아와도 바닷가 포구 옆 검정소처럼 웅크린 바위 말고는 갈 곳이 없었다. 가끔 양손에 돌 한 개씩 들고 가서 포구에 있는 서낭당 돌무더기에 올려놓았다. 옛날에 어른들이 고기잡이 나갈 때 만선을 빌던 곳이었다. 정성스럽게 돌을 쌓으면서 섬을 떠날 수 있기를 빌었다.

"저 애가 바닷가에 혼자 나가 하루 종일 빈 바다 앞에 넋 놓고 앉아 있으면 내 가슴이 메어 터져!"

빈 바다. 지금도 그녀는 그 말을 기억하고 있다.

외할머니에게 바다는 언제나 빈 바다였다. 손녀가 처량하게 눈으로 더듬던 바다는 할머니의 빈 바다였고, 엄마가 두 발 버둥거리며 벗어나려고 애썼던 바다였다.

손녀의 어깨에서 할머니는 옛날의 기억을 보았을 것이다. 날마다 바다에 나가 기다리다가, 엄마가 다시는 돌아오지 않을 것을 깨달은 아이. 그 어깨가 점점 좁아질 때, 무너지는 것은 할머니의 가슴만이 아니었다.

세상 끝에 살고 싶어 일부러 섬을 찾아 들어온 사람이 있을까. 언제, 어떻게, 무슨 이유로 등대섬에 사람들이 흘러들어 살기 시작했는지는 아무도 모른다. 지도에 겨우 찍힌 점 하나. 그 멀고 외딴 섬을 찾아 들어온 사람은 슬픈 사람이든, 잊힌 사람이든, 아니면 외로운 사람이었을 것이다. 검불처럼 물결에 실려 세상 끝으로 밀려왔다고 믿는 사람들이 사는 등대섬이었다.

미숙이 등대섬으로 돌아온 지 얼마 되지 않아 외할머니가 세상을 떴다. 어디에 살고 있는지 엄마는 얼굴도 비치지 않았다. 연락처를 알지 못해 소식을 전할 길도 없었다. 마을 관습에 따라 등대교회에서 장례를 치렀다. 교회를 다니든 다니지 않든, 마지막만큼은 언제나 그곳에 모였다.

며칠 뒤, 미숙은 마을 어른들을 모두 초대해 답례 자리를 마련했다. 황씨 할머니의 말에 따라 장소는 교회로 정했다. 등대섬에서는 장례식이 끝나면 늘 그렇게 했다. 미숙이 마련한 음식을 현우가 교회까지 날라 주었다. 음식 광주리를 들고 오르내리는 동안 눈길이 마주칠 때마다 그는 고개를 슬쩍 돌렸다. 챙겨 주는 대로 말없이 음식을 나르면서도 얼굴에는 가끔 불편한 기색이 스쳤다. 교회 목사라지만, 그 모습은 아직 불편한 것을 참지 못하는 얼굴 하얀 어린애였다.

자리가 끝날 무렵, 미숙이 어른들 앞에 나섰다. 그동안 혼자 마음속에 세워 두었던 계획을 꺼냈다.

"조그만 가게를 하나 내 보려고 해요. 어르신들 식사 준비하시기 힘들면 제가 차려드리고요. 마을에 필요한 자잘한 것들을 큰섬에 가서 사다 놓고요."

마을 어른들은 고개를 끄덕였다. 좋은 생각이라며 맞장구를 치는 사람도 있었고, 어떤 아주머니는 박수까지 치며 웃었다. 현우만 표정이 떨떠름했다.

얼마 후, 현우는 교회 예배당 옆에 붙은 조그만 살림방으로 거처를 옮겼다. 굳이 묻지 않아도 그가 왜 그러는지 미숙은 알 수 있었다.

'교회 살림방으로 올라가면 등대섬을 떠나는 거나 마찬가지야! 무엇이 불편했든 어른들과 어울려 살아야지. 목사가….'

그 말을 입 밖으로 내지는 못했다.

마을 어른들이 나서서 이 집 저 집에서 목재를 끌어모아 미숙의 가게에 평상을 짜맞춰 놓아 주었다. 그냥 평상이 아니었다. 참으려고 애썼지만 미숙은 나오는 눈물을 어쩔 수 없었다. 이제 완전히 등대섬 사람으로 그녀를 받아들인다는 표시였다.

그날 이후 마을 어른들이 자연스레 그 마당으로 모여들었다. 어른들은 먹거리를 싸들고 와 미숙에게 요리를 부탁했다. 매일 먹는 집밥에 물린 어른들에게는 다른 사람의 손맛이 별미였다.

미숙은 하루에 아침저녁 두 번 큰섬에서 들어오는 배편으로 소주, 라면, 음료 등을 받아 팔았다. 유통기한이 임박해 값싸게 들여온 물건들이었지만 등대섬에서 그런 걸 따지는 사람은 아무도 없었다.

칼칼한 해물탕에 독한 소주를 곁들이며 회포를 풀고 싶은 이들은 약속이라도 한 듯 미숙의 가게 평상으로 모여들었다. 몇 사람이 목소리를 높이기 시작하면 곧 마을 어른들이 하나둘 자리를 채웠다. 인원이 늘어날 때마다 바닷가 가두리에서 생선 한두 마리 더 건져와 넣고, 밭에서 갓 뽑은 무를 툭툭 썰어 넣고 다시 끓였다.

술잔이 오고 가면 어느덧 목소리가 커지고 마음도 너그러워졌다. 늘 보던 이웃의 얼굴들이 새삼 고마워 서로 어깨를 끌어안고 흔들어 댔다.

자리가 무르익으면 집에서 남편을 기다리던 아주머니, 할머니들이 찾아와 슬그머니 합류했다. 건네는 술잔을 넙죽 받는 이도 있었지만 대개는 콜라나 사이다를 채운 잔을 들고 눈을 가느스름하게 뜬 채 남자들이 주고받는 얘기에 귀를 기울였다.

해물탕에 소주를 마시다가 냄비 바닥이 드러날 때쯤 밀가루 반죽을 뚝뚝 떼어 넣고 수제비를 해 먹었다. 바다 안개가 섬으로 밀려들고 밤이 점점 깊어져도 평상을 비추는 불빛은 꺼질 줄 몰랐다.

"달아 둬!"

그 한마디를 끝으로 등을 보인 채 어둠 속으로 흩어지면 등대섬의 밤이 시작된다. 이제부터는 각자 감당해야 할 시간이다. 이 섬에서 밤은 잠만 자는 시간이 아니었다.

시간을 거슬러 올라가, 매일 긴 밤 내내 가위눌리며 겪어야 할 일이 어김없이 다시 벌어진다.

어느덧 미숙이네 가게는 등대섬 마을에서 사람들이 모이는 또 하나의 장소로 변해 있었다. 예배는 교인들끼리 교회에서 드리고, 교회 다니지 않는 어른들까지 낀 모임은 가게에서 모인다는 식이었다. 동네 어른들은 가끔 그 자리에 현우도 초대했다.

"내가 갔다 올게요."

그럴 때마다 남 집사가 교회로 현우를 찾아 올라가 말을 전했다. 술자리에 목사까지 부를 특별한 일은 없지만, 그래도 어른들 마음은 한 사람이라도 빼놓고 싶지 않았다. 더구나 이민수 장로의 아들인데….

현우는 곧바로 남 집사를 따라 내려오는 일이 거의 없었다. 꾸물거리다가 한참 만에 내려와 콜라나 사이다 한 캔 마시며 자리를 지켰다. 별 얘기 없이 어른들 얘기를 듣거나, 미숙의 아들 다니엘에게 말을 걸며 시간을 보냈다. 아무리 목사라고 술자리에서까지 하느님 얘기를 할 수도 없고, 지루한 표정으로 앉아 있다가 한두 마디 끼어드는 것으로 겨우 자기 몫을 했다.

등대섬에서는 특별할 것도 없는 소소한 얘기가 한 자리에서 몇 번씩 되풀이된다. 한창때 인생 한 부분을 뚝 잘라 기억 저쪽에 밀어 놓고 사는 어른들이었으니, 섬에 들어와 살면서 공통으로 겪은 일들만 얘기할 수밖에 없었다. 자리가 오래 이어지면 현우는 불편한 기색을 보였다. 눈치야 진즉 챘으면서도 그가 내려와 자리에 끼어 있다는 것만으로도 어른들은 좋은 모양이었다. 밤을 두려워하는 어른들 때문에 가게 불 켜진 시간이 점점 길어진다는 것을 그만 몰랐다. 어느 한 곳에 켜진 불이 어른들을 불러 모으고 있었다.

어느 날, 현우가 마을에 내려가 미숙의 집 앞을 지나갔다. 등대교회 목사로서 적어도 일주일에 한두 번 낮 시간에 마을을 한 바퀴 돌아보는 일을 일과로 생각했을 때였다. 다니엘이 마당 가 자그마한 나무에 한 발을 척 걸치고 서 있었다. 보초를 서는 군인처럼. 아이는 그때 벌써 다섯 살이었다.

"집에만 있지 말고 바닷가에도 가 보고, 교회도 놀러 오렴."

심심해서 혼자 나무에 올라 노는 줄 알고 말을 건넸다. 어릴 적 현우도 늘 외톨이였다. 한 마을에 또래로 미숙이 있었지만 그 아이와 놀기는 싫었다.

"엄마가 담 밖 멀리 나가지 말래요. 악어가 물어간대요."

어린아이 입에서 이상한 말이 튀어나왔다.

"악어? 여기에는 없어."

"세상에 득실득실하대요. 엉금엉금 기어 나와 콱 물어간대요. 괜히 친절한 사람은 결국…"

"결국?"

"악어로 변하더래요."

현우의 가슴 속으로 차가우면서도 날카로운 바람이 싸하게 불어 들었다. 미숙이 꽁꽁 숨겨왔던 과거가 그 바람 속에 냄새로 섞여 있었다. 아이는 종알종알 말을 이었다.

"여기서 배 들어오는 거 보고 있다가 수상한 사람이 내리면 얼른 엄마한테 알려줘야 해요."

"허, 네가 엄마를 지키고 있구나."

"예, 그런 셈이에요."

아이는 '그런 셈'이라는 말로 서로 다른 두 가지 사실을 하나로 엮었다. 어린아이의 입에서 나오기에는 어딘가 부자연스러운, 그래서 더 슬픈 냄새가 나는 말이었다.

'악어!'

다니엘이 천연덕스럽게 말한 그 단어가 현우의 마음에 오래 남았다. 왜 그녀는 친절한 사람이 악어가 되더라고 말했을까? 아무리 억센 척, 당찬 척 살아왔어도, 그녀는 악어에게 물려 질질 물속으로 끌려 들어가 살을 뜯겨본 사람일지 모른다는 생각을 했다.

엉뚱한 말을 늘어놓는 아이를 망연히 바라보는 사이, 갑자기 섬뜩한 느낌이 가슴속을 헤집고 들어왔다. 이상한 상상이 휙 머릿속을 스쳐 지나갔다.

'남자?'

왜 아이에게 배 들어오는 것을 지켜보라고 했을까. 생각해보니 그녀는 누군가에게서 달아나 섬으로 숨어 들어온 것 같았다. 미숙에 대해 아는 것이 너무 없었다. 언젠가 그녀가 자기 입으로 툭 내뱉은 말대로, 현우가 전혀 관심을 두지 않았기 때문일까. 아니면 외면하고 싶을 만큼 싫었는가.

"왜! 네가 왜 그래! 엄마는 어떡하라고!"

한번은 미숙이 한 손으로 다니엘을 꽉 붙잡고 주먹으로 등을 팍팍 패는 것을 목격했다. 그녀 마음속에 맺힌 응어리가 삐어져 나온 광경을 보았다.

'엄마는 어떡하라고….'

그 소리를 들었으니 미숙네 마당을 더 넘겨다보거나 안으로 들어설 용기가 나지 않았다. 고개를 숙이고 지나치려는데, 돌담 너머로 아이가 현우를 보았다.

"목사님!"

다니엘은 엄마로부터 벗어날 수 있는 기회라는 듯 그를 불렀다.

"응."

할 수 없이 대답했다. 눈이 마주치자 미숙은 얼른 고개를 숙이고 방으로 들어갔고, 아이는 후다닥 뛰어와 현우에게 매달렸다.

"엄마 말씀 안 들었어?"

"아니요!"

"무슨 일 저질렀어?"

"아니요!"

아이는 거푸 고개를 흔들었다. 엄마에게 혼난 것이 못내 서운한 표정이었다. 어린아이가 무엇을 알겠는가. 등대섬에서 아들 하나 데리고 살아가는 엄마의 복잡하고 답답한 마음을 어찌 알 것인가? 아이는 그저 제 나이대로 행동했을 뿐인데.

"엄마 속상하지 않게 네가 말 잘 들어라!"

"어떻게요? 왜 속상해요? 목사님이 엄마를 좀 타일러 주세요. 목사님 말은 엄마도 잘 들을 거예요. 엄마 떠나서 혼자 부산으로 초등학교 가기는 정말 싫어요."

아이의 말을 듣고 보니 참으로 막막했다. 자초지종을 묻지 않아도 알 수 있었다. 다니엘이 무슨 일을 저질렀기 때문은 아니었다.

'엄마는 어떡하라고….'

그 말 속에 모든 속사정이 다 들어 있었다. 아이의 문제가 아니고, 미숙의 문제였다.

현우는 아이의 머리를 쓰다듬어 주었다. 그러자 아이는 눈물이 그렁그렁한 눈으로 그를 올려다보았다. 엄마를 닮아서 얼굴이 가무잡잡하고 눈매가 날카로웠다. 늘 느꼈던 것처럼 또래보다 체격이 작고 몸이 가늘었다.

"오늘은 너랑 놀아줄 수 없으니, 들어가 봐라. 그리고 엄마한테 가서 옆에 있어! 혼자 있으면 더 속상하고 슬프거든."

"예, 그럼 내일 놀아 주세요!"

다니엘은 집 안으로 들어갔고, 현우는 바닷가로 걸어갔다. 햇볕이 사정없이 쏟아졌다. 찾아갈 때마다 가슴을 열었던 검정소바위는 물이 차는 때라 신발을 벗지 않으면 건너갈 수 없었다. 조그만 그림자를 밟고 하얀 햇빛 아래 물가에 한참 서 있었다.

어린 시절처럼, 하염없이 바다를 바라보다 가끔 마을을 돌아보았다. 마을은 이상할 만큼 조용했다. 마을 바로 앞까지 몰려온 바다는 잔잔하게 출렁이며 반짝였다. 등대섬의 늦여름 한낮 오후였다.

미숙이 등대섬으로 돌아온 지도 햇수로 5년째 접어들 무렵이었다. 겨울을 나면서 그녀가 급격히 무너지는 것을 누구나 느낄 수 있었다. 짙은 화장으로도 감출 수 없는 그늘진 얼굴이었다. 그녀가 담배를 피운다는 소문까지 돌았다. 어떤 일이 일어나고 있음이 분명했다.

'왜 그럴까? 왜 내가 모르고 지나쳤을까?'

아버지와 함께 살던 마을 집을 떠나 교회 살림방으로 옮긴 일이 잘못이라는 생각을 했다. 같은 섬 안이라 해도 교회는 마을 서쪽 등대 언덕 위에 떨어져 있었다. 마을을 내려다보며 언덕 위에서 따로 살았으니 스스로 거리를 둔 셈이었다. 마을에서 교회로 물러난 이상, 현우는 등대섬을 떠난 사람이나 마찬가지였다. 등대섬 위에 잠시 머물다가 바람 따라 다시 둥둥 떠가는 구름이었다.

'내 마음은 어디로 흘러 흘러… 몸은 뒤에 남아 있는데.'

섬에 돌아온 지 반년쯤 지났을 때부터 그랬다. 불쑥불쑥 이곳을 떠나고 싶다는 충동이 일었다. 정말 떠날 수 있다면 눈 닿는 끝까지 온통 바다로 가득 찬 남쪽으로 가고 싶었다. 한없이 흘러가다 보면 태평양에 이를 것 같았다. 북쪽에는 사람이 살지 않는 작은 섬들이 띄엄띄엄 떠 있고, 그 너머에 큰섬, 큰섬을 지나면 육지가 나온다. 끝에는 사람들이 바글거리는 도시들과 서울이 있어서 싫었다.

세상 속에서 사람들이 서로 어떻게 살아야 한다고 설교하는 목사지만 현우는 모든 것을 다 내려놓고 사람 없는 곳으로 훌쩍 떠나고 싶었다. 학교를 다니며 육지 세상을 두루 경험했다고 믿었는데, 생각해 보니 큰 경계를 벗어나 본 적은 없었다. 새로운 곳을 찾아 떠나고 싶었고, 끈적거리며 달라붙는 알 수 없는 예감도 싫었다. 어려서부터 마을 앞 바다 물길로 단발머리 여자아이가 자박자박 걸어오는 꿈을 자주 꾸었다. 그러면 거의 언제나 며칠 동안 몸이 많이 아팠다. 이제 정말 그 아이가 점점 가까이 다가오는 것 같아 불안했다.

바다로 단단히 둘러친 등대섬 울타리 안에 어느새 침입자가 들어와 살고 있었다. 낮에는 잠잠하다가 해가 떨어지면, 등대가 장엄한 빛의 장검을 휘두르기 시작할 때면, 미숙네 가게에 촉수 낮은 백열등이 희끄무레하게 켜지면, 현우가 감당할 수 없는 어둔 기운이 섬을 기웃거렸다. 그때가 되면 미숙은 평상 위에 해물탕을 부지런히 끓여 내고 숟갈로 소주병을 뻥 따면서 깔깔 웃었다, 허리를 비틀며.

＊

그집 김씨네 작은아들 동혁이 섬에 들어온 것은 겨울 바닷바람이 차가운 2월 초였다. 그때부터 큰 사건이 거푸 일어났다. 여러 방향에서 몰아치는 파도를 한꺼번에 만난 고깃배처럼 등대섬은 이리저리 흔들렸다.

"동혁이가 왔어요, 저기 '그집 김씨' 작은아들!"

마을에 다른 김 씨가 있기는 했지만, 사람들은 한쪽 다리를 잃고 절뚝거리는 아저씨를 늘 '그집 김씨'라고 불렀다. 등대섬에 사는 다른 사람들은 모두 과거의 고통을 표 안 나게 가슴에 묻고 살았다. 어디서 왔는지, 무엇을 하던 사람인지, 어떤 사연이 있어 등대섬에 들어오게 됐는지 아무도 묻지 않고 본인도 드러내지 않는다. 하지만 그집 김씨의 사연은 감출 수 없었다. 그의 다리는 마을 사람들이 눈으로 보는 현재였다. '그집 김씨'는 '다리를 절뚝거린다' 대신 쓰는 말, 눈에 보이는 상처를 가려주려는 마을 사람들의 속 깊은 배려였다.

동혁은 햇빛에 번질번질 빛나는 검정 양복을 말끔히 차려입고 돌아왔다. 소고기 두 상자, 섬사람들이 좋아하는 소주 한 상자, 자잘한 선물 상자 두어 개를 배에 신고 왔다. 그집 김씨는 목발을 짚은 채 마당에 서 있고, 큰섬댁은 '우리 아들, 우리 작은아들 동혁이' 하면서 마을 사람들과 부지런히 짐을 날랐다.

고기와 소주는 미숙네 집으로 옮겨졌다. 그날 그녀 가게 마당에서 마을 잔치가 벌어졌다. 쌀쌀한 날씨였지만 평상 위에는 나이 든 노인들, 멍석에는 그보다 젊은 어른들과 아주머니들이 앉았다. 마을 멍석과 두레상이 모두 동원됐다. 어제오늘 모두 그날이 그날 같았던 마을이 시끌벅적했다. 고기도 넉넉했고, 술도 풍족했다. 아주머니들과 미숙은 부지런히 고기를 구웠다. 동네 사람 너나없이 동혁을 칭찬하기에 바빴고, 그는 연신 허리를 굽실거리며 이 사람 저 사람 잔이 철철 넘치게 술을 따랐다.

"많이들 드세요. 고기는 충분해요."

"자네 정말 인물일세. 등대섬 출신 중에 동혁이 자네만 한 사람 없어. 고기며 술이며 어쩜 이리 골고루 챙겨 왔는지."

미숙은 잘 익은 고기를 골라 다니엘 입에 쏙쏙 넣어주며 '꼭꼭 씹어, 꼭꼭' 하면서 연신 밝게 웃었다. 그녀가 그렇게 웃는 걸 처음 본 마을 어른들은 고개를 끄덕이며 지켜보았다. 동혁도 의미심장한 미소를 지었다.

고향 어른들에게 소고기 한 번 실컷 대접하고 싶었다는 동혁은 마을 사람들에게 고마운 사람이고, 귀한 아들이었다. 다만 작은아들 동혁을 뜨악하게 쳐다보는 그집 김씨의 표정이나 행동이 좀 이상했을 뿐이었다.

동혁은 큰섬에서 초등학교를 다니다가 어느 날 배를 타고 육지로 달아났다. 육지에서 중학교를 다니는 두 살 위 형을 찾아갔을 거라는 얘기, 서울 어디 공장에 취직한 누나를 찾아갔다는 소문이 오래 떠돌았다. 한 번도 부모를 찾지 않던 그가 갑자기 섬에 돌아오자 마을에는 활기가 돌았다. 그런데 이상하게 동혁은 현우를 노골적으로 무시했다. 묘하게 입을 비틀고 위아래로 훑어보기 일쑤였다. 이유를 알 수 없는 적의였다. 현우 개인에게 그러는지 그가 등대교회 목사였기 때문인지는 아무도 알지 못했다.

동혁이 돌아오고 보름 후, 어깨가 딱 벌어진 건장한 청년 서너 명이 섬에 들어왔다. 그들은 선착장부터 마을 구석구석을 훑어보고, 언덕에 올라 등대와 등대교회 위치까지 살핀 뒤 떠났다. 2월 말에 이르자 한 달 가까이 들떠 있던 섬이 깊은 물속에 다시 가라앉은 듯, 거품이 꺼진 듯, 갑자기 조용해졌다.

그 무렵, 미숙이 다니엘을 교회로 올려 보내 현우에게 만나자는 얘기를 전했다. 내키지 않아 한참 뭉그적대다가 더는 미룰 수 없어 해질 무렵이 돼서야 그는 교회 예배당 옆 살림방을 나섰다.

마당에 서서 내려다보니 벌써 마을은 어두워지고 있었다. 서쪽 마당 끝 금빛으로 찰랑거리는 바다는 슬그머니 가슴을 열어 보여주었다. 마을 어른들이 입버릇처럼 얘기하던 숨 막힐 듯 아름다운 바다가 거기 있었다.

"해 질 무렵 배를 몰고 섬으로 돌아올 때는 당연한 줄 알았는데, 이제는 언덕을 올라가야만 볼 수 있어. 여기서는 언덕 넘어가는 해만 볼 수 있을 뿐. 늙으닝께, 해 지는 저녁 바다를 잃은 셈이드라고."

마을 어른이 떠듬떠듬 들려주었던 얘기가 떠올랐다. 황금빛으로 찰랑이던 바다가 어느 순간 검게 출렁인다고 느낄 때, 새빨간 해가 바닷속으로 쏙 빠져들어 가는 광경을 어른은 잊지 못하고 있었다.

현우는 아침 바다, 저녁 바다를 모두 볼 수 있는 언덕에 산다. 색깔을 잃어가다가 한 집 두 집 외롭게 불을 켜는 마을을 내려다보며 교회에서 따로 떨어져 산다.

어슬렁거리며 언덕을 내려가 마을에 들어섰다. 미숙네 마당 평상에는 동혁이 걸터앉아 있었다. 나무에 매달려 흔들거리는 백열전구 불빛 아래 그는 혼자 술을 마시고 있었다. 어쩐지 외롭고 초라하고 안돼 보였다.

"야, 현우! 너 말이야."

동혁이 벌떡 일어나더니 다짜고짜 시비를 걸었다. 난처한 일이 생길 것 같은 예감이 들었다. 현우는 정중하게 인사했다.

"예, 형님."

"너 이현우. 네가 바로 그놈이지?"

"동혁 오빠, 이현우가 뭐야. 그리고 왜 대뜸 '놈' 자를 붙이고 그래? 등대교회 목사님인데. 예의 좀 지켜."

부엌 문턱에 한 발을 걸친 미숙이 동혁을 향해 쏘아붙였다.

"시끄러. 여자가 어디 끼어들고 난리야! 옛말에 여자가 끼면 되는 일이 없다더니, 황 할머니부터…. 그런데, 현우 너, 아니, 목사님. 이현우 목사님! 끅, 목사 이현우 님, 어디 한번 물어봅시다."

동혁은 혀 꼬부라진 소리로 자꾸 목사라는 말을 되뇌었다. 목사라는 직업이 그에게 유독 걸리는 모양이었다. 미숙이 다시 나섰다. 양팔로 허리를 짚은 채, 날카롭고 뾰족한 소리를 질렀다. 동혁보다 현우더러 들으라는 말 같았다.

"그 사람은 원래 그렇게 우악스럽게 다루면 달아난다고! 살살 얘기해, 그럼 알아들어."

"그래? 그럼 앉아! 여기 앉으라고. 나랑 얘기 좀 합시다, 등대교회 이현우 목사님."

동혁은 현우를 잡아당겨 평상에 앉혔다. 담뱃갑을 꺼내 들고 추석
추석하다가 바닥을 툭 치니 한 개비가 삐죽 솟아나왔다. 현우 앞으로
내밀며 권하는 시늉을 했다.

"담배 못 피웁니다."

"그럼, 술은 좀 마셔? 목사님?"

"못 마십니다. 한 잔만 마셔도 취합니다."

"그럼 됐네. 목사님 한 잔, 내가 다섯 잔, 그렇게 마시지. 여기 술 좀
가져와! 매운탕 데워 오고. 저기 눈 똥그랗게 뜨고 서 있는 다니엘한
테는 사이다 하나 따 주고."

미숙이 소주 두 병을 가져다 술상 위에 탁 내려놓고, 차갑게 식은
매운탕 냄비를 가져갔다. 그녀가 움직일 때마다 양단인지 공단인지
번질번질한 치마에서 뿌득뿌득 정전기 소리가 났다. 꺾어 신은 헌 구
두 딸깍거리는 소리가 귀에 거슬렸다.

'아!'

문득 어두운 밤의 그 골목이 떠올랐다.

서울에서 신학대학 다닐 때, 큰길에서 자취방으로 올라가는 골목
어귀에 작은 술집이 하나 있었다. 그 집에는 머리를 이상하게 틀어 올
린 젊은 여자가 있었다. 늘 질겅질겅 껌을 씹으며 현우가 지날 때마다
알쏭달쏭한 눈길을 보냈다. 한번은 그녀가 먼저 말을 붙였다.

"학생, 나는 미스 한이야. 학생도 편한 대로 그렇게 불러도 돼."

그러나 현우는 신학생으로서 술집 여자와 말을 섞고 싶은 마음은 전
혀 없었다. 그저 사람 좋은 미소를 띠고 의례적으로 고개를 끄덕였다.

어느 늦은 저녁, 미스 한이 컴컴한 골목에 웅크리고 앉아 하수도 틈에 대고 마신 술을 토하고 있었다. 그냥 지나가려다 걸음을 멈췄다. 자기 성까지 알려준 여자의 고통을 외면하는 것은 신학생답지 않은 것 같았다.

"등 좀 두드려 드릴까요?"

그녀는 쪼그리고 앉은 채 현우를 올려보았다. 몽롱한 눈으로 한참 무엇을 가늠하다가 손을 저었다.

"가. 가. 학생은 그냥 가! 괜히 어떻게 감당할라꼬."

하도 여러 번 손을 내저어서 현우는 머뭇거리다 자리를 떴다. 그런데 술 취한 미스 한이 내뱉은 그 한마디는 오랫동안 가슴속에 착 들러붙어 떨어지지 않았다.

'어떻게 감당하려고….'

미숙네 평상에 앉아 술 취한 동혁의 혀 꼬부라진 주정을 들으면서, 미숙이 꺾어 신은 뒤축 낮은 구두 딸깍거리는 소리를 들으면서, 왜 자취방 골목 술집 미스 한과 미숙이 겹쳐 보이는지 알 수 없었다. 밤이기 때문인가. 술 냄새 때문인가. 샌들처럼 끌고 다니는 구두 소리 때문인가. 불쑥 떠오른 기억이 그를 그때로, 지금으로 끌고 다녔다.

현우는 '감당'이라는 말을 감당할 수 없었다. 무슨 일이 벌어졌든, 벌어지고 있든, 그가 나설 일은 아니라고 단단히 선을 긋고 살았다. 감당의 저쪽은 책임이라고 생각했다.

동혁이 큰 소리로 미숙을 불렀다.

"술을 따줘야지!"

"제가 따르겠습니다."

"놔둬. 미숙이가 숟갈로 뻥 따야 제맛이야. 뭐 해? 와서 술 한 잔씩 따르지 않고!"

웬일인지 미숙은 동혁의 거칫거칫한 말을 다 받아 주었다. 늘 그렇게 살았던 부부 같았다.

"들어, 들어. 여기서는 누가 안 봐. 목사님이 술 한 잔 들기로 흉 될 것 없어. 쭉 마셔."

처음과 달리 동혁의 목소리에서 거친 줄기가 많이 빠져 있었다. 소고기와 소주를 싣고 섬에 돌아온 후 불량스러운 눈으로, 조롱하듯 가느스름하게 뜬 눈으로 바라보던 동혁이 현우에게는 불편한 상대였다. 더구나 나이로 치면 그보다는 분명 다섯 살은 위였다. 아주 어렸을 때 한 마을에 살던 기억이 얼핏얼핏 떠올랐다. 그때도 동혁은 어려운 형이었다. 언제나 윗저고리 단추를 몇 개 풀어 놓고 후다닥 이리 달리고 저리 뛰어가던 모습만 생각났다.

"입에 대기만 하겠습니다, 형님."

"야, 그 형님 소리 듣기 거시기하구만!"

"예, 형님."

현우는 괜히 동혁과 부딪치고 싶지 않았다. 수상한 목적으로 섬을 들쑤시고 다녔던 그와 등대교회 목사가 깊게 얘기할 일도 이유도 없었다. 이왕 얼굴을 마주했으니 충돌하지 않고 조용히 끝내자고 마음먹었다. 마당을 들어서면서 느꼈던 안됐다는 생각은 이미 멀리 사라진 뒤였다.

"그래, 교회는 잘되고?"

사람들은 대개 근황을 물을 때, 사업은 잘되는지, 가게는 제대로 굴러가는지, 공부는 잘하고 있는지, 연애는 곧 어떤 결실을 맺게 될지 묻는다. 현우는 난생처음으로 '교회가 잘되느냐' 묻는 사람과 마주 앉은 셈이었다.

'그럭저럭 돼요.'

보통은 그렇게 말하지만, 교회가 그럭저럭 굴러간다고 대답할 수는 없었다. 질문의 층위가 다르니 어찌해야 할지 난감했다. 굳이 적당한 대답을 찾아 대꾸할 필요도 없었다. 이미 동혁은 다른 방향으로 얘기를 틀고 있었다.

"이현우 목사. 언제까지 등대교회가 거기서 교회 노릇 하며 버틸 수 있을 것 같아?"

'언제까지', 그리고 '교회 노릇'이란 말이 현우 가슴에 콱 들어박혔다. '거기'라는 말은 등대 옆 교회 자리, 바다가 훤히 내려다보이는 언덕 그 장소를 의미했다. 현우가 확실하게 대답할 수 있는 것은 아무것도 없었다. 그에게 달린 일이 아니었고, 희망을 섞은 대답으로 대충 얼버무릴 수 있는 물음이 아니었다.

"응? 응? 대답해 봐."

"글쎄요…."

"야! 글쎄요? 명색이 목사라면 뭔가 계획을 얘기하고, 비전을 제시하면서, 저 노인 양반들 끌고 가야지. 네 꼴리는 대로 하다가 손 딱 떼고 떠나도 되는 거야? 갈 데 없을 때는 섬에 돌아와 목사질 하고. 육지에 좋은 자리 나면 휙 떠날 거 아니냐고!"

동혁은 거칫거칫 몰아붙였다. 마치 현우에게 시비를 걸기로 단단히 마음먹은 사람처럼 보였다.

"야! 너는 이 섬에 피붙이가 한 사람도 없지? 나는… 아버지… 한쪽 다리로 절뚝거리며 겨우 목숨 이어가는 불쌍한 아버지하고 남몰래 눈물 훔치는 우리 어머니가 사는 섬이야! 자식 있으면 뭐 해! 세상에 자식들 가르치고 제 식구 온전히 건사하며 살기가 얼마나 힘든데… 내가 어려서부터 객지에 나가 어떻게 살았는데…."

그는 쌍욕을 입에 올리다가도 금세 회한에 잠겼다. 듣고 있던 현우가 조용히 입을 열었다.

"형님, 무슨 말씀을 하시려는지 모르지만, 저는 이 섬을 떠나지 않습니다. 아버지 어머니가 묻힌 섬, 제가 나고 자란 섬, 그래서 연어가 강을 거슬러 오르듯, 돌아왔습니다."

"연어? 말은 잘한다. 내 말은 이 섬과는 별 상관도 미련도 없는 네 앞길 걱정이 아니야. 저 노인들 어떻게 할 거냐고! 노인들 가장 큰 걱정이 뭔지 알아?"

현우는 입을 뗄 수 없었다. 사실 그런 문제까지 깊게 고민한 적 없이 언덕 위에서 등대교회 목사로 지냈다. 문득 신학대학 시절 읽었던 책 한 구절이 생각났다. 은혜가 사준 책이었다.

"사람은 살아남고 싶어서 죽음을 두려워한다. 어떻게 보면, 죽음을 두려워해서 살아남기를 바란다."

두려움이 먼저라면서 기독교 신앙은 두려움에 뿌리를 내렸다고 분석한 책이었다. 그런 일에는 상관도 없을 것처럼 보이는 동혁은 등대섬 어른들이 깊이 간직한 채 살아가는 두려움을 불쑥 현우에게 묻고 있었다. 죽음의 그림자가 어른거릴 때, 사람들은 무엇을 가장 두려워

할까. 바짝 뒤따라 쫓아오는 죽음을 떼어 놓고 등대섬에 들어온 어른들이라 더는 두려울 것이 없을 줄 알았는데, 그들 역시 두려움을 안고 살아간다는 얘기였다. 그가 한 번도 생각해 본 적 없는 문제였다.

"야! 공부를 암만 하면 뭐 해? 잠자리에 들 때마다 어른들이 뭘 걱정하는지, 목사라는 놈이 그것도 몰라?"

동혁이 핏발 선 눈으로 현우를 쏘아보았다.

"혼자 죽는 거야. 알기나 해? '나 혼자 이 방에서 숨 거두면 누가 알겠어. 송장 썩는 냄새가 진동하면 그제야 알겠지.' 그게 그렇게 무섭대. 등대교회가 그거 해결해 줄 수 있어?"

동혁은 대답을 기다리지 않고 소주를 목구멍에 털어 넣더니 술상 위에 탁 빈 잔을 내려놓았다. 그 순간, 현우 가슴에 무엇이 덜컥 떨어졌다. 재판장이 법정에 선 피고인에게 선고를 내릴 때 딱 방망이를 두드리면 그런 소리가 난다. 이제부터는 현우가 감당할 문제라는 판결이다.

'교회가 해결해 줄 수 있어?'

물동이에 엎어 놓은 바가지처럼, 눌러도 눌러도 그 말은 떠오르고 또 떠올랐다.

"난 너희 속내를 알아. 착한 척 가면 쓰고 베푼다지만, 그거 자선 아냐. 그냥 동냥이지. '이거 먹고 떨어져라! 내 울타리 안으로 들어오지 마라!' 그거잖아, 안 그래. 이현우 목사님. 대답 좀 해 보시라고!"

동혁은 한참 말을 잇지 못하다가 손등으로 눈물을 훔쳤다.

"그건 그래!"

종종종종 걸어와 수건으로 감싼 매운탕 냄비를 술상 위에 턱 올려 놓더니 미숙도 한마디 거들고 나섰다. 동혁은 미숙에게 잔이 철철 넘치도록 소주를 따라 권했다. 미숙은 고개를 돌려 방 안을 살폈다. 다른 때와 마찬가지로 다니엘은 문을 꼭 닫고 방 안에 드러누워 있을 것이다.

동혁이 미숙의 얼굴에 담배 연기를 후우 길게 내뿜었다. 천천히, 아주 비릿하면서 징글맞은 목소리로 그는 말했다.

"나도 결국은 악어라며? 그렇게 되더라며?"

미숙은 부채질하듯 손바닥으로 담배 연기를 흩었다. 그녀는 소주잔을 가만히 들여다보며 무언가 한참 생각했다. 술을 목에 털어 넣었다. 꿀꺽 술 넘어가는 소리가 들렸다.

"맞아. 남자 새끼들은 죄다 악어야! 속에 감춘 음흉한 생각을 내가 정말 모를까 봐? 생선 썩는 것보다 더 비릿한 냄새를 풍기면서 착한 척 웃음을 짓지! 먹이를 놓고 어르다가 결국 콱 물어뜯지! 그러면 나는… 몸뚱이 한쪽 뚝 떼 주고 도망칠 수밖에….."

동혁도 현우도 입을 다물었다. 고개를 숙이고 술상을 내려다보던 동혁이 소주 한 잔을 따라 목구멍에 들이부었다. 그리고 현우에게 눈짓했다. 현우도 술잔을 들었다.

"들어. 쭉 들이켜."

동혁의 목소리에 이제는 친근함이 배어 있었다. 같은 '남자 새끼'니 동지라면 동지였다. 조그만 유리잔 안에서 맑은 액체가 찰랑거렸다. 백열등 불빛이 술잔에 담겨 일렁였다.

현우 역시 단숨에 잔을 비웠다. 소주는 음미하는 술이 아니다. 정신을 잃을 때까지 쏟아붓고, 마지막에 불을 붙여 자신을 태우는 연료다. 억울한 사람, 한을 품은 사람, 슬픈 사람이 마주 앉아 마음을 열고 낄 낄거리며 서로에게 끼얹는 휘발유였다.

미숙이 술을 더 내오고, 방 안 기척에 귀를 기울이다가 사이다 한 캔을 다니엘에게 더 갖다 주었다. 다 식은 해물탕 냄비를 데워 오려는 그녀를 동혁이 잡아 앉혔다. 그리고 한참 쿵쿵거리더니 금방이라도 토할 듯 울컥울컥했다.

현우는 하늘을 올려다보았다. 별이 가득했다. 별들이 모두 등대섬 미숙이네 집 마당 평상을 내려다보고 있었다. 하늘에는 바다가 없고 섬도 경계도 없다. 이쪽의 별이 저쪽의 별에게 손을 내밀면 빛을 끌고 슬그머니 다가가는 밤이었다.

동혁이 살아온 삶이 눈으로 보듯 스쳐 지나갔다. 밀려나고 또 밀려 나면서 넘지 못할 경계 문턱에서 쫓겨나 본 사람만이 풍기는 비애, 그 알싸한 냄새를 현우도 맡을 수 있었다.

"근데 말이야."

동혁의 말이 현우를 하늘에서 끌어내렸다. 하늘이 아니라 바다로 둘러싸인 섬, 남쪽 바다에 뚝 떨어진 등대섬으로 그를 데려왔다.

"내가 돈에 환장해서, 요양병원을 세우자는 게 아냐. 돈? 좋지! 그러나 돈이 전부는 아니야. 산 사람이 사는 동안은 어떻게든 살아갈 길을 찾아야 할 거 아냐."

드디어 그는 등대섬에 세우겠다는 요양병원 얘기를 꺼냈다. 이미 실패한 계획이지만, 마지막으로 한 번 더 매달려 보겠다는 듯 장황한 설명을 늘어놓았다.

"형님, 제가 한잔 따르겠습니다."

"나도…."

미숙이 내민 잔에도 현우는 철철 넘치게 술을 따랐다. 동혁은 얘기를 이어갔다. 말이 오가는 동안 술잔이 비워지고 다시 채워졌다.

현우는 취기에 휩싸였다. 마주 앉아 듣는 동혁의 이야기가 현실인지, 아니면 오래전 누군가에게 전해 들은 이야기인지 분간할 수 없을만큼 의식이 가물거렸다. 눈앞에 바다가 어른거렸다. 쏴아 쏴아, 파도소리가 귓전을 때렸고 저녁노을은 숨이 컥 막힐 정도로 붉었다. 동그란 해가 수평선 너머로 긴 빛줄기를 남기며 빠져들고 있었다.

"내가 시행사랑 합의해 놓은 게 있어. 섬 주민들은 돈 안 들이고 들어갈 수 있게 말이야. 도시 부자들 덕 좀 보는 거지. 병원이 들어오면의료진도 있고, 시설도 들어올 거 아냐. 교회가 버티고 있는 것보다훨씬 효과적이지 않겠어?"

효과적이라는 말이 웬일인지 현우의 마음에도 쑥 들어왔다. 옆에서 듣고 있던 미숙도 맞장구치며 거들었다.

"나도 거기 취직할 수 있으니, 경험을 썩히지 않아 좋고. 노인들 수발들고 처치해 주면서 다니엘 키우고 학비도 대고."

미숙은 '처치'라는 말을 썼다. 치료라는 단어를 몰라서 그렇게 말할것이라고 현우는 생각했다. 술은 취했어도 현우는 아직 상황을 제대로 보고 있었다. 말이 좋아 요양병원이지, 돈 많은 노인들을 먼 외딴섬에 죽을 때까지 몰아넣는 '처치소'가 될 것이었다. 모든 목사에게는넘을 수 없는 선이 있다. 현우도 그 선을 지켰다.

"아무리 그래도… 교회가 있어야 할 자리와 몸을 돌보는 병원이 들어설 자리는 다르지요. 교회를 허물고 요양병원을 세우는 건 찬성할 수 없어요."

"야! 아직도 말을 못 알아듣네."

술 한 잔 안 마신 사람처럼 허리까지 꼿꼿하게 세운 동혁이 현우를 몰아붙였다. 조금 전까지의 취기는 헛주정 같았다.

"양심을 걸고 대답해 봐. 21세기 한국에서 하느님이 할 일이 있다고 믿어? 이 남해 바다 끝 등대섬에서 아직 기독교가 할 일이 남아 있냐고!"

동혁이 질문이 현우의 가슴에 또렷이 꽂혔다. 누구에게도 말하지 못한 채, 가끔 마음속으로만 날아들던 그림자가 바로 그 질문이었다.

"황씨 노인이 괜한 고집을 부려서 일이 틀어진 거야. 고집불통 할머니와 너 때문에!"

현우는 더는 눈 뜨고 듣고 있을 수 없었다. 평상 뒤쪽이 조금만 더 넓었더라면, 그냥 드러눕고 싶었다. 미숙이 고개를 흔들며 한마디했다.

"안 되겠어. 이현우, 이 사람은 딱 그런 사람이야."

동혁이 현우를 들쳐 업고 그가 살던 옛집으로 데려가 뉘었다. 미숙이 이불을 펴주고 머리를 쳐들어 베개를 받쳐줄 때까지 축 늘어져 있던 현우가 중얼거렸다.

"내가 그런 사람이라고? 언젠가 분명 보여줄 거야!"

동혁과 미숙이 문을 닫고 나갈 때 그는 큰 소리로 외쳤다.

"악어라며, 결국 모두 악어라며! 나라고 별수 있어? 감당할 수 없어 도망치고 싶을 뿐이야! 감당… 그 말이 얼마나 엄중한지 알기나 해?"

　　　　　　　　　　　　＊

　그 일이 있고 며칠 후, 동혁이 슬그머니 섬을 떠났다. 그리고 작은아들이 떠난 지 한 달도 안 된 3월 말 동혁 아버지, 그집 김씨가 세상을 떠났다. 등대섬 사람들은 큰 충격에 빠졌다. 윗방 시렁에 빨랫줄로 목을 맸기 때문이다. 그 집을 바라보며 마을 어른들은 가슴을 어찌 추슬러야 할지 몰라 허둥거렸다. 모두 말을 잇지 못하고 벌린 입을 다물지도 못했다.

　"아이고, 이 일을 어쩌나, 불쌍해서 어쩌나!"

　무언가 짚이는 게 있다는 듯 고개를 끄덕이는 마을 사람들이 많았다. 한 발로 버티고 살던 그집 김씨에게는 세상 사는 일이 모두 귀찮고 버거웠을 것이다. 한 짐 가득 지고 살던 짐을 이참에 확 벗어던지고 훌쩍 떠날 이유가 셀 수 없이 많았으리라.

　"동혁이 녀석이 기어이…. 얼마나 무릎이 턱 꺾이는 것 같았을꼬!"

　뜬금없이 섬으로 돌아와 온통 마을을 헤집어 놓았으니, 위태위태 버티던 그집 김씨에게서 지팡이를 홱 빼앗아 멀리 내던진 셈이 됐을 것이라고 어른들은 소리 죽여 말했다.

　"미숙이네 가게에서 소주를 사다 마시고…."

　목발을 짚고 가게를 찾아와 꼬깃꼬깃 접힌 만 원짜리 한 장을 내밀고 소주 두 병을 사갔다는 이야기가 돌았다. 거스름돈은 놔두라면서 절뚝절뚝 되돌아 걸어갔단다. 큰섬 파출소 경찰이 나와 둘러본 다음 범죄 혐의가 없다고 확인해준 뒤에야 겨우 장례를 준비하기 시작했다. 그사이에 만 하루가 훌쩍 지났다.

초상이 나면 장례가 끝날 때까지 마을 사람들 모두 달라붙는다. 밤이 되면 여자들은 집에 돌아가 잠을 자고 다음 날 아침 일찍 다시 상가로 모여들고, 남자들은 마당에 화톳불을 피워 놓고 술을 마시면서 상가에서 밤을 새웠다. 미숙이네 가게에 술이 모자라 큰섬에서 들어오는 배편으로 소주를 따로 배달시켰다. 안주는 언제나 해물탕이나 생선을 쭉쭉 찢어 무친 회였다. 초상이 나면 대나무 칼로만 생선을 다뤘다. 왜 그러는지 아무도 몰랐지만, 옛날부터 섬에 전해 내려온 풍습이라고 했다. 미숙은 며느리처럼 딸처럼 부엌에 들어서서 궂은일을 도맡았다.

화톳불 옆에 둘러앉은 사람들은 별로 할 말이 없는 듯 그저 술만 마셨다. 연락을 받고도 끝내 얼굴을 비치지 않는 딸과 두 아들을 나무라는 이도 없었다. 불을 쑤석거리며 탁탁 튀어 오르는 불길을 바라보다가, 가끔 큰섬댁의 눈치를 살필 뿐이었다. 집 안 가득 모여든 사람들이 낯설다는 듯, 아니면 눈앞에서 벌어지는 일을 실감하지 못하는 듯, 그녀는 그저 담배에 연거푸 불을 붙이며 댓돌에 걸터앉아 있었다.

방으로 들어가라는 권유에도 그녀는 고개를 흔들면서 외마디 소리를 질렀다.

"나는 싫어!"

남편 시신 곁에 앉기 싫다는 표시였다.

"상가에 곡소리가 끊이지 않아야 한다는데…. 이제 곡은 고사하고 자식놈들 얼굴 보기도 힘드니…."

"연락은 닿았다니 좀 더 기다려 봐야 하는 것 아닌가?"

"기다린다면 나흘 장을 하자는 말인데…."

그때 큰섬댁이 손을 홰홰 저으며 소리를 질렀다.

"뭘 기다려. 기다릴 것 없수! 내일 당장 꽁꽁 묶어다 파묻어도 돼요!"

죽은 남편이 원망스러운지, 부음을 듣고도 오지 않는 자식들이 괘씸해서 그러는지, 큰섬댁은 의외로 강경했다.

섬에서는 시간으로 사흘을 따지지 않고 날짜로 사흘째 되는 날 매장하는 것이 원칙이었다. 가족의 반대가 없으면 교회 예배당에서 목사가 집례해 영결예배를 드렸다. 육지 교회에서는 스스로 목숨을 끊은 사람은 받아들이지 않는 경우가 많았으나, 현우는 등대교회 목사로서 교회에서 장례를 치르기로 결정했다. 등대섬에서는 누런 삼베로 꽁꽁 싸맨 시신을 칠성판에 묶어 들것에 실은 다음 교회로 옮긴다. 교인이든 아니든, 마을 사람들 모두 교회 장례식에 참석한다. 그런데 큰섬댁은 한사코 손사래를 치며 영결예배도, 장지 매장의식도 참석하지 않겠다며 버텼다.

"그만하면 됐어! 내가 무얼 더…. 이제 그만해!"

그 말을 남기고, 방금 전까지 남편 시신을 모셨던 방으로 들어가 소리 나게 방문을 콱 닫았다고 사람들이 수군거렸다.

마을 사람들 모두 그랬겠지만, 현우는 깊은 충격을 받았다. 광주에서 한쪽 다리를 잃는 끔찍한 일을 겪고도 버티며 살아온 그집 김씨가 홀쩍 세상을 놓기로 마음먹은 까닭이, 작은아들 동혁 일 때문만은 아니라고 생각했다.

'김씨 아저씨.'

어렸을 적 현우의 토막 기억 중에서 가장 끔찍한 장면은, 한쪽 다리를 잃고 부축을 받으며 배에서 내리던 그집 김씨의 모습이었다.

김씨 아저씨와 아버지 두 분이 1980년 5월 무슨 일인지 함께 광주에 갔다. 아버지는 사건이 벌어지기 며칠 전 섬으로 혼자 돌아왔고, 김씨 아저씨는 '광주민주화운동'의 소용돌이 속에서 일을 당했다.

"내가 조금만 더 생각했으면 성님 혼자 그런 일을 겪지 않았을 건데. 내가 어떻게든 성님을 끌고 함께 돌아왔어야 했어."

"운명이었어!"

다리 한쪽을 잃고 등대섬에 돌아온 김씨 아저씨는 가끔 아버지를 찾아왔다. 두 사람은 별말 없이 하루 종일 마루 끝에 나란히 걸터앉아 있었다. 서로의 등을 어루만지며 술을 마셨다. 그때는 무슨 소린지 몰랐지만 지금까지 현우의 기억 바다에 남아 있는 이야기가 있었다.

"교회 문 앞에서 그 무지막지한 군인 놈들한테 내가 끌려갔어. 교회는 내 눈앞에서 문을 쾅 닫았어!"

술 한 잔 들어가면 어김없이 김씨 아저씨의 푸념이 시작됐다. 아버지는 고개를 끄덕이며 그 말을 들어 주었다.

"내 앞에서 한 열댓 명이 교회로 먼저 달아났는데, 내가 들어가려는 순간 문이 쾅 닫혔어!"

"뒤에 군인들이 막 소리 지르며 쫓아왔다며."

"그래도 그렇지!"

"이미 교회로 쫓겨 들어온 사람들만이라도 보호하려고 그랬겠지."

"그래도 그러면 안 되지!"

어린 현우였지만 그 이후로 김씨 아저씨의 말을 잊을 수 없었다.

'그러는 거 아녀!'

그럴 수밖에 없었을 것이라 말하는 아버지와 그래도 그러는 건 아니라는 아저씨의 원망은 현우의 가슴속에 끝내 풀리지 않는 이야기로 남았다. 받아들일 사람, '우리'에 속한 사람만 들이고 문을 닫는 기독교를 상징하는 말처럼 들렸다. 세상이 모두 물에 잠길 것을 뻔히 알면서도 비가 쏟아지자 방주 문을 닫았다는 노아의 이야기와 다를 것이 하나도 없었다. 구원받을 사람과 남겨질 사람을 구분하는 일의 시작이었다.

김씨 아저씨의 사연을 떠올릴 때마다, 남겨진 채 고통받는 사람들에게 미안하다는 말 한마디 하지 않는 종교에 자신 역시 몸담고 있다는 현실을 돌아보지 않을 수 없었다.

이야기 끝에 세상 모든 것을 체념한 사람처럼 아저씨는 늘 허탈한 목소리로 중얼거렸다.

"나보고 빨갱이래!"

아버지는 아저씨의 등을 쓰다듬어 주며 말했다.

"아녀! 누가 그래? 내가 다 알아. 왜 성님이 빨갱이여."

"광주에서 죽거나 다친 사람은 다 빨갱이래."

등대섬 사람들은 정치권력이 누구에게서 누구에게로 넘어가는지 별 관심이 없었다. 지나고 보면 정치하는 사람들이란 언제나 그 사람이 그 사람이었다. 어느 누구도 섬사람을 끌어안지 않았다. 백만 원 천만 원 돈을 달라는 것도 아니고, 서울로 끌어올려 취직을 시켜 주거나 높은 자리에 앉혀 달라는 사람도 없었다. 그저 뻥 뚫린 가슴을 위로하고 어루만져 주면 될 일도 하지 않았다.

"잘못된 세상을 만나 잘못 살고 있는 것이 아니라고 생각하세요. 좋은 세상이 언젠가는 올 테니 그때까지만 견뎌 보세요."

마음을 담은 따뜻한 말 한마디면 족했을 것이다. 섬에서 살다 죽으라고 등대섬 사람들을 내치는 세상이 못내 서운했다.

광주에서 겪은 일은 김씨 아저씨에게 하늘이 무너지고 땅이 꺼지는 일이었을 것이다. 닫힌 교회 문 앞에서 군홧발에 채이고 개머리판으로 얻어맞으며 끌려갈 때 이미 그는 세상을 놓아버렸다. 달아나다가 다리에 총을 맞아 거꾸러지던 순간, 세상에 대한 믿음의 불은 영영 꺼져 버린 것이다.

세상에는 책임져야 할 이들에게서 사과 한 번 받아 보지 못한 채, 스스로 이겨 낼 방법을 찾으며 살아가는 힘없는 사람들이 있다. 희생자가 늙어 사라지든, 끝내 포기하고 잊든, 세상은 가장 값싼 방식으로 일이 마무리되기를 기다리는 듯했다. 김씨 아저씨가 세상을 놓고 떠난 일을 겪으며 현우는 깊은 생각에 빠졌다. 어쩐지 자기에게도 책임이 있는 것처럼 느꼈다. 비록 등대교회 목사라는 자리, 제3의 관찰자 수준에 머물렀지만.

"아, 나는 이런 일이 벌어질 때까지…."

현우는 자책했다. 등대섬 안에 살면서도 언덕 위 교회에 따로 떨어져 있었다. 등대교회 목사 앞으로 다달이 나오는 생활비를 마을에 내놓았으니 그래도 되는 사람처럼 살았다.

'아버지가 살아 계셨더라면, 분명 아저씨 등을 쓸어 주며 견뎌야 할 이유를 말해 주셨을 텐데. 나는, 등대교회 목사라는 나는 과연 무얼 하

는 사람인가.'

섬에 돌아온 지 5년째 되는 해, 봄이 시작되기 전부터 연거푸 일어
난 일들로 현우는 속으로 멍들고 있었다. 눈에 띄지 않았을 뿐, 균열
은 이미 오래전에 시작됐다. 누구라도 툭 잘못 건드리면 쩍 벌어질 것
같았다. 적어도 그는 그렇게 예감하고 있었다.

김씨 아저씨 장례를 치른 바로 그 주일 아침이었다. 막 예배를 드리
려 할 때 예배당 문이 벌컥 열렸다. 한 사람이 들어왔다. 지팡이를 획
던지고 신발을 아무렇게나 벗더니 마루에 올랐다. 철버덕 그 자리에
주저앉았다. 대뜸 손으로 마룻바닥을 두드리며 울기 시작했다.

"아이고, 아이고 영감! 아이고, 아이고 영감…. 불쌍해서 어쩌나!"

큰섬댁이었다. 남편이 무서워 한 번도 교회에 나와 본 적 없던 그녀
였다. 한참을 울던 그녀가 자리에서 일어났다. 그러더니 두 손을 모아
이마에 대고, 예배당 정면의 십자가를 향해 천천히 큰절을 올렸다. 절
한 번 하기도 힘든 나이에 그녀는 네 번이나 절을 했다. 교인들은 숨
을 죽인 채 그 모습을 지켜보았다.

'누구에게 절을 한 것일까?'

죽은 남편인가, 십자가인가, 아니면 교회에 모셨다는 하느님인가?
네 번 절한 것으로 보아 시렁에 몸을 걸고 떠난 남편을 떠올리며 올린
절이 분명했다. 어쩌면 죽은 사람도 살린다는 하느님께 드리는 마지
막 부탁이었는지도 몰랐다. 그녀는 죽음 저쪽을 바라보며 절을 올렸
다. 등대교회에서는 한 번도 없던 일이었다.

절을 마치더니 큰섬댁은 두 다리를 앞으로 쭉 뻗고 앉아 다시 울음

을 터트렸다. 울음인지 신음인지, 가슴에 사무친 한을 토해내는 호소인지, 누구를 원망하는지 분간할 수 없는 소리가 끝없이 흘러나왔다. 가슴 밑바닥에서 치밀어 오른 소리, 채 말이 되지 못한 아픔이 토막토막 목구멍을 넘어왔다. 꾹꾹 누르고 살아온 세월이 한꺼번에 터져 나오는 듯했다. 사연을 품은 울음, 앞뒤로 몸을 흔들고 바닥을 짚어 풀어내는 아픔은 곧 예배당을 가득 채웠다.

사람들이 '큰섬댁'이라 불렀지만, 배만 타면 닿을 수 있는 큰섬 친정에 그녀는 가지 못했다. 남편이 불구가 되어 돌아온 뒤로는, 한 번도 섬을 벗어난 적이 없었다. 다리 한쪽 없는 남편의 다리가 되어 살았다. 아버지가 세상을 떴는데도 찾아오지 않는 딸과 두 아들을 낳아 기른 여인이었다. 평생 서로 의지하며 살았던 남편이 스스로 세상을 등졌고, 그녀는 이제 혼자 남은 노인이 되었다. 김씨 아저씨와 큰섬댁이 어떤 아픔을 안고 살아왔는지, 등대교회 어른들은 모두 찬찬히 들여다보며 그 세월을 한 바퀴, 한 바퀴 되돌아보고 있었다.

고개를 숙인 채 앉아 있던 교인들이 훌쩍거리기 시작했다. 어떤 할머니는 연신 흐르는 눈물을 주체하지 못하고 옷소매로 닦다가 마지막에는 치맛자락을 끌어당겨 얼굴을 파묻고 울었다. 그집 김씨 아저씨의 사연, 큰섬댁의 아픔은 등대섬 사람들 각자 겪은 일과 연결되어 있었다.

사람은 누구나 한 꺼풀 피부를 벗기면 꿈틀거리는 붉은 살이 드러난다. 그러면 더 이상 너와 내가 아니고, 너와 그들이 아니다. 그저 살이다. 부르르 떠는 붉은 살덩이, 사람은 다른 사람의 살 떨림을 함께 느끼는 존재다. 그런 떨림을 경험한 사람들이 한 사람 한 사람, 세상의 끝이자 가장 멀리 떨어진 이 섬으로 모여들어 등대섬 사람으로 살 았다.

큰섬댁이 일으킨 출렁임에, 예배당을 가득 채운 아픔의 물결에, 그 자리에 앉은 사람들 모두 이리저리 흔들렸다. 부르르 떨면서 각자 자 기의 시간을 찾아 들어갔다. 그러나 그 시간은 오직 과거로만 열려 있 었다. 흘러온 시간의 끝에는 언제나 조그만 예배당 마룻바닥에 웅크 리고 앉은 초라한 할머니, 할아버지들이 있을 뿐이었다.

깊이 한숨 쉬는 소리가 들렸다. 모두 같은 처지였다. 누구 때문이라 고 가릴 형편이 아니었다. 그들은 모두 먼 바다 외딴섬에 사는 사람들 이었다. 밀려날 곳 없다는 사실을 서로 잘 알면서도 벌컥 떠밀 수 있 는 사람이 있겠는가. 섬에서 밀어내면 어디로 가란 말인가. 애써 붙잡 고 있던 마지막 줄 하나, 턱 놓아 버리면 그대로 끝인 것을….

현우는 말로 설명할 수 없는 흔들림과 출렁임, 물결과 바람에 실려 있는 자신을 발견했다. 말하지 못한 세월을 가슴에 품고 살아온 섬사 람들, 지나온 날들과 희망 없는 현실을 눈앞에 펼쳐놓은 채 함께 울고 있는 그들에게, 기독교 의식을 치른다는 것이 대체 무슨 의미가 있을 까. 이 울음을 무엇이라고 불러야 할까? 회개인가, 슬픔인가. 한 가지 색깔이 아니니 한마디로 표현할 수 없었다.

김씨 아저씨는 무너졌지만, 큰섬댁 아주머니만이라도 추스르고 일 어나기를…. 현우는 그렇게 바랄 수밖에 없었다. 혼자 나서 위로하고 일으켜 세우기에는 그들이 품은 아픔은 너무 깊었다. 감당하기 힘든 고통을 희생자와 가족에게 떠넘긴 채 세상은 아무 일 없다는 듯 바쁘 게 굴러갈 뿐이다.

'아픈 상처에서 새살이 솟아나는 법.'

교회는, 그리고 기독교는 새살이 돋을 때까지 하느님께 맡기고 기다리는 곳. 그렇게 믿는 현우는 아직 기독교의 틀 안에 있는 등대교회 목사였다.

이제 예배를 시작해야 한다고 생각하며 강대상 위에 놓인 성경을 집어 들려는데, 황씨 할머니와 눈길이 마주쳤다.

'애야, 현우야.'

할머니는 목사라는 호칭 대신 눈으로 그의 이름을 불렀다. 무슨 뜻인지 알아들을 수 있었다. 현우는 설교단을 내려와 어른들 곁, 예배당 바닥에 자리 잡고 앉아 눈을 감았다. 밀려오고 흘러나가는 시간에 몸을 맡겼다. 마치 배 위에 올라탄 기분이었다. 앞으로 뒤로, 다시 좌우로 흔들리고 쏠리며 그들과 함께 출렁였다.

얼마나 지났을까. 출렁거림이 잦아들더니 부드러운 바람이 불어왔다. 누구에게나 그 바람은 시원했다. 어루만짐이었다. 그것은 기독교 신앙만으로는 온전히 설명할 수 없는 경험이었다. 신앙이라고 부르기 이전의 무엇, 사람이 사람으로 살아온 이래, 각기 다른 빛깔로 겹겹이 쌓였던 세월의 켜가 비로소 풀려난 순간 같았다. 저마다 다른 빛을 띠고, 각자가 제게 맞는 빛을 붙잡고 있는 듯했다.

'삶이란 그러한 것을….'

그 후로 큰섬댁 아주머니는 일요일마다 교회에 나왔다. 다른 사람들이 하는 대로 찬송가도 조금씩 따라 불렀고, 기도할 때는 눈도 감았다. 한 시간 남짓한 예배 동안 가끔 목구멍을 타고 넘어오는 울음인지 한숨인지 그르릉 소리를 흘릴 뿐, 그녀는 조금씩 다른 교인들을 닮아 갔다. 아주머니에게도 새살이 돋아나기를, 현우는 그저 기다릴 수밖에 없었다. 시간이 걸리는 일이었다.

＊

4월 중순, 김씨 아저씨 장례도 치르고 섬이 조금씩 안정을 찾아갈 무렵이었다. 보름달이 환한 밤에 미숙이 현우를 찾아 교회로 올라왔다.

"웬일이야? 다니엘은?"

"재웠어. 한번 잠들면 몇 시간은 잘 자."

"웬일로 이 밤중에…."

현우가 거듭 묻자, 미숙이 그제야 대답했다.

"얘기 좀 하고 싶어서."

교회 예배당에 딸린 살림방으로 선뜻 그녀를 들일 수 없었다. 난감한 표정을 짓는 그가 재미있다는 듯 미숙은 쿡쿡 소리 죽여 웃었다.

"왜? 여자는 방에 못 들이겠어? 총각 목사님이라?"

"아니, 낮에 찾아오면 더 좋을 것 같아서…. 교회에 나오든지."

"교회는 됐고!"

미숙은 단호하게 말을 잘랐다.

방 안에서 새어 나온 불빛과 그녀 어깨 위로 쏟아진 달빛이 묘하게 섞여 일렁이다 주르르 미끄러졌다. 어깨가 참 좁고 가냘팠다. 세상 모든 외로움이 그 빈약한 어깨에 축 처진 채 매달려 있었다. 어깨를 감싸안아 주지 않으면 곧 무너져 내릴 것 같았지만 현우는 눈을 돌렸다.

시선이 몇 번 부딪쳤다가 어긋나고, 별 의미 없는 대화만 오가다가 그녀는 마을로 내려갔다.

다음 날 밤, 미숙이 다시 교회 언덕을 올라왔다. 전날처럼 웬일이냐고 묻고 싶었지만 그녀의 눈을 보니 그럴 수 없었다. 현우는 그녀를 방 안으로 맞아들이고 얼른 문을 닫았다. 얘기도 별로 나누지 않았다.

현우는 어릴 적부터 보아 온 미숙의 몸을 안았다. 더는 그녀를 밀어낼 힘이 없었다. 조그만 등대섬을 통째로 날려 버릴 듯 거칠게 몰아치던 숨소리의 파도가 한참 뒤에야 가라앉았다.

은혜가 떠올랐다. 해서는 안 될 짓을 또 저질렀다는 자괴감이 뒤늦게 가슴을 눌렀다. 현우는 멍하니 천장을 보며 누워 있었다. 영화 속 남자들이 왜 그 허허로운 시간에 담배를 입에 무는지 알 것 같았다.

숨을 고르던 미숙이 먼저 입을 열었다.

"괜찮아. 네가 책임질 일 아니야."

아무 말도 떠오르지 않았다. 미숙의 입에서 나온 '책임'이라는 단어만 날카로운 가시가 되어 남았다. 파도가 모래를 날름날름 혀로 쓸어가는 광경을 지켜보는 기분이었다. 이상하게도 안타깝다거나 미안하다는 생각조차 들지 않았다. 다만, 그녀의 벗은 어깨가 너무도 빈약했고 말할 때마다 불룩거리는 목줄기가 파리했다. 전날처럼 마당에는 차갑고 푸른 달빛이 가득했다.

미숙이 이틀 밤 연거푸 찾아온 까닭을 깊이 생각하지 않았다. 숨은 뜻을 찾아내기에 그는 너무 서툴고 세상을 아직 잘 몰랐다. 세상을 살아가려면 할 수 있는 일과 해서는 안 되는 일의 구분을 따라야 하지만,

미숙과 자신 사이에는 구분의 경계가 얼마나 다르게 그어져 있는지 잘 몰랐다. 시간이 필요한 일이었다. 생명을 품은 어미가 새끼를 위해 본능적으로 어떤 울타리를 치는지 현우는 도무지 알 턱이 없었다.

다음 날 아침, 다니엘이 헉헉거리며 교회 언덕을 올라왔다. 지난밤 일을 생각하니 아이의 얼굴을 마주하기가 쑥스러웠다.

"왜 뛰어 올라왔어? 천식 도지면 어쩌려고?"

"이제 괜찮아요. 약을 후후 했어요."

다니엘은 꼭 해야 할 말이 있는 듯했다.

"엄마가 오늘 또 그랬어요. 초등학교에 들어가면 부산으로 가야 한대요, 저 혼자…."

부산 말 억양이 조금 섞이긴 했어도 아이는 또렷하게 표준말을 썼다. 미숙이 얼마나 신경 써서 가르쳤는지 알 수 있었다. 말투는 사람에게 평생 따라붙는 지문과 같다. 어디에 가서 살든 놀림감이 되지 않도록 미숙은 다니엘에게 새로운 지문을 심어 주고 있었다.

"왜 어린 너를 혼자 보내겠니? 엄마가 같이 가실 거다."

"아니래요. 엄마는 등대섬을 떠날 수 없대요. 죽어도 여기서 죽어야 한대요."

아이의 말이 송곳처럼 가슴에 박혔다. 일부러 태연한 척 대꾸했다.

"죽기까지야…. 그런데?"

제 엄마를 닮아 얼굴이 까무잡잡한 아이는 한참 말이 없었다. 무얼 깊이 생각하는 듯 까만 눈을 가느스름하게 뜨고 현우를 바라보더니 불쑥 이상한 말을 꺼냈다.

"저는 목사님이 아버지 하면 좋겠어요!"

가슴에서 덜컥 소리가 났다. 들이쉰 숨을 내쉴 수 없었다. 어린아이가 무슨 생각으로 그런 소리를 할까. 드디어 감당하고 책임져야 할 일이 시작된 것인가. 현우는 몇 번 헛기침을 한 후, 다정하면서도 위엄 있는 목소리로 대답했다.

"아버지처럼 생각하며 살아라."

하지만 눈앞의 다니엘은 그저 다독여 돌려보낼 수 있는 어린아이가 아니었다.

"그거 말고요. 진짜 아버지요. 같이 밥 먹고, 한방에서 자고…. 엄마는 목사님이 정말 아버지 해 줄지도 모른다고 했어요!"

다니엘은 한 마디 한 마디 꼭꼭 눌러 말했다. 그 눈을 똑바로 들여다볼 수 없었다.

"엄마는 혼자 울 거예요. 맨날 바다만 보면서요. 목사님이 아버지 하면서 엄마를 좀 달래 주세요, 그만 울라고. 저는 이 섬을 떠나면 다시는 못 돌아와요. 엄마가 절대 돌아오지 말래요. 등대섬에는."

"네가 돌아와서 엄마랑 함께 살면 되지! 아니면 나중에 네가 엄마를 부산으로 모셔가든지."

"엄마는 갈 데가 없대요. 부산에 가도 살 수가 없대요."

가슴이 다시 쿡 쑤셨다. 피가 흘러나오는 것 같았다. 아무 데도 갈 곳 없는 여자로, 바다 한가운데 뚝 떨어진 등대섬에서 미숙은 마지막 뿌리를 내리고 있었던 모양이다. 하나뿐인 어린 아들을 떠나보내고 혼자 남더라도 섬을 떠날 수 없다니.

등대교회 마당 끝에서 바다 쪽 비탈을 내려가는 길에 위태롭게 버티고 선 나무 한 그루가 있다. 역디귿(ㄷ) 자 모양으로 뿌리를 뻗어 악착같이 바위를 움켜쥔 나무였다. 흙도 없는 벼랑에서 미숙은 저 나무처럼 바위를 끌어안고 살고 있는가.

"제가 떠나면 엄마는 더 울 거예요. 오늘 새벽에도 엄마 혼자 많이 울었어요. 목사님이 꼭 아버지 해 주세요!"

아이는 울먹울먹했다. 소리 죽여 우는 미숙과 잠든 척 눈을 감고 그 울음을 듣던 아이의 모습이 눈앞에 그려졌다.

미숙이 부산에서 어떻게 살았고, 어떤 사연으로 아이를 낳았는지 등대섬 사람들은 아무도 몰랐다. 아이에게 기독교식 이름을 지어 주었으면서도 한사코 교회 나오기를 거부하는 그녀의 속마음도 알 수 없었다.

"아버지 하면 안 돼요?"

아이는 아버지라는 존재가 아니라, 아버지의 일을 해달라고 부탁하고 있었다. 속절없이 세상 끝에 밀려온 어른들처럼 아이도 절박한 표정으로 도움을 청하고 있었다.

현우는 아이를 무릎 위에 앉혔다. 아이 머리에서 샴푸 냄새가 났다. 보기보다 몸이 무척 가벼웠다. 등을 쓸어 주다 만져지는 앙상한 어깨뼈가 슬펐다. 아이가 느끼는 안타까움이 손으로 그리고 마침내 현우 가슴으로 흘러들었다. 목사가 해줄 수 없는 일을, 세상 누가 해준단 말인가. 목사마저 귀를 닫는다면 이 아이는 어디에 기댈 것인가. 현우는 아이가 눈치채지 못하도록 가만히 고개를 흔들었다. 생각은 생각이고 그가 나서서 해결할 일은 아니었다. 이제까지 그어 놓고 살았던 선을 넘으려 하지 않았다.

"네가 걱정하지 않아도 엄마는 잘 살 거야. 엄마는 생각보다 훨씬 강하거든."

현우가 할 수 있는 말은 고작 그것뿐이었다.

"그럼… 아버지 하는 것은 안 돼요?"

다니엘은 이미 알고 있었다. 까마득하게 높은 절벽 앞에 선 사람의 절망이 아이의 말에 절절하게 배어 있었다. 어찌할 것인가, 무엇을 할 수 있단 말인가, 겨우 여섯 살 어린애가? 다른 사람은 가 보지 않은 언덕 끝에 아이는 서 있는 셈이었다.

"그건 내가 할 수 있는 일이 아니다."

어린아이가 이해할 수 있는 말은 아니었다.

현우는 언덕을 내려가는 아이의 뒷모습을 한참 지켜보았다. 아이는 어깨를 축 늘어뜨린 어린 시절의 현우 자신이었다. 고기잡이배를 몰고 아버지는 떠났고, 물결 찰랑이는 포구에서 아이는 천천히 마을로 혼자 걸어가고 있었다. 포구 옆에는 검정소바위 위에 단발머리 여자아이가 앉아 현우의 뒷모습을 지켜보았다. 현우는 집으로 들어가더니 아무도 없는 안방 윗방 문을 차례차례 열어보고 있었다.

아버지의 길, 아들의 바다

등대가 세워지기 훨씬 전부터 바다와 섬은 약속을 맺고 경계를 정했다. 바다는 섬을 삼키지 않기로, 섬은 바다로 나가는 사람을 주저앉히기로.

그 약속을 깨뜨리려는 젊은이, 등대교회 목사 이현우가 등대 언덕 위에 서 있다. 경계를 넘지 말라는 경고를 보내며 밤바다는 하얗게 이를 드러내고 으르렁거렸다. 섬 서쪽 비탈 아래 바다에서 100미터나 되는 언덕 위, 등대가 20초마다 한 번씩 불빛을 휘두르며 바다를 훑었다. 그날 밤은 뱃길을 안내하기보다 불빛이 어디까지 닿는지 보여주려는 것 같았다. 그곳은 자연과 법이 힘을 합쳐 그어 놓은 경계선, 사람에게 허용된 한계였다.

"오늘은 떠난다. 더 이상 아무렇지도 않은 듯 목사로 살아갈 수 없다. 할 수 있는 일이 없으니… ."

현우는 입을 굳게 다물었다. 다짐이었다. 획 바람이 언덕을 불어 올라왔다. 몸이 휘청거렸다. 제멋대로 경계를 벗어나다니. 밤바다와 등대 불빛과 바람이 손을 잡고 그를 주저앉히려고 나선 것이 분명했다. 한번 무너지면 더 이상 경계일 수 없으니 당연한 일이었다.

달은 밝지만 바람이 거센 밤, 왜 기어코 등대섬과 등대교회를 떠나는지 현우는 콕 짚어 말할 수 없었다. 이 밤에 등대섬을 벗어나면 세상 밖으로 나가는 것일까. 목적지도 없이 남쪽 바다로 떠나면 모든 인연과 불길한 예감과 지난 5년 동안 차곡차곡 밀어 놓았던 감당할 수 없는 모든 일이 한꺼번에 사라질 것인가. 아무래도 상관없었다.

창백한 달이 바람에 흔들렸다. 뎅그렁뎅그렁 교회 종소리인지, 언덕을 급하게 타고 올라온 바람인지, 아니면 달빛 아래 숨죽인 등대섬인지, 누군가 현우에게 말을 걸었다.

'네가 어찌 섬을 떠나?'

"너무 늦기 전에, 어른들이 눈치채기 전에 떠날 거예요!"

'감당할 채비도 안 하고 덜컥 섬에 들어올 때는 언제고. 저 어른들은 다 어쩔꼬?'

지난 몇 달 동안 연거푸 일어났던 일들을 제대로 되돌아보라는 뜻이 분명했다.

'제가 할 수 있는 일은 없어요. 제가 감당할 수 없는 일에 억지로 책임질 수는 없어요.'

파리한 보름달이 되어 바람에 흔들리던 은혜, 하지 못한 말을 아몬드 눈에 담뿍 담고 그를 바라보던 박은혜가 그때 안타까운 목소리로 말을 건넸다. 그녀도 겨우 하늘을 붙든 채 힘들게 버티고 있었다.

'네가 진즉 섬을 떠날 수 있는 사람이었으면….'

"그때는 어쩔 수 없었어. 나도 이제 등대섬을 떠나! 아주…."

비탈길을 걸어 내려가기 전, 마지막으로 교회 쪽으로 몸을 돌렸다. 희미하게 보이는 건물을 하나하나 손으로 만지듯 오래 눈으로 더듬었다. 날마다 삐걱 밀고 들어가던 예배당 문, 건물 위로 쭉 뽑아 올린 종탑과 십자가, 건물에 비해 지나치게 큰 '등대교회' 간판도 올려다보았다. 컴컴한 예배당이 아니라 일부러 불을 켜 놓고 떠나는 살림방이 교회의 중심처럼 보였다.

"하기야, 사람 사는 곳이 중심이지."

현우는 깜짝 놀랐다. 엄청나게 반(反)기독교적 말을 자기도 모르게 내뱉었기 때문이다. 떠나려고 나서니 꽁꽁 숨어 있던 진심이 고개를 들고 일어섰다. 마음으로는 벌써 경계 밖으로 옮겨간 것 같았다. 인사는 하고 떠나기로 했다.

"섬, 경계, 교회…. 기독교에서도 벗어나겠습니다."

불어오는 바람을 등진 채 교회를 바라보며 말했다. 하고 싶은 말이 아직 많은데 펄렁 바람이 채갔다. 끝내지 못한 말들이 하늘을 획획 떠돌다가 교회 종탑 십자가에 척 걸려 펄럭거렸다. 사람들은 그걸 올려다보며 교회를 떠난 이현우 목사의 마지막 말이라고 수군거릴 것이다. 사람들은 교회가 기독교라는 종교의 형상이라고 믿는다. 교회를 떠나는 것은 곧 기독교를 떠나는 일이다. 용기가 없어서 말을 못할 뿐….

바다로 향하는 비탈길 첫 계단을 내려딛자 구름이 달을 덮었다. 밤바다는 하얗게 뒤집혀 금방이라도 섬을 덮칠 듯, 한 덩어리로 몰려왔다. 현우가 배를 띄워 섬을 떠나는 것을 결코 두고 볼 수 없다는 거부의 몸짓, 아버지의 위협이었다.

"그런데 왜 길을 내고 계단을 만드셨어요?"

아버지는 대답하지 않았다.

"마을로 가는 길이 아니라 바다로 내려가는 길을 아버지가 내셨잖아요?"

때로는 바다처럼 깊은 아버지의 마음을 현우는 도무지 짐작할 수 없다. 바람으로 불어 언덕을 거슬러 올라오고, 파도가 되어 바위를 때리는 마음도 알 수 없고, 바다로 이르는 비탈길은 더더욱 알 수 없다. 달빛 아래 드러나는 그 길을 아버지는 어찌 변명할 것인가?

아버지가 무어라 말로 대답하기 전에 가파른 비탈길을 서둘러 내려갔다. 현우를 쫓아 올려 보내려는 듯 바다는 소리소리 고함을 질러댔다. 보름 전, 황씨 할머니가 옆자리 노인에게 소곤거리던 소리가 그 속에 섞여 들렸다.

"내가 봉께, 뱃속에 분명 애기라. 족히 석 달은 넘은 것 같드만…. 좀 아리송한 것이 있긴 혀."

현우는 계단을 두 칸씩 내려 디뎠다. 미숙이 곧 등 뒤에서 앙칼지게 소리 지를 것 같았다.

'니는 입만 그냥 꾹 다물고 있으면 안 되겠나. 누가 니보고 책임지라카드나! 그만 일도 몬 해주나, 남자 새끼가.'

급할 때면 어김없이 경상도 말이 튀어나오는 그녀였다. 듣는 사람 아무도 없으니 현우도 소리를 질렀다. 하지만 맞바람 때문에 그가 내

뻗은 말은 비탈을 올라가지 못하고 몇 걸음 뒤에서 그를 따라 주르르 미끄러져 내려왔다. 말은 뻗은 사람 책임이라는 듯.

"왜 나한테 그러는데? 내가 뭘 잘못했다고. 왜 덮어씌워. 이제 네 하고 싶은 대로 말해라. 어른들은 그대로 다 믿을 거니까. 목사는 떠났고."

'야, 이 남자 새끼가 기백도 없이….'

어려서부터 현우를 찍어 누를 때마다 미숙은 남자, 기백, 그런 단어를 입버릇처럼 달고 살았다.

바위 언덕 바로 밑까지 바짝 끌어다 놓은 아버지의 고깃배는 출렁이는 물결에 이리저리 흔들리고 있었다. 달빛이라 제대로 보이지 않았지만 뱃머리에는 '갈매기호' 네 글자가 쓰여 있을 것이었다.

"아버지, 웬 갈매기호예요? 갈매기가 물고기 채 간다고 쫓아내셨잖아요."

"그렇기는 해도, 갈매기한테도 제 몫은 있는 거지. 사람에게 사람 몫이 있듯."

아버지는 언제나 몫을 염두에 두고 살았다. 몫이 곧 목숨이라고 말한 적도 있었다.

"손바닥만 한 이 섬에서 100명 가까이 살아가는데, 그 사람들 먹고 살 만큼 말고는 조금도 더 생길 구멍이 없어! 그걸로 모두 살아야 돼!"

아버지는 먹고사는 것만 얘기하지 않았다. 섬에서는 누구든 주어진 몫을 감당하며 살아야 한다고 말하는 소리로 들렸다. 아버지의 말을 떠올리니, 현우는 감당해야 할 몫을 내던지고 정말로 달아나는 사람이라는 생각이 들었다.

거친 물결에 요동치는 갈매기호에 오르기는 생각보다 훨씬 어려웠다. 아버지라면 뱃전을 두 손으로 짚고 단번에 펄쩍 몸을 솟구쳐 올랐겠지만, 현우는 몇 번이나 미끄러졌다. 겨우 배 위에 올랐을 때는 옷이 흠뻑 젖어 있었다.

아버지가 그랬던 것처럼 현우도 시동을 걸기 전 조타륜을 쓰다듬고 계기판을 손바닥으로 탁탁 두드렸다. 스위치를 누르자 배가 쿨럭쿨럭 심하게 몸을 떨더니 부르릉 시동이 걸렸다. 후진으로 배를 빼낸 뒤, 천천히 바다 쪽으로 뱃머리를 돌렸다.

배가 90도쯤 돌아갔을 때 커다란 파도가 좌현(左舷)을 덮쳤다. 철썩 소리와 함께 몸이 붕 떠오르는 느낌이 들었다. 족히 5미터는 떠밀려 간 듯했다. 파도가 배를 내려놓자마자 현우는 잽싸게 엔진 출력을 높여 바다 쪽으로 뱃머리를 완전히 돌렸다.

파도는 연거푸 몰려왔다. 달빛 아래 다음 파도가 넘실 눈앞에 다가왔다. 파도에 휩쓸리면 안 된다. 파도가 허연 배를 드러내며 몸을 비틀고 뒤집어지기 전에 타고 넘어야 한다. 파도는 바다가 내지르는 힘자랑이다. 어떤 방법으로도 바다를 이길 수는 없다. 그저 힘이 덮쳐오는 방향으로부터 벗어나야 할 뿐이다. 경계를 지키기로는 바다나 섬이나 한마음이었다.

바다와 파도뿐만 아니라 머리 위를 훑고 지나가는 등댓불은 단호하고 거칠고 끈질겼다. 현우는 그런 아버지를 본 적이 없었다. 여길 한번 떠나면 다시는 받아들이지 않겠다는 위협처럼 느껴졌다. 아버지는 마지막으로 다시 한번 아들을 설득하려고 했다.

'단순하게 섬을 떠난다고만 생각할 일이 아니야.'

'저도 알아요. 다 놓을 수밖에 없어요.'

'저 사람들은 어쩌고.'

'상관없을 거예요. 아부지는 이미 아시잖아요? 이제 배를 돌려 돌아가기도, 교회 언덕을 다시 걸어 올라갈 힘도 없어요.'

'그건 네가 혼자 감당할 일….'

아버지는 말을 잇지 못했다. 등대섬에서는 교회가 할 일이 별로 없다고 말한 사람이 바로 아버지였다. 어느 곳으로도 갈 수 없는 사람들이 마지막 밀려와 사는 곳이 등대섬이라면, 종교라고 다를 것인가.

'그래도 너는 돌아올 수밖에 없어!'

아버지 목소리에 힘이 빠졌다. 사람들이 세상 끝이라고 부르던 등대섬에서 아무도 가본 적 없는 더 먼 곳으로 떠나려는 아들을 아버지는 더 이상 붙잡지 못했다. 할 수 있는 일이 여기까지라고 체념하고 물러서려는 것 같았다.

현우도 덩달아 힘이 빠졌다.

떠난 사람은 언제나 그 길로 돌아오지 않던가. 꿈속에서라도 고향 마을 어귀를 쭈뼛쭈뼛 들여다보지 않겠는가. 기독교에서는 그것을 은총이라고 부르지 않던가.

부웅부웅 뿌우. 현우가 뱃고동을 울려 신호를 보냈다.

'안녕, 등대섬'

작별 인사였다. 어디에 가 닿을지 알 수 없었다. 그도 모르고 배도 모르고 등대도 모르는 곳. 파도가 으르렁거리는 소리를 들으며 잠자리에 든 마을 사람들은 짐작조차 못 할 곳으로 현우는 떠났다. 자기 뜻으로 처음 뿌리를 걷어 감아들고 몸을 일으킨 셈이었다.

하룻밤 내내 바다는 갈매기호를 섬으로 되돌려 보내려 흔들고 떠밀었다. 바다와 아버지의 갈매기호가 숨바꼭질하듯 서로 빙빙 돌았고, 현우는 자신을 낚아채려는 손길을 아슬아슬하게 피했다.

어느 순간, 갑자기 바다가 그를 받아 주었다. 이미 섬과 맺은 약속의 영역을 벗어나 섬사람들 중 어느 누구도 가 보지 못한 곳에 이르렀다는 의미였다. 배가 안정을 찾자 현우는 뱃전에 서서 등대섬 쪽을 눈으로 더듬었다. 등댓불은 이미 시야에서 사라진 지 오래였다. 30킬로미터는 족히 벗어났을 것이다. 갈매기도 날지 않았다. 오직 파도만 출렁였다.

동쪽 하늘이 부옇게 밝아 왔다. 갈매기호는 철썩철썩 소리를 내며 파도를 타고 넘었다. 배가 지나온 자리로 하얀 거품이 일었다가 스러졌다. 어렵게 등대교회 목사 자리를 얻어 배를 타고 등대섬으로 돌아오던 5년 전 일이 생각났다. 그때도 내려놓고 떠나온 지난날을 뒤돌아보듯 하얀 파도와 거품을 하염없이 바라보지 않았던가.

'그럼 아버지 해 주시는 것은 안 돼요?'

다니엘의 목소리가 파도 사이에서 들려왔다.

"이제 다 끝났다!"

현우는 중얼거렸다. 다니엘과 미숙, 동혁의 얼굴이 한꺼번에, 때로는 하나씩 눈앞에 주르르 나타났다. 난감한 표정으로 망설이다가, 눈을 감았다 떴다 한동안 생각하다가, 큰 결심 끝에 조심스럽게 꺼내던 남 집사의 말이 아직 생생했다. 현우에게는 가장 아픈 기억이었다.

"제가 등대섬 교회에서 할 수 있는 일이 아니었어요. 집사님은 성이 차지 않는다고 말씀하셨지만."

현우는 갈매기호의 방향을 남쪽으로 고정시켰다. 어디로 가든 상관없었지만, 등대교회 마당에서 생각했던 대로 남쪽 바다 끝까지 가보고 싶었다. 그 흔적조차 곧 큰 물결에 합쳐져 사라질 것이다. 배는 하얀 파도, 긴 물줄기를 끌고 앞으로 나아가고 있지만, 지나온 날을 뒤돌아보는 일은 언제나 부질없는 짓일지도 모른다. 그런데도 기억은, 지난날은 그를 따라왔다. 바람으로, 철썩철썩 파도 소리로.

*

한일 월드컵 축구대회로 온 나라가 들썩이던 해 봄, 현우는 어렵게 목사 안수를 받았다. 그 후로 1년 3개월 동안 제대로 된 자리를 잡지 못한 채 서울을 떠돌았다. 연줄도 없고, 인연 맺는 일에 서툰 등대섬 출신의 신출내기 목사를 어느 교회도, 교단 소속 어느 기관도 정식으로 받아 주지 않았다.

크게 기대하지 않고 마지막으로 연락했던 큰섬교회로부터 고향 등대섬에 있는 교회 담임목사 자리가 비었다는 얘기를 들었을 때 두말없이 얼른 받아들였다. 중학교 때부터 시작된 오랜 육지 생활을 청산했다.

아쉬운 듯 뒤를 잡아당기는 미련을 모두 주섬주섬 걸어 싸 짊어지고 호남선 밤기차를 탔다. 돌아오는 길에 모교회(母教會)로 섬겨야 할 큰섬교회에 들러 담임목사에게 꾸벅 인사만 한 뒤, 그는 곧장 등대섬으로 들어가는 배에 올랐다.

'결국, 이렇게 될 수밖에 없었나 보다.'

배 뒤편에 서서 프로펠러가 일으키는 하얀 물결과 멀어지는 지난날을 하염없이 아쉬운 마음으로 지켜보았다. 배는 앞으로 나아가는데, 떼어 놓지 못한 기억이 뒤를 따라왔다. 배가 지나온 자리에 기세 좋게 일어났던 파도는 거품이 되어 스러졌다. 눈으로 보는 과거였다.

자리를 잡아보겠다고 애썼던 세상은 점점 멀어졌다. 세상이 멀어지는 것이 아니라 원래 출발했던 곳으로 밀려나는 것 같았다. 그가 갈 수 있는 곳은 그곳뿐이라는 듯.

등대섬에 가까워지자 배가 부웅부웅 신호를 보냈다. 현우는 뱃머리로 가서 수평선 위에 아스라이 떠오르는 섬을 바라보았다. 멀리 윤곽만 보이더니 곧 등대가, 이어서 마을이 눈에 들어왔다.

아버지가 돌아가신 후 2년 만에 처음 돌아오는 고향이었다. 등대섬은 멀리서부터 그를 품어 받아 주었다. 쭈뼛쭈뼛하던 그를 먼저 알아보았다.

'어서 와, 현우야. 어서 와.'

단출한 짐을 들고 아버지 집으로 향했다. 마중 나온 사람도, 짐을 들어 주는 이도 없었다. 마을은 가라앉은 듯 고요했다.

등대섬에서는 개를 기르지 않아 낯선 이를 경계하는 어떤 신호도 없었다. 도둑 지킬 일이 없어서라지만, 어른들은 컹컹 요란하게 개 짖는 소리를 못 견뎠다. 개 짖던 밤의 기억, 그 악몽 속으로 다시 끌려 들어가지 않겠다는 생각이었다.

마을 어른들이 집을 잘 돌봐준 덕에 물걸레질 한두 번으로 그럭저럭 밤을 지낼 수 있었다. 빈방 윗목에 자리를 펴고 누웠다. 아랫목은 그때나 지금이나 아버지의 자리였다.

그 밤 내내 현우는 넓적한 아버지 가슴에 손을 얹고 바짝 달라붙어 자는 꿈을 꿨다. 아침 바다가 수런거리고, 갈매기가 끼룩거릴 때까지 오래도록 누워 있었다. 낮은 천장을 올려다보고, 텅 빈 횃대와 옷걸이 못이 죽 박힌 빈 벽도 훑어보다가 손을 뻗어 아버지의 빈자리를 몇 번이고 더듬었다.

'이제 어디 가지 않아도 되는 곳, 집에 돌아왔다.'

마음을 돌려먹으니 아득하게 먼 길을 돌아다니다가 비로소 고향으로 돌아왔다는 실감이 났다. 아버지가 다 큰 아들을 받아들여 밤새 어린아이처럼 다독여 가라앉혔는지, 묘한 안도감이 들었다.

담임목사를 맡기로 한 등대교회에 우선 올라가 보기로 했다.

"아이구, 이게 누구야. 현우 아녀? 어제 배로 왔다는 소리 들었어. 정말 돌아온 거지?"

뻔히 알면서도 아주머니 할머니들은 그의 등을 쓸어 주며 묻고 또 물었다.

"큰 공부를 했다드만···. 그래도 돌아왔네. 아무도 없는 섬에."

'아무도 없는 섬.' 무슨 말인지 알아들었다. 목이 콱 메었다. 선착장에서 짐을 들고 배에서 내릴 때 가슴속을 훅 파고들던 생각도 그랬다.

'떠돌다 돌아오니 텅 빈 고향 하늘에 저녁노을만 가득했다.'

아버지도 어머니도 없는 텅 빈 고향에 돌아온 사람, 찾아왔는지 떠밀려 왔는지, 아무 곳에도 뿌리내리지 못한 사람으로 돌아왔다.

"왜 아무도 없어요? 할머니 아주머니 마을 어른들이 다 계신데."

현우는 일부러 명랑한 목소리를 냈다.

"아이고, 기특해라."

아버지가 고깃배를 몰고 떠나면 긴 그림자를 앞세우고 타박타박 혼자 집으로 걸어가던 아이, 마을에서 마주치면 꾸뻑 고개 숙여 인사만 하던 그 수줍은 아이가 섬으로 돌아왔다고 어른들은 생각했을 것이다. 전날, 아무도 선착장에 마중 나와 소란을 떨지 않은 것은 현우의 성격을 알아도 너무 잘 알았기 때문이었을 것이다.

"섬에는 이제 남은 사람이 별로 없어. 젊은 사람들은 공부한다고 떠나고, 여자들은 시집가서 섬을 벗어나고. 한번 나가면 안 돌아와! 이제 노인들만 남았지."

'떠나고, 벗어나고…' 가슴이 아리아리했다. 벗어날 수 없는 사람만 남아 살아간다는 말로 들렸다.

등대섬 사람들은 현우가 돌아온다는 소식을 이미 들어 알고 있었다. 공부도 많이 하고 도시 물 먹은 젊은이가 돌아온다는 사실이 그들에게는 큰 사건이었다. 천천히 물속으로 가라앉다가 언젠가 사라지고 말 고향을 잊지 않고, 목사가 되어 돌아온 현우를 어른들은 반겼다.

어릴 적 기억이 여기저기 걸려 바닷바람에 펄럭이며 현우를 맞았다. 고향 마을은 아주 돌아온 사람에게만 가슴을 열어 보였다. 어떤 집 울타리 나무를 보면, 길에 박힌 돌부리를 보면, 끼룩끼룩 바다 위를 낮게 날아다니는 갈매기를 보면, 바다로 흘러가는 도랑에서 비늘을 반짝이는 송사리가 쓱 방향을 바꿀 때면, 옛 기억이 슬그머니 일어섰다.

기억은 늘 다른 기억을 불러낸다. 어느 일요일 아침, 교회 언덕을 오르던 아버지가 지나가는 말처럼 나이 어린 현우에게 알 수 없는 말을 했다.

"우리 등대섬에는 굳이 하느님이 직접 나서서 하실 일은 없어."

아버지의 말대로 등대섬 사람들은 그렇게 살았다. 교회가 들어올 때 극렬하게 반대한 사람도 없었고, 대단한 경사라고 흥분하는 사람도 없었다는 얘기를 들었다. 사람들은 새로 이사 온 이웃 하나 받아들이듯 교회를 맞이했단다.

섬사람들 기대와 달리, 손님이 주인 행세하듯 오히려 교회가 섬을 가르치고 바꿔 보려고 덤벼들 때마다 번번이 실패했다는 이야기를 아버지는 아들에게 들려주었다.

"교회가 섬 안으로 슬그머니 끼어들어 왔지."

어린 아들이 알아듣기엔 벅찬 말이었지만 꼭 알아 두어야 한다는 듯 아버지는 천천히 말했다. 아들이 훗날 등대교회 목사가 되어 고향에 돌아올 것을 알았던 걸까. 목사가 되더라도 섬마을에서 높은 어른 노릇을 하려 들지 말라고 넌지시 이르는 말이었을까. 아니면 바람 부는 밤에 도망치듯 섬을 떠나는 아들의 모습을 그때 이미 보았던 걸까.

현우가 등대섬에 돌아와 첫 설교를 하는 일요일 아침, 하늘은 유난히 푸르고 맑았다. 교회 마당 남쪽 비탈 아래에는 은빛으로 찰랑이는 바다가 부드럽게 바위 사이를 드나들었다. 어른들은 교회 마당에 모여 밝게 인사를 나눴고, 부축을 받으며 언덕을 올라온 노인들은 일찌감치 예배당 앞자리를 차지하고 앉았다. 평소 교회를 다니지 않던 마을 주민들까지 참석해 오랜만에 예배당이 북적북적 가득 찼다.

현우는 하얀 목사 가운을 입고 맨 앞줄에 앉아 있었다. 자꾸 기침을 하며 목청을 가다듬는 것으로 보아 잔뜩 긴장한 모양이었다. 훌쩍 자라 설교단에 서게 된 그를 보면서 마을 어른들은 자기 자식이라도 되는 양 감격스럽고 자랑스러운 표정이었다. 그가 물을 마시며 목을 축일 때마다 나이 많은 할머니들은 안쓰러운 눈으로 쳐다보았다. 설교단은 어른들이 줄지어 앉은 예배당 마룻바닥보다 30센티미터쯤 높았다. 목사가 어른들을 굽어보는 모양새였다. 조심스럽게 설교단에 오른 현우가 입을 열었다.

"제가 이렇게 좀 높은 데 서서… 어쩐지… 고향에 돌아와 어른들과 함께 예배드리는 첫날입니다."

"그려. 우리가 기다렸제!"

앞자리에 앉은 머리 하얀 할머니가 얼른 말을 받았다. 이가 모두 빠져 말이 되지 못한 소리가 숙숙 입술 사이로 흘러나왔다.

"목사님이 설교 말씀 하시는데 그리 톡 나서는 거 아녀. 아무리 좋아도…."

옆에 앉아 있던 황씨 할머니가 나직이 나무랐다. 두 손을 무릎 위에 단정하게 모은 채 허리를 꼿꼿이 세운 황씨 할머니는, 아직 때가 이르지만, 하얀 모시옷까지 정성껏 다려 입은 차림이었다.

"그려. 입 다물텅게…."

두 할머니가 주고받는 말을 들으며 예배당에 들어온 사람들 얼굴에 미소가 번졌다. 외지 목사가 들어왔다가 1년도 못 버티고 떠나던 교회에 등대섬 출신 목사가 부임했으니 경사라면 가장 큰 경사였다. 사람들은 다른 목사들처럼 육지 어디에 좋은 자리 생겼다고 훌쩍 떠날 현우가 아니라고 믿었다.

이현우 목사의 첫 설교는 성경에 있는 '고르반'에 관한 이야기였다. 그는 설교자 특유의 목소리로 입을 열었다. 등대교회에서는 설교 내용이 별 상관없지만 온 정성을 다해 첫 설교를 준비했다. 교회를 다니는 교인이든, 그저 올라와 본 마을 주민이든 모두 귀를 기울였다.

먹고살기도 빠듯한 갈릴리 농민들에게서 해마다 성전세와 십일조, 제사 제물을 거둬 가면서 '하느님께 따로 떼어 받쳤다'는 고르반 제도를 핑계 삼는 예루살렘 성전, 그 밉살스러운 제도를 예수가 비난했다는 얘기였다. 면세점 이하의 소득으로 살아가는 등대섬 주민들에게 세금 이야기는 크게 와닿지 않았다. 교회 운영비와 목사 생활비조차 큰섬교회에서 보조받는 처지라, 한 달 헌금 총액이 몇만 원에 불과해도 누구 하나 걱정하지 않았다.

"너희는 고르반이라 하면서 부모 섬기는 도리를 버리는구나."

갑자기 이현우 목사가 목소리를 높였다. 사람들 표정은 아직 무덤덤했다. 갈릴리에서 무슨 일이 있었는지, 예수의 가르침이 무엇을 뜻하는지 크게 관심 둘 이유가 없다는 얼굴이었다.

그런데 새로 부임한 목사 이현우가 등대섬 사람들이 오래오래 마음속에 담아둘 이야기를 꺼냈다.

"그때나 지금이나, 고르반이라는 한 마디면 그냥 넘어갑니다. 돈뿐만 아니라 시간도 그렇습니다. 기독교에서는, 교회에서는, 하느님과 교회를 우선순위에 둡니다. 어머니 아버지 찾아뵙는 일은 차일피일 미루면서도 아들 며느리는 일요일마다 옷 잘 차려입고 손주들까지 데리고 교회에 가서 하루 종일 머뭅니다. 늙은 부모는 혹시나 자식이 찾아오려나, 지금 어디쯤 왔을까 기다리는데요. 부모보다 하느님 섬김이 먼저라니 믿음 좋은 것일까요?"

듣고 있던 사람들 모두 얼굴이 눈에 띄게 일그러졌다. 그러나 역시 등대섬 어른들이었다. 곧 표정을 풀었다.

서울에서 등대섬까지는 아무리 시간을 맞춰도 하루 반, 잘못하면 이틀도 넘게 걸리는 먼 길이다. 손주까지 끌고 찾아오기 어려운 현실을 그들은 이미 받아들이고 살았다.

"우리 등대섬에서는 모두가 한 가족입니다. 자식들이 돌아와 돌보지 않아도, 여기에는 나를 아끼고 돌보는 사람이 있습니다. 등대교회 목사로 돌아온 저는 여러 어른들의 아들이고 손자고 조카입니다. 어른들 곁에 제가 늘 함께 있겠습니다. 외롭다고 생각하지 마세요. 서로 손잡고 함께 살아가시지요."

'늘 함께 있겠습니다'라고 말할 때, 그는 서울 유명 목사들처럼 약간 떨리는 목소리로 강조했다. 어른들은 '그려 그려' 하듯 고개를 끄덕였다. 그 말만으로 위안을 받은 듯했다.

어쩔 것인가. 등대섬은, 섬사람들은 그렇게 살아갈 수밖에 없었다. 불가능한 것을 기대하며 아쉬워하는 대신, 손에 들려 있는 것으로 만족하며 살아가는 사람들이다. 하루 종일 헛그물질하다가 빈 배를 끌고 포구로 돌아온 기억이 있었으니, 무엇이든 당장 손에 쥐어야 자리를 털고 일어서는 도시 사람들과는 달랐다.

예배는 무덤덤하게 끝났다. 큰 은혜 받았다는 사람도, 설교 좋았다며 손을 붙잡고 흔드는 교인도 없었다. 다만 등대섬 출신 목사, 그것도 이민수 장로의 아들이 설교했다는 일이 더 큰 일이고 감격스러웠다.

예배가 끝나자 예배당 바닥에 두레상과 교자상을 있는 대로 폈다. 교회 마당에도 바다가 잘 내려다보이는 나무 아래 멍석을 깔고 상을 차렸다. 마을 사람들이 마련해온 음식을 모두 벌여 놓으니 어느새 등대섬 잔치가 됐다.

"우리 목사님, 이거 좋아한다고 들은 적 있어. 아부지가 그러셨지."

한 할머니가 헝겊 주머니에서 하얀 콩 볶은 것을 한 줌 꺼냈다. 간장을 붓고 깨소금도 솔솔 뿌리고 숟가락으로 여러 번 저어 만든 반찬이었다. 혼자 아들을 키우던 현우 아버지가 아들에게 손쉽게 만들어주던 음식이었다.

"오도독오도독, 이쁘게 잘 깨물어 먹는다고 하셨어."

어릴 적 현우가 얼마나 착했는지 이 자리 저 자리에서 이야기가 오갔다. 새 담임목사 부임 축하 자리가 아니라 어려서 마을을 떠났던 젊은이의 귀향을 기리는 잔치가 되었다.

"좋네, 정말 좋네. 아부지가 살아 계셨으면 오죽 좋아하셨을까?"

"입을 못 다무셨겠지. 이렇게 아들 잘 키워서 훌륭한 목사님 만드셨으니, 이민수 장로님은 정말 성공하신 분이여."

하느님도 예수도 주일 예배도 그들에게는 그리 중요한 일이 아니었다. 등대교회 교인들에게는 현우가 고향에 돌아와 목사로서 일한다는 것보다 더 기쁜 일이 없었다.

등대섬 사람들에게 현우는 그의 아버지 이민수 장로를 떠올리게 하는 시작점이었다. 그런 면에서 등대섬은 주민들에게나 현우에게나, 세상을 떠난 지 오래된 그의 아버지 기억이 살아 숨 쉬는 섬이었다.

등대교회 목사로서 첫 설교를 한 날이었지만, 현우의 가슴속에 오래 남은 일은 따로 있었다. 식사가 거의 끝났을 무렵이었다.

"근데… 내가 예전부터 궁금한 게 하나 있었는디. 먼저 계셨던 목사님한테 물어볼라다가 좀 거시기해서 못 했는디. 목사님 말씀에 토를 다는 것 같아서 말여."

아버지와 무척 가까웠던 어느 아저씨가 현우를 쳐다보며 말을 꺼냈다. 어지간히 식사도 끝났고, 식혜 단지도 바닥이 드러났을 즈음이라 마을 사람들 모두의 시선이 두 사람에게 쏠렸다.

"난 말여, 하느님이 '한결같으신 분'이라는 말을 도저히 못 믿겠어!"

오랫동안 마음에 담아 두었던 듯, 아저씨의 표정은 자못 진지했다.

"바다는 언제나 변덕이 심하고, 하늘도 검었다 푸르렀다 종잡을 수 없는디… 한결같다? 그 말은 하느님이 누구에게나 똑같다는 말 아니여? 차라리 우리 등대섬 사람들한테나 해당하는 말 같어, 한결같다는 건. 안 그려?"

현우는 가슴이 먹먹해졌다. 대답할 말이 쉽게 떠오르지 않았다. 은빛으로 찰랑이는 바다를 바라보고, 하늘도 올려다보았다. 한가로이

뭉게구름이 떠 있었다.

'종잡을 수 없는디…'

아저씨가 살아오며 겪은 하늘과 바다는 저렇게 평온하고 부드럽지 않았다는 말이다. 느닷없이 파도를 몰고 와 섬을 휩쓸 듯 출렁이며 덤벼드는 바다, 시커먼 구름이 지붕에 닿을 만큼 섬을 뒤덮다가 획 쓸려 나가는 하늘, 때때로 힘을 과시하듯 모습을 드러내는 하느님이었다. 등대섬에 들어오기 훨씬 전부터 그 어른들이 경험한 하느님이었다. 삶을 제한하거나 흔들거나 가로막는 분이 하느님이었다.

"너희들은 이 섬에서 살아!"

바다로 둘러싸인 외딴섬에 끌어다 가둬 놓고는 뒤도 안 돌아보며 쾅 문을 닫고 떠난 신의 뒷모습을 본 사람들이 등대섬에 살고 있었다. 등대섬에서 살다 늙어 죽었다는 말은 평온하게 살았다는 뜻이 아니었다. 손잡아 일으켜 주는 정부 기관이나 육지 사람을 한 번도 못 만났다는 말이었다. 하느님은 바다 가운데 가두고 육지 사람들은 밀어냈다. 등대섬까지 흘러 들어와 산다는 것은 세상 끝에 사는 일이었다. 하느님도 돌보지 않는 섬에서 마을 사람들끼리 의지하며 살 수밖에 없었다. 변덕스러운 하늘보다 곁에 있는 이웃이 더 미더운 삶이었다.

"하느님이 언제 우리를 돌봐주신 적이 있던가?"

외로움에 절어본 사람만 알아들을 수 있는 젖은 목소리였다. 한참 고개를 수그리고 그 말을 곱씹다가 현우가 입을 열었다.

"어르신, 그동안 많이 외로우셨군요."

가슴이 아리아리해지더니 가슴속 갈피에서 아픔이 고여 흘러나오기 시작했다. 현우가 아저씨의 마음을 알아보았고, 그 마음을 마을 어른들이 함께 느꼈다. 숨결과 몸짓으로 전해지는 호소를 알아차리면 가슴에서 퍼져 나오는 고통의 냄새도 맡게 된다. 외로움과 슬픔은 언제나 비슷한 냄새로 퍼진다. 현우도 그 냄새를 맡으며, 그 냄새를 풍기며 자란 아이였다.

어른들에게서 아버지 냄새가 났다. 아버지가 가슴에 꾹꾹 눌러 담아 두고 삭혔던 것도 실은 외롭고 야속하다는 말이 아니었을까. 마을 어른들은 고개를 끄덕였다. 등대섬 출신 목사라서 그들의 말을 알아듣는다고 여겼을 것이다.

등대교회 목사는 어른들이 눈으로 보는 하느님 경험이었다. 뒤돌아보지 않고 후딱 섬을 떠나지 않는 하느님, 섬사람들과 함께 머물며 차마 입에 올리지 못한 말까지 알아듣는 하느님. 그런 하느님을 생각하며 어른들은 살았다. 서로서로 그렇게 대하며 살았던 어른들이라 삶과 연관되지 않는 하느님을 생각할 수 없었다.

등대섬에는 원래 등대섬의 하느님이 있었다. 한국 교회에서 부르는 '하나님'은 '오직 그 한 분만 섬긴다'는 뜻을 품은 이름이었다. 등대섬의 하느님을 포함할 수 없는 닫힌 하느님이었다.

"그래도, 하느님은 우리를 지켜보고 계셨어요."

현우는 잔 바닥에 남은 식혜 한 방울을 마시며 마음을 진정시켰다. 목사답게 수습할 수밖에 없었다. 그의 표정을 살피던 남 집사가 얼른 나서서 밝은 목소리로 사람들을 다독였다.

"자자, 앞으로 우리 이 목사님이 차차 자세히 풀어 주실 겁니다. 그나저나 오늘 참 좋네요! 날씨도 좋고, 바람도 선선하고."

이야기는 다른 방향으로 흘러갔다. 눈만 뜨면 얼굴을 마주 보지만,

할 말은 끝이 없었다. 서쪽 하늘이 불그스레 물들 때까지 대화가 이어졌다.

'하느님이 언제 한결같은 적이 있었느냐?'

첫 설교를 마친 그날 내내, 폭우가 쏟아진 골짜기처럼 현우의 가슴 속에는 정리되지 않은 생각들이 거센 물줄기가 되어 와글거리며 흘러 내려갔다. 어느 골짜기에서 흘러 들어온 물줄기인지 가닥을 가릴 수 없었다. 세차게 바위를 때리며 하얗게 부서져 튀어 오르고 뒷물에 치어 함께 뒹굴다가 와르르 몰려 내려가는 물줄기였다.

"기독교의 하느님!"

현우는 이제 등대섬에서 하느님을 보여주어야 할 사람이 되어 있었다. 만져보고, 말을 섞고, 공간과 시간을 함께 걸으며 경험하는 하느님, 그들의 아픔과 외로움을 알아주는 하느님, 원래부터 등대섬에 있었던 하느님과 기독교의 하느님을 일치시키는 일. 현우는 그것이 자신에게 주어진 소명(召命)이라고 느꼈다.

'하느님은 그래서 나를 고향 등대섬에 보내셨구나!'

그날 저녁, 현우는 혼자 예배당에 오래도록 앉아 기도를 드리고 묵상도 했다. 교회 옆 등대는 밤새 번뜩번뜩 먼 밤바다까지 빛을 보내주고 있었다.

수학에서는 서로 다른 두 원이 겹치는 부분을 교집합이라고 부른다. 삶에도, 신앙에도 그렇게 겹치는 부분이 있다. 문제는 이것이면서 저것일 수 있다는 사실을 기독교라는 종교가 인정하기를 거부한다는 점이었다. 오히려 겹친 부분을 분리하든 독점적으로 완전히 한쪽에 포함하든 바꾸려고 애쓸 뿐이다.

언제부터였을까. 서울 살이는 현우가 자기 안에 자리 잡은 '겹침'에 조금씩 눈뜬 시기였다. 먼 남쪽 바다, 등대가 있는 외딴섬 출신이라서 더 그랬는지 모를 일이다. 등대 불빛은 세상과 겹치는 교집합이었고, 캄캄한 밤바다는 그가 문을 열고 나가야 할 삶이었다. 문을 꼭 걸어 닫은 채 살아가는 성채(城砦)가 아니라, 거센 파도가 몰아치는 밤바다를 비추는 등대가 종교라고 생각했다. 언제부터인지 모르지만, 교집합에서 합집합으로, 그의 세계는 넓어지고 있었다.

막상 섬에 돌아와 교회를 맡고 보니 생각과 달랐다. 현우 어릴 적만 해도 100명이 넘던 주민은 이제 80명도 채 되지 않았다. 일요일마다 빠짐없이 교회에 나오는 어른은 고작 30명 남짓이었다. 나머지 어른들은 특별한 행사가 있을 때만 교회에 모였다. 교회를 마을회관이나 큰 느티나무 정도로 여기는 분들이 적지 않았다. 등대섬에서는 교회를 다니거나 안 다니는 일로 서로 불편해지는 일은 없었다. 일요일에 교회에 올라가 예배드리는 것을 빼놓고는 아무것도 다르지 않기 때문이었다. 등대섬 주민 모두 교인이라고 부를 수도 있고, 기독교에서 말하는 교인은 단 한 사람도 없는 섬이라고 말할 수도 있었다.

'등대교회. 등대가 밤바다를 비추듯, 교회는 아직도 캄캄한 세상을 비추는 빛인가?'

등대섬 교회라서 등대교회라고 이름 지었을까? 등대 옆에 나란히 서서 세상을 밝히는 불이 되겠다는 뜻이었을 것으로 현우는 짐작했다.

'여기 이 어른들이 한 번도 기독교의 하느님을 경험하지 못했다면?'

바다를 경계로 등대섬을 둘러싼 하느님과, 교회 예배당에서 만나는 하느님은 과연 같은 분일 수 있을까. 무엇이 같고 무엇이 다른지 등대섬에서는 쉽게 가늠할 수 없었다. 기독교가 섬에 들어온 지 40년 가까이 되었다지만, 시간이 지난다고 해결될 일은 아니었다. 하느님 섬김과 등대섬에서 살아가는 일을 근본에서부터 다시 돌아보아야 한다는 걸 깨달았다.

"나는 왜 하느님의 사랑을 받을 수 없느냐?"

첫 예배를 드리던 날 마을 어른이 입에 올린 말은 '왜?'라는 질문이었다.

"하느님이 언제 한결같으신 적이 있었느냐?"

현우는 그 질문을 붙잡고 기도하고, 명상하고, 책도 뒤적였다. 하지만 일반화된 교리로 어른들의 아픔을 어루만질 수 없었다. 현우는 자신에게 묻고 또 물었다.

등대섬에 기독교가 들어오고 등대교회가 세워지고, 예수를 그리스도로 고백하는 예배를 드린다고 기독교에서 말하는 '성채 안에서 보호받는 우리'가 되었는가. 그분들의 현재 삶이 그들에게는 구원의 결과인가. 근본적으로 구원이란 무엇이며 어떤 상태를 말하는가.

작은 섬, 등대섬 사람들이 겪는 일이라고 해서 작은 문제는 아니었다. 한결같다는 하느님을 믿지 못하는 사람들, 함께 살아가는 섬사람들이 오히려 더 한결같고 믿음직하다고 말하는 어른들은 과연 믿음이 없는 사람들일까. 등대교회에서의 첫 예배는 그가 끌어안고 씨름해야 할 질문들의 소용돌이 속으로 현우를 풍덩 밀어 빠뜨렸다.

'육지에 나간 자식들도 찾아오지 않는 곳.'

남해 바다 외딴 등대섬에 산다고 해서 귀양살이는 아니라고, 현우는 등대교회 목사로서 마을 어른들을 위로하고 싶었다. 등대섬은 버려진 섬이 아니고, 주민들도 세상에서 잊힌 존재가 아니라는 사실을 함께 확인하며 살기로 마음먹었다. 초기 기독교 공동체처럼 서로 나누고 보듬는 마을을 이루겠다는 목표를 세웠다. 처음 생각으로는 등대섬에서 그가 할 수 있는 일이 많았다.

*

현우가 등대교회 목사가 되어 섬으로 돌아온 지 채 한 달도 되지 않았을 때였다. 마을에 하나뿐인 펌프 앞으로 마을 어른들이 모여들었다.

"못 쓰겠어. 물이 죽어가네, 이렇게 공구리로 덮어놨으니."

제일 나이 많은 어른이 말문을 트자 여러 사람이 번갈아 나서서 거들었다.

"물도 하늘을 봐야지, 저렇게 꽉 막아 가두니 숨을 못 쉬잖아. 숨 못 쉬면 죽어, 물도 죽어. 물은 억지로 뽑아 올리면 안 돼. 저절로 조금씩 흘러나와야지. 나는 처음부터 저 뽐뿌가 불경스럽다고 생각했어. 천리(天理)를 거스르는 일이야."

등대섬 사람들은 어떤 샘이든 모두 소중하다고 믿고 살았다. 섬에서 사람이 살아가려면 반드시 샘이 있어야 한다. 샘은 땅 위로 스며 올라온 바다가 아니었다. 단 한 번도 바다를 만나지 않은 물이 세상으로 조금씩 얼굴을 내밀어 샘이 되고, 사람을 먹이고, 남은 물은 도랑을 흘러 내려가 논을 적시고 돌아 돌아 바다로 흘러간다. 바다의 시작이 샘이었다.

더 많은 물이 고이도록 샘을 깊게 파 우물을 만들고, 그 위에 펌프를 박고 콘크리트로 덮어씌웠으니, 등대섬 사람들 삶의 방식을 뒤집었다고 어른들은 생각했다. 삐걱삐걱 펌프질로 땅속 물을 퍼올리다니, 그런 일이 두려웠을 것이다.

알고 보니, 펌프는 등대교회 전임 목사가 큰섬교회 지원을 받아 설치한 것이었다. 마을 어른들은 교회가 펌프 주인이라고 여겼다. 누구나 자유롭게 쓰던 공동 샘에 펌프가 들어서자 묘하게도 그것은 교회 재산이 되어 버렸다. 현우가 새로 부임한 참에 펌프를 철거하자는 쪽으로 어른들이 의견을 모았다.

"그래도 이거 설치하느라고 돈이 솔찬히 들었잖아! 큰섬교회 돈인데, 그 사람들 성의도 생각해야지."

생각이 깊고 입이 무거운 박씨 어른이 한마디하자 모두 고개를 끄덕였다. 마을 어른들은 일제히 현우의 얼굴을 바라보았다. 교회 재산이니 목사인 그가 나설 차례라는 뜻이었다.

"예전처럼 다시 샘으로 돌려놓지요, 쓰기 불편하셨던 어른들도 생각하고."

섬에 돌아온 지 벌써 한 달이나 지났건만 그동안 어른들 불편한 마음을 진즉 살피지 못한 일이 죄송했다.

"그려! 뽐뿌를 박은 뒤부터 물에서 냄새도 좀 났어!"

아직 힘을 쓸 수 있는 몇몇 어른들과 함께 현우는 그날부터 샘을 복구하기 시작했다. 콘크리트를 깨고 펌프도 뽑아냈다. 물을 퍼올리는 방식을 바꾸는 일이면서 한편으로는 등대섬 주민에게 샘을 돌려주는 일이었다. 샘이 제 모습을 되찾아갈수록 어른들은 묘하게 흥분하고 들뜬 기색을 감추지 못했다.

'섬 어른들에게 샘이란 무엇이었을까?'

콘크리트 위에 박힌 펌프는 어른들 말대로라면 '억지로 물을 뽑아 올리는 뽐뿌'였다. 펌프를 들어내고 샘을 복구하는 일은 자연스럽게 물이 흘러나오기를 기다리는 시간으로 돌아가는 일이었다.

'교회도 마찬가지였나. 사람 살아가는 일에 개입하고 나선 교회가 혹시 펌프 같은 존재는 아니었을까?'

등대섬에서는 도회지 방식의 교회는 애초부터 불가능했다. 사람들이 스스로 찾아와 각자 들고 갈 수 있을 만큼 물동이에 물을 천천히 길어 가는 샘 같은 교회면 족했다.

"샘으로 돌려놓으니 얼마나 좋은가?"

어른들에게는 편리하거나 효과적인 것보다 함께 겪고 간직하며 살았던 기억이 훨씬 더 중요했다. 샘에서 바가지로 푹푹 물을 퍼 물동이를 채우던 옛날은 그들이 살아온 삶의 역사였다. 바가지는 기억을 퍼 올리는 도구였다. 퍼내도 줄지 않는 물을 보면서, 샘에서 흘러나와 조그만 도랑을 따라 졸졸 흘러내려 가는 물소리를 들으면서, 그들은 소중한 것을 귀하게 대하는 삶을 살았다.

샘이 복구되자 할머니 아주머니들이 특히 더 좋아했다. 함께 나누던 시간과 공간이 다시 살아난 셈이었다. 샘터는 나이 든 아주머니가 새댁에게 세상살이의 지혜를 건네던 자리였다. 앞바다 어디에 전복이 많은지, 남편이 속 썩일 때 어떻게 혼을 내야 하는지도 깔깔 웃으며 가르치던 곳이었다. 참외밭에서 노랗게 잘 익은 꾀꼬리참외, 초록색이 얼룩덜룩한 개구리참외를 섞어 따다 샘물에 둥둥 띄워 놓고, 석석 깎아 먹으며 서로 등을 두드려 주던 쉼터였다.

어린 현우의 기억도 그 샘에 이어져 있었다. 양동이를 들고 나타나면 어른들은 참외 하나 깎아 손에 쥐여 주곤 했다. 그리고 어느 아주머니든 꼭 나서서 찰랑찰랑 물이 가득 찬 양동이를 집까지 들어다 주지 않았던가.

샘 위쪽 도독한 언덕에는 향나무 몇 그루가 빙 둘러 서 있었다. 향나무 형상은 타오르는 불꽃을 닮아서 그 모양만으로도 경건했다. 마을 사람들은 향나무 가지를 잘라 연필 깎듯 곱게 부스러기를 만들어 제사 향불을 피웠다. 그 향나무를 볼 때마다 현우는 어머니 제사를 떠올렸다. 기독교인이 제사 지내는 것을 흉으로 여기는 도회지 교회 사람들에게는 한 번도 꺼내지 못한 이야기였다.

콧속으로 스며드는 향냄새. 제사상 앞에 우두커니 앉아 있던 아버지. 향불에는 시간을 거꾸로 돌리고, 세상을 떠난 어머니 기억을 불러내는 힘이 있었다. 아버지는 꿇어앉은 아들의 어깨를 슬그머니 끌어안으며 숨을 죽였다. 소리가 들리지 않게 한숨을 내쉬었다가 다시 입 안으로 삼키곤 했다. 그래도 현우는 알아차렸다. 아버지가 '흐읍' 소리를 내며 숨을 삼켰기 때문이다. 때가 되면 어머니가 아들을 만나러 꼭 돌아올 것이라고 아버지는 다짐하듯 말했다.

세상을 떠난 어머니는 결코 다시 돌아올 수 없다는 것을 알게 되었을 때도 현우는 그 말을 믿는 척 고개를 끄덕였다. 어린 아들을 달래는 말인 동시에, 무너지는 가슴 한구석을 떠받치는 아버지의 기둥이라는 것을 그는 이미 알고 있었다.

남 집사가 낮 시간을 내어 교회에 올라갔다. 이 목사가 기다리고 있었던 듯 말을 걸어왔다. 그가 등대교회 목사로 부임한 지 얼마 후였다.

"남 집사님, 돌아오는 주일에는 절기에 맞춰 맥추감사예배를 드리며 성찬식을 해야겠지요? 그동안은 어떻게 준비하셨어요?"

"아! 성찬식….."

남 집사는 당황해서 말끝을 흐렸다.

아무리 외딴섬이라도, 교회는 교회였다. 기독교 절기에 맞춰 행사를 하는 것이 맞기는 했다. 찬송 부르고 기도하고 설교하고 헌금하고 순서에 따라 예배를 마친 후 같이 식사하는 일까지는 하등 문제 될 것이 없었다.

그런데 등대교회 성찬식은 사정이 달랐다. 현우 이전에 부임했던 목사들도 처음에는 성찬식을 하려다가, 결국 한두 번 만에 모두 포기했다. 어디 대놓고 떠벌릴 일은 아니었지만, 등대교회는 사실 성찬식을 거부하는 교회였다.

"'이것은 너희를 위해 흘린 나의 피니 마셔라. 이건 내 살이니 받아먹어라!' 에구, 세상에 그런 일이 어디 있어."

"이상하고 싫어. 자기들은 그러면서 서낭당 제사는 왜 막았는가?"

성찬식이 있는 날이면 교인들 대부분이 교회에 나오지 않았다. 부활절과 성탄절, 해마다 두 번만 성찬식을 하자고 해도 제대로 진행된 적이 거의 없었다. 담임목사와 남 집사, 그리고 몇몇 할머니, 겨우 예닐곱 명만 나와서 예배드리고 성찬을 받은 적도 있었다. 어떤 목사든 그냥 참고 넘어갈 수 있는 일이 아니었다. 어찌 보면, 기독교의 근본에 대한 도전이었다.

성찬식을 치를 수 없는 등대교회는 믿음 없는 껍데기 교회로 보일 수밖에 없었다. 성찬식의 의미를 차근차근 설명하며 교인들을 설득하려 애쓴 목사도 있었지만, 대부분은 하루라도 빨리 섬을 빠져나가려고 애쓰기 시작했다.

남 집사는 난감했다. 있는 그대로 말한다면, 아무리 등대섬 출신이라고 해도 젊은 목사 현우가 어찌 이해하겠는가. 어쩌면 남 집사나 옛 어른들 잘못이라고 생각할 것 같았다.

'흘리는 피를 마시고 살을 뜯어 먹는 의례라니.'

자기 몸으로 비슷한 일을 겪었던 교인들이란 것을 이해하지 못하면, 성찬식을 거부하는 이상한 기독교인으로 보일 수밖에 없었다. 제대로 설명하지 못한다면, 현우는 성찬식도 치르지 못하는 이상한 교회의 목사가 되고 말 것이다.

"성찬식을 안 하면 안 될까? 내가 걱정이 돼서….."

"왜요?"

현우는 눈을 동그랗게 뜨고 물었다.

"이 교회가 원래 그래!"

그 말에 현우는 눈을 가느스름하게 뜨고 옛 기억을 더듬었다. 도무지 이해가 안 되는지 자꾸 고개를 갸웃거렸다.

그 모습을 보고 있으려니 남 집사는 괜히 민망하고 부끄러워졌다. 마치 타지에 나갔던 동생이 수십 년 만에 집에 돌아와, 왜 어머니가 이렇게 늦었냐고 형을 다그치는 듯한 기분이었다.

"내가 잘못 이끌었지. 이 목사 아버님, 이 장로님이 그때는 처음이라 교회를 잘 몰랐으니 성찬식도 꼭 해야 한다고 주민들을 설득하지 못한 탓도 있고. 고기잡이 나갈 때 서낭당에 절하던 건 그때 그만뒀다는데."

두서없는 그 말을 현우가 알아들었다.

"그랬군요. 생각해 보니 저 어렸을 때 우리 교회에서 성찬식 했던 기억이 없어요."

"그때도 하다 말다 했지!"

두 사람은 성찬을 건너뛰자고 말하는 집사, 그 사정을 아직 제대로 이해하지 못하는 초짜 목사였다. 누구보다 기독교 신앙에 독실해 보이는 남 집사에게도 등대섬에서는 어쩔 수 없는 일이 있었다.

남 집사는 고개를 푹 숙이고 언덕을 내려갔다. 그 뒷모습을 바라보다가 현우는 어릴 적 아버지와 나눴던 대화를 떠올렸다. 교회를 처음 세우던 무렵 얘기를 듣고 있다가 현우가 아버지에게 물었다.

"아부지, 그때 교회는 왜 시작하셨어요? 들은 척하는 사람이 아무도 없었다면서요?"

"교회는 말 그대로, 무진장 나눠줄 수 있다더라. 네 어머니가 그리 말했지."

어머니 이야기가 나오면 아버지는 언제나 바다 저쪽, 수평선 너머를 눈으로 더듬었다. 그곳에는 절절한 그리움이 숨어 있었다. 석양에 붉게 물든 구름이 아버지 눈 속으로 천천히 흘러들었다. 수평선은 하늘과 바다를 일정하게 가르고, 배가 고스란히 몸을 드러내고 지나가는 배경이지만, 아버지에게는 흔들림 없는 기준 같았다. 어머니는 기준이었다, 아버지에게.

'무진장 나눠줄 것이 있는 교회.'

아무리 퍼내도 바닥이 드러나지 않는 무엇. 내 몫 네 몫을 따지지 않고 건네줄 수 있는 무엇이 아버지를 이끌었을 것이다. 언덕 위에 하얀 등대교회를 세웠을 때, 아버지는 거기 교회가 있는 것만으로도 무언가 줄 것이 있다고 믿었을 것이다.

＊

등대교회 목사로 부임한 지 두어 달이 됐을 무렵이었다. 아버지가 생각했던 나눠주는 교회를 실제로 아들이 이룰 수 있는 일이 생겼다.

예배를 마치고 마을 어른들과 둘러앉은 식사 자리에서 배씨 노인이 밥그릇을 내려놓으며 한숨을 쉬었다.

"멀쩡한 논을 저렇게 놀려 두고, 이 밥이 목구멍에 어떻게 넘어가누⋯."

황씨 할머니가 슬그머니 입단속을 시켰지만, 현우는 그 말이 내내 마음에 걸렸다.

며칠 뒤, 할머니 집 앞을 지나 교회로 올라가려는데 마당에 서서 기다리던 할머니가 그를 안으로 불러들였다. 한참을 주저하던 할머니가 어렵게 입을 뗐다.

"이 목사, 실은 마을 형편이 아주 어려워. 내가 땅이라도 팔고 싶은데 이 섬까지 들어와 살 사람도 없고⋯."

섬 식구들 먹을 만큼은 섬에서 나온다던 아버지의 말은 옛일이 되어 있었다. 자급자족의 균형이 깨진 섬이 된 지 이미 오래였다.

마을의 소출이라곤 스무 마지기 논에서 나는 쌀, 비탈진 밭에서 나는 잡곡이 전부였지만, 그마저도 농사지을 사람이 없었다. 기계도 들어오지 못하는 손바닥만 한 논밭 농사를 오직 인력으로 감당하기엔 섬의 어른들이 너무 노쇠해 있었다. 힘에 부칠 때마다 놀리는 논이 하나둘 늘어났다.

"그래서 식량이 모자란 섬이 됐단다."

"얼마나 모자란다는데요?"

"이 목사가 계산해 봐."

논을 모두 경작해도 쌀 소출은 해마다 2,000kg 남짓이었다. 주민 한 사람당 한 해에 110kg을 먹는다고 치면 마을에는 일 년에 9,000kg의 식량이 필요했다. 보리 감자 옥수수 같은 작물로 버텨도 매년 5,000kg 조금 넘는 식량이 부족하다는 계산이 나왔다.

할머니가 다시 한번 현우의 얼굴을 살폈다. 쉽게 꺼낼 수 없는 말이라는 듯, 숨을 고르고 나서야 입을 열었다.

"이 섬에서 고정 수입이 있는 사람은 자네뿐이야. 큰섬교회에서 생활비를 보내 주잖아."

그제야 현우는 할머니가 왜 그렇게 말을 어렵게 꺼내는지 알 수 있었다. 큰섬교회에서 매달 현우에게 보내 주던 돈은 쌀로 치면 20kg들이 30포대를 살 수 있는 액수였다.

"저 혼자만 먹고 살 수는 없지요."

"그래, 그렇게 생각해주니 고맙지만…."

"더 생각할 것도 없네요. 제 생활비를 내놓으면 마을 어른들 식량은 해결되겠네요. 당연히 그렇게 해야지요."

말이 너무 빠르게 나가자, 이번에는 할머니 쪽에서 한발 물러섰다. 덜컥 결정하지 말고 더 생각해 보라며 현우를 타일렀다. 마치 철없는 젊은 손자를 대하는 할머니 같았다.

그날 저녁, 현우는 교회 마당 끝 벤치에 앉아 남쪽 바다를 오래 내려다보았다. 고민은 길지 않았다.

'그래서 내가 이 섬에 올 수밖에 없었나? 그분의 뜻이었나?'

이틀 뒤, 황씨 할머니댁에 남 집사와 마을 어른 몇이 모였다. 현우가 생활비를 내놓겠다고 했을 때, 할머니는 처음 듣는 말인 양 반색했다.

"아니, 이렇게 고마울 수가. 그런데 목사님은 어찌 살고?"

현우는 그 반응을 보며 할머니가 얼마나 치밀하고 사려 깊게 일을 처리하는지 다시 느꼈다.

"저야 혼자 사니 뭐 달리 돈 들어갈 일이 없어요. 그냥 용돈 조금만 주시면 됩니다. 가끔 큰섬에 다녀올 뱃삯이랑 책값 조금이면 돼요."

"그거야 문제없지. 그보다 더 가져가셔도 돼."

예전에 등대교회를 맡았던 목사들은 매달 받는 생활비를 꼬박꼬박 자기 몫으로 다 썼다고 했다. 돌봐야 할 가족이 육지나 큰섬에 살고 있으니 당연한 일이었을 것이다. 그들이 섬에 풀어놓는 돈이라곤 본인들이 먹고 자는 데 쓰는 최소한의 생활비 정도였다.

이튿날, 현우가 교회로 올라가는 길에 황씨 할머니가 다시 그를 불러 세웠다.

"아침은 먹었고?"

"자취 경력만 거의 20년이에요. 밥하고 찌개는 아주 잘해요. 걱정하지 마세요. 언제 한번 솜씨 좀 부려서 할머니 식사 대접을 해 드릴게요."

굶었을까 봐 묻는 말이 아니라는 걸 현우도 잘 알았다. 등대섬에서는 말문을 트려면 언제나 '밥 먹었냐'가 먼저였다.

"마을 사람들을 위해서 생활비를 선뜻 내놓겠다고 했을 때, 내가 현우 자네를 잘 보았다고 생각했지. 그 아버지에 그 아들, 내 눈은 틀림이 없었어!"

할머니의 칭찬에 현우는 어깨가 으쓱해졌다. 스스로도 좋은 결정을 했다는 생각에 뿌듯했는데 할머니가 아버지까지 함께 말씀해 주시니 등대섬에 큰일을 한 사람처럼 마음이 흐뭇했다.

"그런데 이 목사, 알고 있겠지만… 좀 델리케이트한 문제가 있어! 그걸 알아야 할 것 같아서."

연세 여든이 다 된 등대섬 할머니 입에서 민감한 문제가 있다며 델리케이트라는 말이 나오자 현우는 흠칫 놀랐다. 황씨 할머니의 얼굴을 다시 쳐다보았다. 햇볕에 그을린 얼굴이었지만 할머니에게는 언제나 남다른 기품이 있었다.

"내 말 잘 들어!"

할머니는 현우의 눈을 똑바로 바라보며 말을 이었다.

"몇 가지 주의해야 할 점이 있어. 첫째, 식량은 등대섬 주민들 모두에게 골고루 돌아가야 해. 교인들은 먹고, 교회 안 다니는 어른들이라고 굶을 수는 없잖아?"

"당연하지요. 저는 상관 안 할 테니 할머니하고 어른들께서 알아서 결정해 주세요. 저한테 일일이 알려 주시지 않아도 돼요."

할머니는 고개를 끄덕였다.

"두 번째, 이건 정말 중요한 문제인데. 이 목사가 자기 몫 생활비를 내놓는 것이지만, 그렇게 얘기하고 다니면 안 돼. 외부에서 등대교회를 지원하는 돈으로 등대섬 주민들이 골고루 혜택을 본다는 형식이 좋겠어. 여기 사람들은 누구 한 사람 힘으로 섬 마을이 살아간다는 소리 듣지 않으려고 여태 애써 왔어. 각자 나름의 몫을 하며 산다고 믿어야 마음이 편한 법이거든."

"좋은 말씀이에요. 이미 말씀드렸지만, 제 이름을 드러내거나 칭찬받고 싶은 마음은 조금도 없어요. 그리고 이걸 조건으로 더 많은 어른들이 교회에 나오도록 억지로 몰아가는 것도 옳지 않고요. 복잡할 것 없이 어른들 뜻대로 하세요."

현우는 아예 큰섬에서 받는 생활비 통장을 어른들께 넘겼다. 황씨 할머니와 남 집사를 포함해 다섯 어른이 주관하기로 했다. 말하자면 그들이 운영위원이 된 셈이었다. 그 일은 마을에 모두 맡겨 놓고 현우는 일체 관여하지 않은 채 뒤로 물러났다.

다음 달, 통장에 돈이 들어오자 남 집사가 큰섬에 나가 쌀과 고기, 어른들이 좋아하는 과자를 사 왔다. 마을에 작은 잔치가 열렸다. 현우가 생활비를 통째로 내놓았다는 걸 모르는 이는 없었지만, 아무도 그 사실을 입 밖에 내지 않았고, 현우 역시 내색하지 않았다. 묻지 않고 살아가는 것, 그것이 등대섬 사람들이 세상을 사는 방식이었다.

마을 길목에는 식량을 보관할 목재 창고가 세워졌다. 사들인 곡식과 마을에서 농사지은 감자, 옥수수, 채소도 그곳에 차곡차곡 쌓였다.

잠그지 않은 채 덜렁거리는 자물통을 보며 현우는 아버지 말씀을 떠올렸다.

"사람은 원래 자기 먹을 몫을 타고난단다. 형편 좋다고 욕심 사납게 하루에 열 끼 혼자 먹는 사람은 없어. 믿고 맡겨 두면, 자기 먹을 만큼만 먹는 법이여."

*

등대교회 목사로 섬에 돌아온 이후, 지난 5년 동안 현우가 등대교회 목사로서 가장 힘을 쏟은 일은 등대섬 어른들이 모두 모여 음식을 나눠 먹는 공동 식사였다.

교회에 다니든 아니든 구분하지 않고 모두 모였다. 작은 섬 안에 함께 살아도 형편은 제각각이었다. 주로 노동력이 형편을 좌우했다. 식량이야 해결이 됐지만, 혼자 사는 노인이나 몸이 불편한 어른이라면 식사를 제때 끓여 먹는 일이 가장 힘들고 큰 일이었다.

"후, 후우."

가쁜 숨을 몰아쉬며 쉬엄쉬엄 언덕을 올라 교회에 나온 어른들은 집집마다 형편대로 마련해 온 음식을 펼쳐 놓았다. 빈손으로 온 어른들도 아무런 거리낌 없이 자리를 잡고 앉아 함께 먹고 마셨다. 그럴 때면 마치 소풍이라도 나온 듯했다. 어느 어른은 나물을 좋아했고, 어느 어른은 슴슴하게 끓인 국을 몇 번씩 떠갔다. 평소에도 음식을 이집 저 집 나눠 먹지만, 일요일 교회 식탁은 조금 더 정성 들여 차린 마을 회식이나 다름없었다.

"먹는 건 좋은 일이여!"

굳이 말하지 않더라도, 현우는 등대섬 사람들의 살림을 누구보다 잘 알았다. 그는 목사라고 해서 점잔을 빼지 않았다. 팔을 걷어붙이고 음식을 나누며 어른들을 보살폈다. 설교단 앞에 서면 목사지만, 식탁에 앉으면 등대섬의 젊은이였다. 마을에서 가장 젊고 힘 좋은 일꾼이었고, 첫 설교에서 밝혔듯 찾아오지 않는 자식들을 대신하는 아들, 조카, 손자였다.

현우는 공동 식사를 기회로 삼아 예수의 삶과 가르침을 친숙한 말로 풀어놓곤 했다. 아무래도 설교는 공적 의식(儀式)이라서 자유롭게 이야기를 풀어놓기에는 적당하지 않았다.

"예수님을 따르던 사람들도 지금 우리처럼 같이 모여 음식을 나누고, 서로서로 지나온 얘기를 들어 주었대요. 어려운 형편을 털어놓고, 위로하고 위로받고… 교회라고 불리기 전부터 그렇게 지냈다고 합니다."

어른들 반응이 묘했다. 바다 이야기, 바람 이야기, 먹는 이야기라면 누구나 한마디씩 거들다가도 예수 이야기, 교회 이야기, 기독교 이야기만 나오면 슬그머니 입을 다물었다. 그것은 자기들이 개입할 일이 아니라고 믿는 기색이었다. 등대교회와 마을 사이에 미묘한 틈이 있다는 것을 현우는 느꼈다.

"예수를 따르던 사람들이 맨 처음 함께 모여 식사하다가 교회를 세웠나? 그럼, 같이 밥 먹는 게 교회보다 먼저인 것 같은디, 내 생각으로는."

교회를 다니지 않는 배씨 노인이 현우의 말을 받았다. 신학적으로 깜짝 놀랄 만한 이야기였다. 단순히 시간적인 선후 관계가 아니라, 공동체의 본질을 따지는 질문이었다. 그 말을 듣고 현우는 아무 말도 할 수 없었다.

'이 식사는 교회 행사인가, 아니면 등대섬 마을 행사인가?'

교회에 다니지 않는 어른들도 참석한 자리라면, 현우는 목사가 아니라 등대섬의 젊은이였다. 교회라는 같은 장소에서 이뤄진다고 해도, 기독교 예배와 등대섬 마을의 공동 식사는 성격이 달랐다. 함께 먹고 마시는 행위는 무엇이라고 이름 붙이기 전부터 사람 사는 곳이라면 언제 어디에든 항상 있었던 일이 아니었을까. 그것을 두고 기독교만의 일이라고 말할 수는 없었다.

섬에 들어온 지 반년이 채 안 됐을 때부터 현우는 석양에 붉게 물들어 출렁이는 저녁 바다에 배를 띄우는 생각을 하기 시작했다. 항해의 끝에 무엇이 있을지 알 수 없었지만, 바다는 그에게 배를 띄워 보라고 말을 걸었다.

그의 가슴속에 조용히 흐르는 두 줄기 흐름이 있었다. 하나는 등대교회 목사, 다른 한 줄기는 젊은 현우였다. 두 흐름은 때로는 맞부딪치며 철썩 소리를 냈고, 서로 섞이지 않은 채 서로 경계하며 빙빙 휘돌았다. 가슴을 겨우 가라앉히고 나면, 알아들을 수 없을 만큼 작은 소리로 속삭였다. 어릴 때 그랬던 것처럼 바다는 현우를 다시 꼬드겼다.

"가 보지 않고, 떠나 보지 않고 어찌 알 수 있으리."

"아직은 여기서 할 수 있는 일을 다하지 못했습니다."

"그렇다면 머물러서 해 보렴. 다만, 머물지 말고 출발점으로 삼으려무나."

출발점이라는 말에 현우는 신학대학 시절 김 교수의 당부를 떠올렸다. 머리도 눈썹도 온통 하얘서 '신학교 산신령'으로 불린 분이었다.

"기독교를 무엇이라고 부를까? 어느 섬에 세워진 등대를 상상해 봐. 캄캄한 밤, 파도를 헤쳐 나가는 배는 밤바다를 비추는 등댓불을 보며 항로를 가늠하지. 그런데 어떤 배도 등대를 항해의 목적지로 삼지는 않아. 등대는 내가 지금 어디에 있고, 목적지를 향해 제대로 가고 있는지를 확인해 주는 지표일 뿐이지. 기독교도, 이 시대의 교회도 그렇게 볼 수 있지 않을까? 기독교를 믿지 않는 사람에게 기독교는 처음부터 의미 없는 종교인가? 예수는 기독교에만 의미 있는 인물인가?"

등대섬 출신인 현우는 그 말에 깜짝 놀랐다. 등대섬 언덕 위에서 밤바다를 비추는 등대는 그곳으로 오라는 유도 신호가 아니었다. 항로 어딘가에 등대가 있음을 통해, 배가 가야 할 방향과 남은 거리를 가늠하게 하는 장치였다.

연구실로 찾아간 현우에게 김 교수는 책 몇 권을 건네주었다.

"지금은 어렵겠지만, 공부하다 보면 언젠가는 꼭 거쳐야 하는 책들이네. 나도 동의하지 않는 대목이 많아. 그러니 자네는 이 책들을 출발점으로 삼게."

그는 현우의 등을 가볍게 두드려 주었다.

"그리고 반드시 그 책을 뛰어넘게나. 어떤 학자의 학설에 갇히면, 갑판에는 한 번도 올라가 보지 못하고 배 밑바닥에 누워 태평양을 건너는 것과 다를 게 없네. 섬에서 자랐다니 무슨 이야기인지 알아듣겠지, 자네는."

그 이후로 현우 가슴속에는 그 두 말이 하나처럼 붙어 다녔다. 처음부터 하나일 수밖에 없는 말이었다.

"출발점으로 삼아라. 갇히지 말고 뛰어넘어라."

그 무렵까지 바다는 현우에게 여전히 아름답고 잔잔하며 친근한 존재였다. 그의 기색을 살피듯 슬그머니 물러날 줄도 아는 너그러운 친구였다. 바다가 유혹하면서 동시에 거부할 줄 안다는 것을 그는 아직 알지 못했다. 혼자 배를 타고 도망치듯 등대섬을 떠나게 될 날이 오리라고는, 단 한 번도 상상해 본 적이 없었다.

현우가 등대교회 목사로 지난 5년 동안 일요일마다 설교를 해 왔지만, 미처 생각지 못한 점이 하나 있었다.

어느 날, 남 집사가 조심스럽게 말을 꺼냈다.

"내가 이 목사, 등대섬 현우가 아니라면 이런 이야기는 안 할 텐데, 이거 참 거시기 하구만. 달리 생각하지 말고, 말 그대로 들었으면 좋겠어."

기독교 계통의 중·고등학교를 다녔다고 언뜻 내비친 적이 있었는데, 남 집사는 교회 안에서는 성경 내용을 유난히 잘 아는 어른이었다. 나름대로 분석하고 평가하며 주일 예배 설교를 듣고 있다는 것을 현우도 눈치는 챘다. 다른 어른들에게는 이민수 장로의 아들이 고향 등대섬에 돌아와 교회 목사를 맡았다는 사실이 중요했지만, 남 집사는 가끔 설교가 성이 차지 않는 듯한 표정을 짓곤 했다.

"내 신앙과 이 목사 설교 사이에서, 나는 가끔 길을 잃고 헤매는 것 같아. 줄기를 좀 잡아 줬으면 해. 다른 사람들이야 무슨 생각으로 교

회를 다니든, 나는 목숨 걸고 도망쳐서 이 섬에서 살고 있잖아. 내가
왜 살아가는지, 주님이 내게 맡기신 일이 무언지, 어떻게 그분 뜻을
이 섬에서 이루며 살아야 하는지, 나는 그게 중요해! 몇 년 꾹 참고 기
다렸는데, 방향을 확 바꿔 주면 안 될까? 집사가 담임목사에게 무례
한 소리인 줄 알지만, 등대섬 출신 현우고, 이민수 장로님 아들이니까
하는 소리야."

남 집사는 등대교회에서 유일하게 직분을 받은 평신도였다. 말하
자면 교인들의 대표였다.

"무슨 말씀인지요?"

"글쎄, 전문용어로 뭐라 하는지 모르겠지만 '예수 그리스도가 우리
죄를 위해 십자가에 못 박혀 죽으셨고, 그분의 부활을 통해 하느님이
우리를 이미 구원하셨다', 그런 얘기가 거의 없었어, 이 목사 설교에
는. 나는 기독교에서 제일 중요한 가르침이라고 믿어 왔는데."

구원이 이미 실현되었다고 지금 여기 삶의 현장에서 선포하고 믿는
고백을 신학에서는 '케리그마'라고 부른다. 현우의 설교 속에 기독교
신앙의 가장 중요한 내용, 기독교 교리의 핵심이 빠져 있더라는 말이
었다.

예수의 죽음과 부활을 가장 큰 기둥으로 삼는 기독교이지만, 현우
에게 중요한 것은 언제나 '살아 있는 예수, 살아서 사람들과 함께 먹
고 마시고 그들의 고통을 자기의 고통으로 받아들였던 예수'였다. 등
대섬에서 만나는 예수는 그런 예수여야 한다고 그는 생각했다. 위로
와 구원을 하느님의 은혜에서 찾자는 신앙과 지금 여기에서 하느님
나라를 이루자는 운동이 맞부딪치는 지점이었다.

"예….."

어찌할 것인가? 길게 토론할 일이 아니었다. 그가 걸어온 길이 보통의 기독교인들이 생각하는 신앙과 달랐음이 분명했다. 몇 사람이나 남 집사와 같은 생각일지 모르지만, 일요일마다 빼놓지 않고 교회 언덕을 올라 예배를 드리는 어른들 생각이 다를 수 있다는 점을 현우는 놓치고 있었다. 발 디디고 섰던 땅이 스르르 무너지는 것 같았다.

"목사 티 좀 그만 내."

두 달 전 4월 중순, 미숙이 참다 참다 툭 내뱉은 말이 문득 떠올랐다. 한 번도 교회에 나오지 않던 그녀의 한마디는 현우를 확 떠밀어 무너뜨린 셈이었다. 그녀는 목사가 하는 일을 너무나 잘 아는 사람이었다. 기독교와 교회, 목사, 그리고 어쩌면 현우에게 품어온 오래된 불만까지 한꺼번에 터져 나온 듯했다.

"이 섬에는 교회와 상관없는 사람들도 많잖아. 신학교에서 배운 말만 주절주절 늘어놓는 목사가 뭐 그리 대단한 존재라고."

그녀가 덧붙인 그 말이 가슴속에 콱 박혔다. 아무리 떼어 내려 해도 떨어지지 않았다.

'기독교를 거슬러 올라가면 예수를 만날 수 있다. 그러나 예수에게서 흘러내린 물이 꼭 기독교에 이르지는 않는다.'

신학대학을 다니던 시절부터 현우는 이런 생각 속에 빠져들곤 했다. 입학 동기나 선후배 누구에게도 털어놓지 못하고 혼자만 앓던 고민이었다. 오직 한 사람, 박은혜에게 얘기했을 뿐이다. 그녀는 이제 손 닿을 수 없는 먼 나라, 미국으로 호르르 날아가 버린 새였다.

이제는 그런 말을 함께 나눌 수 있는 사람도 장소도 없었다. 학교에서도 입에 올리지 못했던 얘기를 교회에서 어찌 떠들 수 있을까. 신학이 교회를 이끄는 것이 아니라, 도리어 교회가 신학의 범위를 정해 주는 세상에서 현우는 한 명의 목사일 뿐이었다. 그것도 사람들이 세상 끝이라고 부르는 등대섬의 등대교회 목사였다.

"등대섬에는 조선 팔도 말이 다 섞여 있어."

어릴 적 흘려들었던 그 말의 뜻은 나이가 들면서 저절로 이해할 수 있게 됐다.

등대섬은 육지나 큰섬과는 많이 달랐다. 주민들 사이에 일가친척이 없다는 점부터 그랬다. 행정구역으로는 전라남도에 속했지만, 다른 지역 출신 사람들이 대부분이었다. 아버지만 해도 충청도 어디 출신이라는 것을 현우는 어렴풋이 알고 있었다.

'밀려난 사람들이 사는 섬.'

어디 다른 곳 갈 데 없는 사람들이 목숨 하나 부지하려 숨어든 곳이었다. 개인의 잘못이나 불운보다는 정치적 폭력이나 사회적 박해에 쫓겨 들어온 이들이 더 많았다.

새로 들어오는 이에게 출신을 묻지 않는 불문율에는 이유가 있었다. 굳이 캐묻지 않아도 서로 비슷한 사연을 안고 있다는 걸 알았기 때문이다.

"내가 이렇게라도 생명을 부지하고 살아가는 게 잘한 일이지. 아들도 있고. 그 친구… 생명을 버릴 것까지는 없었어!"

어느 날 저녁, 서쪽 하늘을 바라보다가 아버지가 무심결에 흘린 말이었다. 현우는 아버지 얼굴을 똑바로 쳐다볼 수 없었다. 처절하다는 말로는 그 표정을 다 설명할 수 없었다. 아들과 나란히 앉아 타오르는 노을을 바라보던 아버지는 생명을 내던지고 떠난 누군가를 떠올린 듯했다.

"생명은 누가 준 것이 아니니 스스로 책임지고 지켜야 한다."

기독교 신앙고백과 뿌리가 다른 말이었고, 등대섬 사람들은 처음부터 기독교인이 될 수 없다는 선언이나 마찬가지였다.

등대섬이 언제까지 등대섬일 것인가? 등대를 머리에 이고 있는 한 등대섬으로 불리며 바다 한가운데 남을 것이다. 주민들이 나이 먹고 늙어 차례차례 사라지고 등대섬 마을이 소멸하더라도.

'마지막 한 사람이 죽었다'라고 중얼거리며 군청 공무원이 오래된 명단 마지막 한 칸에 30센티미터 자를 대고 천천히 빨간 줄 두 개를 긋고, 등대섬이라는 표지가 붙은 서류철을 덮으면 끝나는 섬인가?

'그때까지라도….'

현우는 등대섬에 알맞은 교회를 이루고 싶었다. 영원히 계속되는 교회가 아니라 사람과 함께 머물다가 때가 되면 자연스럽게 소멸하는 교회. 등대교회 목사로서 언젠가는 사라질 교회의 끝자락을 지키는 사람이 자신이기를 바랐다.

"뽐뿌가 왠지 불경스러웠어."

펌프를 해체할 때 마을 어른들이 뱉었던 말이 떠올랐다. 억지로 물을 뽑아 올리던 펌프가 혹시 등대섬에 들어온 교회였던가.

현우는 아니라고 말할 수 없었다. 샘에서 흘러내린 물이 도랑 따라 바다에 이르고, 물꼬 따라 논에 흘러들 듯, 물에 무슨 목적지가 있겠는가. 흐르는 물에 무슨 뜻이 있겠는가. 낮은 곳으로, 더 낮은 곳으로 흐를 뿐이다. 물은 웅덩이를 피하지 않는다. 가득 채운 뒤에야 다시 흐른다.

시험은 누가 강제로 절벽에 끌고 올라 떠미는 것이 아니다. 스스로 한걸음씩 걸어 절벽에 다가가는 일이다. 등대섬으로 돌아온 날부터 현우는 시험의 절벽을 향해 한 발씩 걸음을 옮기고 있었던 모양이다. 등대 옆에 서서 바다만 바라보던 그가 실제 배를 타고 떠나기까지 걸린 시간은 단순하게 날짜나 햇수로만 헤아릴 일이 아니었다.

현우는 그동안 틈만 나면 앞마당에 나가 하염없이 바다를 바라보았다. 무언가를 찾아내려 바다에게 말을 걸던 어린 날과 달리, 이제는 몸을 휘감고 지나가는 시간을 느끼고 있었다.

바다는 가슴이 먹먹해질 만큼 아름다웠다. 해가 수평선에 닿았다가 서서히 가라앉아 사라질 때면 온몸이 저릿했다.

하늘에는 붓칠한 캔버스처럼 불그스레한 구름이 해를 따라 떠내려 갔다. 은빛으로 출렁거리다가, 금빛으로 찰랑이다가 마침내 붉은 바다가 검은 빛을 띨 때면 등대에 불이 켜졌다.

'이대로 아무 일도 없는 듯 지낼 수는 없지.'

가슴 깊은 곳, 저 아래에서 피어 올라오는 구름이 있었다. 등대섬 샘물은 여전히 졸졸 흐르는데 현우는 말라가고 있었다. 예배당 강대상 앞에 엎드려도, 파도 소리를 들으며 바람을 맞아도 조금씩 무너져 내렸다. 때가 되면 버석거리는 소리를 내다 부스러질 것 같았다. 현우에게 허용된 유예기간은 5년 남짓이었다.

비탈을 타고 올라오는 바람 소리와 낮게 바다를 스쳐 나는 갈매기

울음소리는 무언가 필연적인 일이 닥칠 징조 같았다. 평화롭고 낭만적으로 보이는 섬이었지만 한 겹 걷어내고 보면 사람들은 부들부들 떨고 가끔 꿈틀거리는 맨살을 감춘 채 살아가고 있었다.

결국 목사일 수밖에 없는 현우 자신이 문제였다. 등대섬보다, 섬으로 흘러 들어와 살아야 했던 어른들의 삶보다, 그에게는 등대 옆에 나란히 선 교회가 여전히 더 중요했으니 말이다.

신학교에서 배운 교리를 등대섬 현실에 맞게 풀어내는 일은 때로 불가능에 가까웠다. 불가능한 부분을 건너뛰다 보니, 쉬워 보이던 일들마저 점점 막막해졌다.

예배가 바짝 마른 논바다처럼 공허해졌을 무렵, 교회 마당 끝에 위태롭게 박힌 바위가 눈에 들어왔다.

마른버짐처럼 허연 이끼가 번지는 바위. 눈에 띄지 않게 조금씩 부스러져 가는 모습이 오래 버티고 서 있는 교회와 닮아 보였다. 언젠가는 그 바위도 이끼에 완전히 먹힐 날이 오고야 말 것 같았다.

가슴이 답답할 때면 현우는 늘 교회 마당 가에 서서 바다를 들이마실 듯 크게 숨을 쉬었다. 하지만 미숙이 아이를 가졌다는 놀라운 소식을 엿들은 날은 바다가 평소와 달랐다.

"와 봐. 여기 내 가슴속으로 들어와 봐. 현우, 네 자리도 있어."

바다는 현우에게 낮고 부드러운 소리로 말을 건넸다.

"나는 더 이상 경계가 아냐. 세상과 연결된 유일한 길이지. 어디로든 갈 수 있어. 가다가 힘들면 어느 섬에 들러 쉬어도 돼."

나가는 길은 보이지 않았고 들어갈 곳도 마땅치 않았다. 섬을 나가는 일과 세상으로 들어가는 일 사이에서 현우는 갈피를 잡지 못했다. 무엇이 시작이고 무엇이 끝인지 알 수 없는 혼란이 눈앞에서 회오리 쳤다.

"네가 품어!"

바다가 하는 말인지, 아버지의 음성인지 분간할 수 없었다. 품으라 니, 미숙이 밴 아이를 품으라니…. 상상조차 할 수 없는 일이었다. 감 당할 수 없는 말이 가슴속으로 스며들어 가라앉는가 싶더니, 아버지 해 달라던 다니엘의 말까지 한데 뒤엉켰다.

현우는 고개를 저었다. 바다는 뜻밖의 말을 던졌다. 이번에는 차갑 고 단호한 목소리였다.

"그럼 떠나. 감당할 수 없는 일이라면."

"떠나라고?"

"둘 중 하나잖아! 품든지, 떠나든지."

선택할 수밖에 없다는 말에 은근히 화가 났다. 등대섬도 바다도 더 이상 그의 편이 아니라는 생각이 들었다. 세상 끝까지 물러난 사람을 왜 자꾸 떠미는지 알 수 없었다. 따져 묻고 싶었지만, 그는 한 번도 누 구에게 도전해 본 적이 없었다. 말은 끝내 입 밖으로 나오지 않았다. 바다는 더 이상 아무 말도 하지 않았다. 그가 결정할 일이라는 듯.

그때 훅 가슴속을 파고든 말이 있었다.

'감당할 수 없으면 떠날 수밖에.'

결국 5년을 못 버티고 달아난 목사라는 꼬리표만 달게 되었다. 컥 컥. 기침이 터져 나왔다. 기침이 몸속의 나쁜 기운을 몰아내는 몸짓이 라면, 그는 지금 무엇을 뱉어 내려는 것일까. 대체 무엇을 몸속에 담고 살아왔기에 이토록 가슴이 막히는 것일까.

바다로 향하는 길이 눈에 들어왔다. 저 아래 모퉁이를 돌면 어릴 적 올라가지도 못하고 내려가지도 못하고 갇혀 있던 자리가 있었다. 그곳이 왜 하필 등대섬 남쪽 비탈이었단 말인가. 곡괭이로 돌을 캐고 흙을 골라 길을 내던 아버지 얼굴이 떠올랐다. 아무도 오르내리지 않던 그곳에 왜 아버지는 길을 냈을까.

아버지는 언젠가 아들이 그 길을 내려가 배를 타고 떠날 것을 알고 있었던 걸까. 아니면 떠난 길로 다시 돌아오라는 뜻이었을까. 그것도 아니라면 길 아닌 곳으로는 다니지 말라는 당부였을까. 세상 끝이라 믿고 처음 섬을 찾아 들어왔던 그때의 심정으로, 아버지는 그 비탈에 길을 냈을 것이다.

＊

갈매기호는 아침 바다를 달렸다.

찬 바람이 얼굴을 때렸다. 배가 파도와 부딪치는 소리가 규칙적으로 들렸다. 바다는 이제 현우를 그냥 지켜보기로 작정한 모양이었다. 어디로 가는지 그도 모르고, 세상도 몰랐다. 방향을 남쪽으로 고정한 채 배가 가는 대로 실려 갈 뿐이다.

수평선 너머 흩어지는 구름 사이로 은혜의 목소리가 빛이 되어 머물다가 말을 걸어왔다.

'등대섬을 바꾸려 하지 말고 네가 바뀌었더라면….'

현우를 가장 잘 아는 은혜였으니 분명 맞는 말일 것이다. 현우는 허공을 향해 속마음을 털어놓았다.

"나는 이쪽으로도 저쪽으로도 바꿀 수 없었어. 그게 현실이야."

은혜는 때로는 달로 때로는 별로, 지금은 바다 위에 떠 있는 구름으로 현우의 곁을 맴돌았다. 신학대학 다닐 때부터 함께 걷기 시작했던 '길'에서 더 나아가라고 그녀는 재촉하고 있었다.

'미숙이라는 여자 때문은 아니지? 나는 상관없는데….'

상관없다는 말이 가시처럼 가슴을 찔렀다. 그 말은 여전히 아프고 쓸쓸했다. 모든 관계의 끝을 받아들이던 은혜가 눈앞에 아른거렸다.

'그 때문에 떠나는 건 아냐. 등대섬에서는 내가 부스러지고 있었어.'

'결국 너는 등대섬으로 돌아가겠지만. 진작에 네가 섬을 벗어날 생각을 했더라면 우린 달라질 수 있었어.'

입을 다물 수밖에 없었다. 푸념도 체념도 아닌, 현우가 평생 외면해 온 진실이 담긴 목소리였다.

"되돌아보지 말고 각자 앞만 보고 똑바로 걸어가기."

그때 한 번이라도 되돌아봤더라면, 건널목에 멍하니 서 있던 그녀에게 다가가 '은혜야' 이름을 불렀더라면.

'천천히 돌아봐! 끝이 시작이야.'

은혜가 다시 말을 걸었다.

현우에게 돌아보기란 시간을 뚝 잘라 중간 어디쯤으로 돌리는 일이 아니었다. 원래 있어야 할 근원으로 거슬러 올라가는 일이었다. 무너진 돌담을 헐어내고 밑바닥부터 새로 쌓던 아버지의 가르침을 현우는 그제야 떠올렸다.

"멀쩡해 보여도 바닥부터 다시 쌓아야 하는 일이 있어."

돌담 밑 큰 돌을 다루다 손가락을 다친 아버지가 피 흐르던 상처를 싸매며 들려준 말이었다.

"나는 도망치는 게 아니야. 근원에서 새로 시작하고 싶었을 뿐이야."

아침 해가 떠오르는 동쪽 바다를 보며 현우가 몸을 일으켰다.

이제 홀로 바다를 헤쳐 나가려면 갈매기호를 의지해야 했다. 아버지가 남겨둔 배에 모든 것을 맡긴 채, 목적지도 정하지 않은 현우는 바다 위로 흘러가고 있었다.

엇갈린 눈길

사람이 걸어가는 길은 언제 정해지는가. 현우가 등대교회 목사가 된 일은 대학 진학을 앞둔 한순간에 정해진 것이 아니었다. 그 길은 섬마을 서쪽 언덕에 등대와 나란히 선 교회를 올려다보며 자랄 때부터 조금씩 이어지고 있었는지 모른다. 끝내 입 밖으로 내지 않은 아버지의 바람을 알아챈 그 순간부터. 하느님도 할 일이 없다는 등대섬에서, 아들이라면 할 일이 있으리라고 아버지는 믿었던 걸까.

"왜 신학대학에 들어왔는가?"

신입생 때 현우는 이 질문을 들을 때마다 잠시 멍해졌다. 딱히 대답할 말이 없었다. 왜 신학을 공부하려고 마음먹었는지 묻는다면 할 말이 있었다. 대학으로 신학대를 선택한 것과 신학을 공부하기 위해 입학한 것은 다르다는 사실을 그는 입학하자마자 깨달았다.

고등학교 3학년 때 진학 상담을 하며 담임선생과 주고받았던 대화를 현우는 몇 번이고 곱씹었다. 대학 시절 내내 스스로를 다잡게 만든 중요한 기억이었다.

"아버지와는 충분히 상의했니?"

"좋아하실 거예요!"

"좀 아까워서 하는 말이다."

신학을 공부하겠다는 제자를 '아깝다'고 여기는 선생님. 그것은 사회에서 기독교와 교회를 바라보는 시선이었다. 사람들은 신학이라 하면 대개 기독교신학만 떠올리곤 했다.

"한때 신학은 이성을 추구하는 모든 학문과 어깨를 나란히 하며 학문의 왕으로 군림했었지. 지금은 먼바다 외딴섬 같지만 말이야."

신학이 외딴섬이라니. 그 비유를 듣는 순간, 현우는 신학을 공부해야 할 이유를 더 또렷이 발견했다. 등대섬의 정체성을 깊게 생각하게 된 계기였다.

"종교를 깎아내리려는 건 아니야. 하지만 이제 종교는 세상이 답하지 못하는 아주 좁은 영역만 겨우 지키고 있을 뿐이야. 그나마도 곧 과학이나 의학에 자리를 내줘야 할지도 모르지."

선생님은 잠시 말을 멈추고 현우의 눈을 깊게 들여다보았다.

"자네가 겪은 외로움 때문에 누군가를 위로하고 싶은 그 마음은 안다네. 하지만 넘어진 사람을 일으키는 일만큼이나, 사람을 자꾸 넘어뜨리는 세상을 고치는 일도 중요하지 않겠나? 강요는 않겠네만, 사회는 자네 같은 사람이 더 넓은 자리에서 제 역할을 해주길 기다린다네."

현우는 깊은 숨을 내쉬었다. 자신의 장래를 진정으로 걱정해주는 스승이 눈앞에 있다는 사실이 고마울 뿐이었다.

"세상이 채워주지 못하는 것을 채우는 길…, 저에게는 신학 공부가 그렇게 보입니다. 밤바다를 지키는 등대처럼요."

"등대처럼…"

선생님은 현우가 한 말을 입으로 따라 하더니 고개를 끄덕였다. 현우는 선생님의 눈 속에 스며 있던 세상이 반짝하는 것을 보았다.

대학에 입학하던 해 3월은 유난히 추웠다. 등대섬에서 참 멀리 떠나왔다는 생각이 들었다. 거리로도 멀었고, 마음으로는 더 멀었다. 혼자라는 느낌에 더 춥고 외롭고 배고팠다. 아무리 힘들어도 어디 손 벌리거나 하소연할 만한 사람이 없었다. 현우가 입학한 신학대학에는 선배든 동기든 고등학교 동문이 한 명도 없었다. 그동안 어디에서나 외톨이로 지냈지만 그해 봄 서울에서는 더 외로웠다.

그때 현우는 잊을 수 없는 어른을 만났다. 학교에서 언덕을 넘어 자취방으로 가는 길 첫 골목이었다. 노인은 리어카 위에 드럼통을 설치해 놓고 따끈하게 구운 고구마를 팔았다. 긴 겨울 내내 그 자리를 지켜온 것 같았다. 첫 하굣길부터 현우는 노인과 군고구마 리어카를 눈여겨보았다. 날이 따뜻해져 장사를 그만두게 될 때를 오히려 현우가 걱정한 적도 있었다. 군고구마를 살 형편은 안 되었지만, 눈이 마주치면 고개를 숙여 인사하며 지나갔다.

왠지 고향 어른 같은 눈빛으로 지켜보던 노인이 현우를 불렀다.

"학생, 이리 와 봐요."

현우는 걸음을 멈추고 다가갔다. 구수한 고구마 냄새에 갑자기 허기가 몰려왔다. 점심을 못 먹었다고 꼬르륵 소리를 내며 배가 표를 냈다.

"이 고구마 두 개, 학생 먹어."

"예? 저 돈이 없어서…."

"내가 그냥 주고 싶어서 그래! 여러 날 지켜봤는데, 학생이 점심을 잘 못 먹는 것 같더라고. 앞으로 여기 지나갈 때 언제든 먹고 가. 돈 안 받아. 내가 못 나오는 날에는 며느리에게도 얘기해 둘 테니."

노인은 점심을 거른 채 언덕을 넘어오는 현우를 지켜보고 있었던 모양이다. 고구마를 받아먹는 현우를 물끄러미 바라보던 노인은 고구마 두 개를 더 꺼내 신문지에 싸주었다. 아무리 사양해도 막무가내였다. 그의 쭈글쭈글한 손등 위에 불쑥불쑥 튀어나온 파란 핏줄이 현우의 눈에 들어왔다.

"가지고 가서 먹어. 괜찮아."

그날 저녁은 굶지 않아도 되겠다는 생각이 들었다. 깊게 고개 숙여 인사하고 돌아섰다. 한참 걸어오다 되돌아보니 노인은 여전히 그 자리에 서서 손을 흔들고 있었다.

'고마운 어른!'

노인은 현우의 마음속으로 걸어 들어온 또 한 명의 어른이 되었다.

그날 이후로 현우는 두 번 다시 노인을 만나지 못했다. 일부러 다른 길로 돌아서 학교에 다녔다. 소매 끝이 너덜거리던 허름한 점퍼를 입고 장사하던 노인의 사정이 눈에 밟혔기 때문이다. 더 이상 신세를 질 수는 없었다. 시아버지와 며느리가 번갈아 나와 고구마를 구워 파는 사람들. 그 일을 겪으며 현우는 사람을 가만히 살펴보는 일이 얼마나 중요한지 알게 되었다.

사람은 말보다 먼저 몸으로 많은 것을 전한다. 등대섬 언덕 위에 서 있는 등대처럼, 몸은 세상을 향해 신호를 보낸다. 그 신호에 눈 감고 귀 막는다면 어떤 말도 닿지 않는다. 바람 소리와 하늘에 떠 있는 구름, 아침저녁으로 달리 보이는 햇빛만으로도 섬사람들은 때와 징조를 알아채며 살았다. 출렁이는 파도 소리 속에서 내일의 날씨를 읽어내 듯, 마당으로 들어서는 마을 어른의 발소리만 듣고도 아버지는 무슨 일이 생겼는지 미리 짐작하지 않았던가.

현우는 세상일에 눈 뜨고 귀를 열어, 몸이 보내는 신호를 살피고 그에 대답하며 살아가는 목사가 되겠다고 결심했다. 막연하던 목회자의 길이 구체적으로 보이기 시작했다. 가슴 한편에 전화기 하나를 설치한 셈이었다. 걸 수도 있고, 받을 수도 있는. 신학대학에 다니는 동안 그는 그런 각오를 거듭 다졌다.

대학 입학 후 첫 두 주는 모든 신입생이 그렇듯 정신이 없었다. 낯선 서울 생활도, 선배나 동창 하나 없는 학교생활도 서툴렀다. 의지할 곳이 없으니 모든 것을 혼자 처리해야 했다. 현우는 누군가에게 묻기보다 방법을 알아낼 때까지 끙끙거리며 혼자 들여다보고 궁리하는 편이었다. 교수들 중 산신령이라 불리는 김 교수에게 마음이 끌렸으나, 연구실로 그를 찾아간 것도 한참 시간이 지난 뒤였다.

3월 말, 현우는 '길'이라는 동아리에 가입했다. 게시판에 붙은 신입 회원 모집 공고가 눈에 띄었다. 커다란 종이에 그려진 십자가 위로 아스라하게 먼 길이 이어져 있었다. 불가능해 보이던 길을 함께 걸어 보자는 손짓 같았다.

"십자가에서 출발해 길을 떠나는 포스터가 좋았습니다. 그 길을 걷고 싶어 들어오려고요."

"그런 사람이 또 있네? 그건 십자가에서 출발하는 게 아니라, 십자가로 향하는 길을 그린 건데."

며칠 후 현우는 똑같은 말을 했다는 여학생을 동아리 모임에서 만났다.

"난 박은혜야. 네가 포스터를 보고 나랑 똑같은 말을 했다며? 과에서 본 것 같은데, 잘 지내 보자."

은혜가 먼저 말을 걸었다. 그늘과 밝음이 묘하게 섞인 얼굴, 사람을 끌어당기는 눈이 특이했다. 그녀에게서 기분 좋은 향내가 은은하게 풍겼다. 넘어갈 수 없는 경계 저쪽, 다른 세상 사람이라는 표시 같았다.

수업 시간에 여러 번 마주쳤지만 서로 말을 나눈 적은 없었다. 그녀에게 특이한 버릇이 있는 것을 현우는 벌써 눈치채고 있었다. '나'라고 말할 때면 오른손 바닥으로 자기 가슴을 두드리곤 했다. 그때마다 고개를 꼿꼿하게 세우고, 당돌하다 할 만큼 상대를 똑바로 쳐다봤다. 당당해 보였지만, 억눌린 무엇이 터져 나오려는 신호처럼 현우는 느꼈다. 사람이 과도하게 무엇을 내세우면 실제로는 결핍을 감추는 표시였다. 그런 생각을 하면서 가만히 그녀를 쳐다보고 있으려니 은혜가 물었다.

"왜?"

현우는 아무 말 없이 혼자 고개만 끄덕였다.

"왜 아무 말도 없어?"

"그냥!"

현우에게 '그냥'은 무척 중요한 말이었다. 그냥 쳐다보고, 그냥 걸어가고, 그냥 말이 없고…. 그 말은 아직 내가 나의 주인이라는 뜻이었다. 밀려서 어쩔 수 없이 하기보다 좀 더 지켜보고 한 걸음 내딛을지 말지 스스로 결정하는 과정이었다. 사람들은 그 말을 이해하지 못하고 자기를 무시한다고 생각하기 일쑤였다. 그의 반응에 기분이 나빠졌는지 그녀는 눈살을 찌푸리며 돌아섰다.

어색했던 첫 만남과 달리 두 사람은 첫 학기가 지나기 전에 아주 가까워졌다. 신학과 신앙에 관한 일이라면 서로의 생각을 숨김없이 얘기했다. 하지만 가까워진 만큼 문제도 생겼다. 더 다가오려는 은혜와 일정한 거리 밖으로 밀어내려는 현우 사이엔 어색한 긴장이 흘렀다.

은혜의 눈을 사람들이 아몬드 눈이라고 부른다는 것을 나중에야 현우는 알게 됐다. 그 눈을 들여다보는 사람은 쉽게 시선을 거두지 못했다. 마주 보는 이의 마음을 담아낼 듯한 깊이가 느껴졌다. 그 때문인지 그녀 주위에는 사람들이 모여들었다.

은혜는 점차 '길' 동아리 활동에는 거리를 두었지만 현우와는 계속 가깝게 지냈다. 그녀는 다른 1학년 신입생들과 달리 책을 많이 읽었다. 현우는 엄두도 못 낼 비싼 책들을 사서 읽고는 그에게 넘겨주었다.

"우리 아버지 박 목사님은 내가 공부 열심히 한다고 좋아하셔. 무슨 책을 사는지도 잘 모르시면서. 그러니까 괜찮아. 이건 장래가 촉망되는 신학생 이현우에게 한국 교회가 사주는 책이야."

어쩌면 은혜는 현우에게 주려고 책을 사는 것 같았다. 불쑥 내미는 책을 받아들 때마다 깜짝 놀랐다. 주류 기독교가 애써 외면하는 주제를 다룬 책들이 대부분이었다. 특히 20세기 최대의 발견이라는 '나그 함마디(Nag Hammadi) 문서'를 해설한 책과 논문도 있었다. '예수를 따르는 수많은 운동 중의 하나'가 기독교라는 제도 종교로 발전했다는 것을 밝히는 내용이었다. 기독교가 교리를 세우는 과정에서 자기들이 고백하는 예수와 다른 예수를 모두 밀어냈다는 사실도 알 수 있었다. 성경에 포함되지 못한 여러 문서 속에서 현우는 사람 냄새 나는 예수를 만났다.

책장마다 은혜가 남긴 깨알 같은 메모가 빼곡했다.

"읽고 돌려줘. 한두 달이면 되지? 네 생각을 표시해 놔도 돼. 다른 사람과 돌려볼 건 아니니까."

마치 선생이 학생을 다그치듯 날짜까지 정해 주고, 메모로 대화를 이어갔다 그녀는 한 발 한 발 현우를 미지의 세계로 이끌고 있었다.

'왜 그럴까?'

현우는 그 이유를 알 수 없었다. 은혜는 누가 보더라도 남다른 여학생이었다. 기독교를 대표한다고 할 만한 교단의 대형교회 목사의 딸로, 신학대학에서 손꼽히는 미녀로 학생들 사이에 평판도 좋았다. 성적 좋기로도 손꼽혔다. 그런데도 그녀는 물길을 거슬러 자꾸 위로 튀어 오르는 물고기 같았다.

'자기는 갈 수 없는 길이어서, 때가 되면 나라도 대신 헤쳐가 보라고 부추기는 걸까.'

생각할수록 슬픈 일이었다. 함께 걸을 수 있는 길이 아니라 시간이 흐를수록 사이가 점점 벌어질 수밖에 없는 길이었다. 언젠가 두 사람이 서로 다른 길로 갈라서게 되리라는 예감이 가슴속으로 밀려들었다. 책을 넘겨줄 때마다 은혜는 가볍게 몸을 떨었다. 현우에게 건네는 책마다 그녀의 한숨이 얹혀 있었다.

은행나무 노란 단풍이 신학대학 교정을 온통 뒤덮은 가을이었다. 땅에 떨어진 은행나무 열매가 으지적으지적 발에 밟혀 깨지며 고약한 냄새를 풍겼다. 남학생들은 짓궂게 저벅저벅 밟으며 걸었고, 여학생들은 징그러운 벌레 피하듯 조심조심 발걸음을 옮겼다. 은행 열매를 생명이라 여기는 사람은 없었다.

해마다 빠짐없이 오고 가는 계절이지만, 어떤 삶에는 시간이 열매 맺지 못하고 지나간다는 것을 사람들은 눈치채지 못했다. 가을 한복판에 있으면서도 자기는 그 계절에 몸을 담지 못했다는 생각을 하면서 현우는 좀 우울했다. 은행잎이 수북하게 쌓인 벤치 위에 털썩 앉으며 그가 중얼거렸다.

"생명의 순환에서 건너뛸 수 없는 단계가 있는 걸까. 씨를 품은 열매는 계절의 결과일까, 시간이 지은 매듭일까?"

후후 은행잎을 입으로 불어내며 은혜가 옆자리에 앉았다.

"그게 뭔 소리? 근데 멋있네!"

그녀는 노란 은행나무와 잘 어울리는 옷을 입고 있었다. 옅은 화장 냄새가 은은했다. 벤치마다 고개를 뒤로 젖힌 채 눈을 감고 가을 햇볕을 즐기는 학생들 모습이 잔잔한 풍경화 같았다.

"가을이라서 익은 열매가 떨어지는 건지, 다음 세대에 생명을 이어 줄 때가 돼서 떨어지는 건지…. 잘 모르겠어."

"아이구, 철학자 이현우!"

은혜는 쿡쿡 웃었다. 처음 만났을 무렵에는 곧잘 깔깔 큰 소리로 웃던 그녀가 현우와 가깝게 지내더니 쿡쿡 웃는 버릇이 생겼다.

"깔깔 웃는 건 여러 사람 속에 있어도 외롭다는 신호 같고, 쿡쿡 웃는 건 혼자지만 세상에 문을 열었다는 말 같아."

언젠가 현우가 은혜에게 들려준 말을 떠올렸는지 그녀가 덧붙였다.

"근데 나는 지금 혼자가 아니거든? 철학자 한 명이랑 은행잎이 몇 장이나 떨어지는지 세고 있잖아."

"혼자 외로워서 그러는 거지."

"아니거든! 근데 아까 그 은행 열매 얘기는 뭐야?"

"그냥… 언뜻 그런 생각이 들었어. 사계절을 거치며 살아가는 나무도 있고, 건기 우기 두 계절만 거치는 나무도 있고. 씨 속에 생명이 들어 있고, 씨의 대부분은 그 생명이 자라나는 양분이 되고, 씨를 품은 과일은 짐승이나 새가 따 먹고 씨를 퍼뜨리라는 유혹이고. 그런데 나에게는 어쩐지 제대로 맞아 돌아가는 것 같지 않게 느껴져서."

"근데, 근데, 저기…."

갑자기 은혜가 무슨 말을 꺼내려고 옆으로 바짝 다가앉았다. 자기도 모르게 현우는 움찔하며 옆으로 물러앉았다. 그녀의 눈이 확 커지더니 이내 작아졌다. 은혜는 천천히 학교 본관 쪽으로 고개를 돌렸다. 꼭 다문 입술이 가늘게 떨리는 이유를 현우는 알았다.

'미안해.'

그 말을 입 밖으로 낼 수는 없었다. 마음을 다 드러내 보이면 둘 중 하나를 택해야 한다. 그녀를 안으로 받아들이든, 조용히 일어나 반대

방향으로 걸어가든. 현우는 무심한 척 가만히 앉아 있을 수밖에 없었다. 적당한 선을 지키며 그나마 겨우 유지하는 이 거리를 어느 쪽으로든 바꾸고 싶지 않았다. 두 사람 사이에 세워 둔 경계를 대책 없이 허물 수 없었다.

한참 만에 그녀는 엉뚱한 말을 했다. 무언가 수습할 말이 필요했던 모양이다.

"국립대나 일반 대학에서 신학을 가르쳤다면, 나는 거길 갔을지도 몰라. 그럼 우린 못 만났겠지?"

그녀의 말이 부담스러웠다. 현우는 말머리를 돌렸다.

"일반대에서 가르치면 특혜라고 비난할 거야. 사람들은 신학이라 하면 기독교 신학만 떠올리니까."

오래전부터 생각해 온 듯 은혜는 얼른 말을 끊고 나섰다.

"종교학이라고 하면 되지. 기독교 불교 천도교 세상 모든 종교를 다 연구하고 가르치는 공부. 하지만 아버지는 나를 일반 대학에 보내지 않으셨을 거야. 반드시 이 대학에서 신학을 해야 한다고 어릴 적부터 못을 박으셨거든."

은혜 아버지가 무슨 뜻으로 그렇게 말했는지 알 만했다. 신학대에는 치열하게 길을 찾아야 할 사람과, 이미 예정된 길을 걷기 위해 자격을 갖추러 온 사람이 섞여 있었다. 현우가 마음속에 담아 두었던 말을 내뱉었다.

"나 같은 사람은 기독교에 있든 없든 누가 신경이나 쓰겠어. 공부를 마치고 목사 안수를 받아도 오라는 교회 하나 없을 텐데. 그렇다고 공부를 계속할 형편도 아니고, 은혜는 그런 걱정 안 해도 되니 참 자유롭겠다."

덧붙인 말이 화근이 됐다.

"왜 내가 자유로워? 그게 뭔 소리야! 왜 나한테 그렇게 말해?"

그녀는 민감하게 반응했다. 무심코 던진 말이 그녀의 아픈 곳을 찌른 것 같았다. 고약한 냄새를 풍기는 은행 열매가 품은 생명도, 되풀이되는 계절의 순환도 순식간에 부질없는 말이 돼 버렸다.

"어느 교회에 나갈지 고민할 필요는 없잖아."

"그게 내 잘못이야? 왜 나를 나로 안 보고 누구 딸로만 보냐는 말이야."

"그럼, 누구 딸 아니야? 사람이 가진 정체성이지. 그건 변할 수 없어. 내가 등대섬 어부의 아들이듯."

"왜 갑자기 어부 얘기가 나와?"

이제 대화가 이어질 수 없는 상황이 됐다. 이야기가 척척 맞아 돌아가는 날도 있지만, 뻔한 대화에서 삐어져 나온 곁가지가 옆구리를 찌르고 얼굴을 할퀴는 날도 여러 번 있었다.

현우가 분위기를 바꾸려고 애써 말을 붙였다.

"어디 가서 뭐 마실까? 내가 살게."

"놔둬. 돈도 없으면서."

그녀가 콕 찔러 반응하자 현우의 안색이 변했다.

"나를 완전히 뭐 취급하는구만."

그제야 그녀도 수그러들었다.

"돈 버느라고 애쓰잖아."

현우는 하루하루 쓰는 돈을 조절하지 않으면 안 될 형편이었다. 편의점 아르바이트와 중학생 가르치는 과외만으로는 생활비와 등록금을 대기에 턱없이 부족했다. 한가롭게 앉아 신학이나 논하고 있을 처지가 아니었다. 잠자고 먹고 공부만 해도 되는 학생이 부러웠다. 때로는 신학을 선택한 것이 잘못인가 싶어 회의가 들었다. 앞일을 생각할수록 점점 좁아지는 골목길로 떠밀려 들어가는 기분이었다.

그 골목으로 휩쓸려 들어가지 않아도 되는 사람이 은혜였다. 부목사 한 명 뽑는 자리에 수십 명씩 몰려드는 지원자들 틈에서 눈치 보며 면접 순서를 기다리지 않아도 되는 사람. 그녀가 원한 것도, 남을 밀어내고 얻은 자리도 아니라는 걸 알았다.

'그렇지만…'

은혜라고 절박한 일이 없을까. 현우에게 이 시간이 생활의 압박에서 벗어나는 도피처이듯, 은혜에게도 그럴지 몰랐다. 현우는 처음으로 그녀의 눈으로 이 상황을 바라보았다.

두 사람의 시간은 그들만의 영토에 잠시 머무는 순간이었을까. 언젠가는 끝날 날이 오겠지만, 지금은 자꾸 어긋나면서도 이어지는 이 작은 평온이나마 누리고 싶었다.

*

대학 2학년 때 어느 날, 비가 세차게 유리창을 두드리는 카페에서 현우는 책을 뒤적이고 있었다. 앞자리에는 은혜가 앉았다. 그들은 나란히 앉기보다 늘 마주 앉았다. 옆에 붙어 앉는 것마저 쑥스러워하던 두 젊은이였다. 현우가 세워 놓은 경계 때문이었다. 그는 신학과 동기나 선후배 누구와도 막 터놓고 친하게 지내지 못했다.

왠지 이상한 느낌이 들어 은혜를 바라보았다. 그녀가 얼른 고개를 돌렸지만 뺨에 흐른 눈물은 감추지 못했다.

'아!'

현우는 순간 멍해졌다. 그녀의 마음을 알 수 있을 것 같았다. 마주 앉은 사람은 어디 먼 곳을 떠돌고, 들키지 않으려 애쓰며 눈물을 흘리는 사람. 현우는 적당한 말을 찾지 못해 그냥 지켜보기만 했다.

그녀는 한참 창밖을 내다보며 스스로를 추슬렀다.

"현우야, 나는 네가 이렇게 조용히 기다려 줄 때 참 좋아."

현우는 속으로 깊은 한숨을 쉬었다. 그녀가 빗속을 달려가고 있다는 것을 알았다. 무엇이 그녀를 빗속으로 끌고 나갔을까. 알 수 없지만, 그녀는 등대섬 마을보다 더 외롭고 적적한 곳에 갇혀 사는 것처럼 느껴졌다. 어린 현우는 아무 생각 없이 비 내리는 마을을 달렸지만, 그녀는 벗어나고 싶어 빗속으로 뛰어나갔을 것 같았다.

"아버지는…."

은혜는 한마디 뱉고 다시 입을 닫았다.

아버지와 비. 현우는 비 내리는 등대섬을 떠올렸다. 어릴 적 그는 비만 내리면 마을을 뛰어다녔다. '맨 머리로 이런 비를 맞으면 머리통에 구멍 뚫려!' 하던 어른들의 꾸중을 들으면서도 좋았다. 조그만 등대섬에는 무작정 멀리 달려갈 곳이 없었다. 포구 쪽으로도 뛰어갔다가 방향을 바꿔 언덕 위 등대교회까지 올라가는 것이 고작이었다. 때로는 자전거 바퀴 돌리듯 양손을 번갈아 돌리며 달리고, 집에서 좀 멀어지면 마음껏 소리를 질렀다.

아버지는 아들을 불러들이지 않았다. 그저 추녀 끝에 서서 빗속을 내달리는 아들을 바라보았다. 아마 아들의 마음을 들여다보고 있었을 것이다. 한참 달리다 마당에 들어서면, 아버지는 그제야 빗속으로 나와 아들을 꼭 껴안아 맞아들였다. 옷을 모두 벗기고 준비해둔 보송보송한 수건으로 아들의 몸을 꼼꼼하게 닦아주던 아버지. 아무 말 없이 등을 내밀면 닦아주던 그 손길.

아버지만 있으면 다른 것은 아무래도 좋았다. 아들에게 눈물을 보이지 않으려 애써 감추던 따뜻한 품. 꺼끌꺼끌한 수염과 억지로 참던 아버지의 울음이 현우의 가슴속에 여전히 생생했다. 누군가에게는 아버지가 극복할 대상일지 모르지만, 그에게 아버지는 언제든 되돌아가 안기고 싶은 그리운 품이었다. 현우는 아버지 가슴에서 처음으로 사람의 살 냄새를 맡았다.

은혜는 다시 말을 이었다. 빗줄기가 더 거세게 유리창을 때렸다.

"아버지는 교회를 마치 회사처럼 운영하셔. 매출 올리듯 교인 숫자 늘리는 일에 집착하시고. 교회 크기를 자기 능력을 입증하는 지표라면서 주일예배 출석 인원을 2만 명으로 늘리겠다고 교인들을 다그치고. 성장하지 않으면 소멸한다고 입버릇처럼 말하셔."

비는 쉬지 않고 쏟아졌고 은혜는 이야기를 이어갔다.

"교단에서 서울 교회들을 대표하는 자리에 오르려고 선거운동도 시작하셨어. 큰돈이 들어갈 거야."

이어지던 이야기 끝에 중고등학교 시절 가정교사로 그녀를 가르쳤던 어느 청년 이야기도 흘러나왔다. 그 말을 하며 은혜의 표정이 잠시 밝아졌다. '좋은 감정을 가졌던 모양이구나.' 현우는 속으로 생각했지만, 묻지는 않았다. 가슴속 미묘한 감정을 숨기며 스스로 설정한 선을 넘지 않으려고 애써 조심했다. 빼꼼히 열린 문을 슬쩍 밀어 보는 그녀의 마음을 알면서도 모른 척 딴전을 피웠다.

"아버지가 미국 박사 학위를 두 개나 가지신 것 말했나? 유학을 다녀오신 적은 없는데, 그런 방법이 있대. 그래서인지 나보고는 정식으로 미국에 가서 공부하라고 하셔."

정말 하고 싶은 말은 미국 유학 얘기였을 것이다.

"좋겠네."

심드렁한 반응에 그녀는 실망한 기색이 역력했다. 그녀가 어떻게 받아들이든, 현우는 분명히 제 생각을 밝힐 수밖에 없었다. 그 뜻을 알았는지 그녀는 한동안 시무룩하니 침묵을 지켰다.

"비도 오는데 어디 가서 뭐 좀 먹을까? 뜨끈한 국물 같은 거."

"좋아. 오늘은 내 얘기 다 들어 줬으니까 내가 쏜다."

"내가 사든 네가 사든…."

"내가 좀 마음 편하게 사면 안 돼? 돈은 내가 더 많잖아. 여자는 초췌하게 다니면 안 된다면서 용돈 듬뿍 주시는 박 목사님 외동딸인데."

사실이지만 듣기 거북했다. 학비와 월세 때문에 늘 걱정하던 아버지가 떠올랐다. 비 오는 날에도 아버지는 배를 타고 출렁이는 바다로 나갔다. 그런 날은 갈매기도 낮게 날았다. 마을은 쏟아지는 빗줄기에 사정없이 두들겨 맞으며 주저앉아 있었다. 마치 매 견디는 법을 알고 있는 것처럼.

현우의 표정이 갑자기 어두워진 걸 눈치챘는지, 은혜는 카페 밖으로 나오자마자 자기 우산을 같이 쓰자며 옆으로 바짝 다가왔다. 현우의 비닐우산은 살이 두 개나 부러져 한쪽으로 비가 줄줄 흘렀다. 한 우산 아래 나란히 걷는 일은 불편하기 짝이 없었다. 우산을 왼손으로 들면 은혜가 비를 맞았고, 오른손으로 옮겨 들면 자꾸 그녀의 가슴에 팔뚝이 닿았다.

무엇이 그리 기분 좋은지 은혜의 목소리는 낭랑했다. 가끔 콧소리까지 섞어가며 몸을 밀착해 왔다. 그날 저녁은 오랜만에 배불리 먹었다. 국물을 흘리고 후루룩 소리를 내도, 은혜는 타박 한 번 없이 너그러운 눈으로 그를 바라보았다.

어느 때부터 은혜가 가슴앓이를 하고 있다는 느낌이 들었다. 한참이나 무언가에 골똘히 잠겨 있거나 얼굴에 슬쩍 스치는 그늘을 볼 때면 눈치 없는 현우조차 알 수 있었다. 하고 싶은 말을 애써 참는 그녀의 아몬드 눈을 마주할 때면 묘하게 가슴이 답답하거나 울렁거렸다. 마치 목적지에 가까워졌을 때 기차 창밖을 스쳐 지나가는 경치를 보며 안내방송을 듣는 것 같았다.

'짐을 두고 내리시는 일이 없도록….'

그럴 때면 서둘러야 한다는 조바심과 감당할 수 없는 일이 두려움이 동시에 밀려왔다. 모른 체 지내던 현우는 어느 날 어렵게 입을 뗐다.

"은혜야, 내 말 오해하지 말고 들어줘. 나는 교회에 봉사하는 신학이 아니라, 진정한 신학을 하고 싶어. 교회가 기독교는 아니잖아!"

처음 생각과 달리 현우는 엉뚱한 얘기를 먼저 꺼냈다. 어쩌면 은혜 다음으로 중요한 문제였기 때문이었을 것이다. 은혜는 그의 말을 한 마디씩 천천히 되뇌었다.

"교회가 기독교는 아니잖아….."

그녀의 얼굴이 어두워졌다. 어떻게 말해야 할지 모를 때마다 하던 버릇대로, 은혜는 두 손을 모아 입과 턱을 가린 채 '푸푸' 소리를 냈다. 품었던 희망이 서서히 부스러지는 광경을 그녀는 정면으로 응시하고 있었다. 교회라는 울타리 밖을 상상해 본 적 없는 대형교회 목사의 딸과 그 울타리 안에 갇혀 숨이 막히는 등대섬 어부의 아들. 두 사람이 함께 갈 수 있는 길이 어디까지일까.

'어쩌다 이 골짜기로 접어들었는지….'

은혜는 조용히 앉아 현우의 말을 들었다. 그가 목소리를 높일수록 그녀는 점점 더 작아졌다.

"교회의 역사를 거슬러 올라가면 처음 물이 고이기 시작한 샘을 만나게 되겠지. 예수라는 물구멍에서 솟아난 물로 샘이 채워졌을 거야. 그 물은 여러 갈래로 흐르다 다른 골짜기 물과 합쳐져 큰 흐름이 되었고, 결국 저수지에 이르렀겠지."

"기독교가 저수지라는 거네?"

"가둬 놓은 물이지."

그 말을 입에 올리자 등록금이나 당장의 생활비 문제는 현우에게 오히려 사소하게 느껴졌다. 다음 학기 등록금을 해결할 길이 막막해 군 입대까지 심각하게 고민하던 처지였지만, 그는 이미 그 너머를 보고 있었다. 그럴 때면, 제도 종교의 둑을 넘어 정처 없이 흘러가야 할 낯선 길 위에 서 있는 신학생이었다.

"이건 심각한 불균형이야. 등대섬 어부의 아들인 내가 감당하기에는 너무 큰….."

현우는 넘을 수 없는 벽 앞에 선 자신의 초라한 모습을 보았다. 그때 은혜가 위로하듯 말했다. 오래전부터 마음속에서 다듬어 온 말 같았다.

"한 걸음씩 걷다 보면 길을 찾을 수 있겠지. 주위를 둘러봐. 같이 손잡고 걸어 줄 사람이 꼭 있을 거야. 도움을 받는 건 부끄러운 일이 아니야, 현우야."

다정하게 이름을 부르는 은혜의 목소리가 그의 가슴속을 파고들었다. 고향에 내려가 아버지의 고깃배를 탈 것이 아니라면, 서울 한복판에서 살아남으려면 어떤 줄이라도 붙잡아야 한다는 뜻이었다. 그녀의 권유는 댓돌 위에 드리운 줄을 잡고 대청마루에 올라서라는 손짓이었다. 자신이 그 줄이 되어 주겠다는 말을 차마 꺼내지 못한 채.

은혜는 그의 생각 쪽으로 슬쩍 한 발 다가섰다. 그것은 위로처럼 들렸고, 언젠가 함께 걸어갈 미래를 약속하는 말처럼도 들렸다.

"세상은 이대로 유지될 수 없어. 기독교 이후의 시대가 어떤 모습일지 내 눈에도 보여. 우리 아버지가 들으면 펄쩍 뛰실 얘기지만."

"그런데 나는 목사의 길을 걷겠다고 나섰으니…."

현우는 더 이상 말을 잇지 못했다. 그것은 불가능한 꿈에 가까웠다. 신학을 계속하고 싶다는 생각이 들 때마다 그는 거대한 성벽 앞에 선 듯, 걸음을 멈추곤 했다. 어디에 속해 있는지가 무엇을 하느냐보다 더 중요한 세상에서 현우는 애초에 등대섬 사람이었을 뿐이었다. 그의 고향 등대섬은 세상 밖으로 떠밀려난 소속 없는 사람들이 모여 사는 곳이었으니.

대학교 2학년, 두 사람은 어긋나는 길 위에 서 있었다. 현우 앞에는 확실하게 정해진 길이 없었고, 은혜는 이미 정해진 길을 벗어날 힘이 없었다.

대학 2학년을 마치고 현우는 또래 다른 남학생들처럼 군대에 갔다. 제대 후, 3학년으로 복학했을 때 은혜는 대학원에 다니고 있었다. 그해 가을 2학기에, 은혜는 미국으로 유학을 떠났다. 그녀가 병원에 다녀온 지 얼마 되지 않았을 때였다. 출국 준비가 바빴던 것인지, 모든 것을 잊기로 마음먹은 것인지, 떠나기 전까지 그녀는 현우를 거의 찾지 않았다.

출국 전, 마지막 만남이었다.

"나 한국 떠나면, 너는… 나를 바로 잊을 거지?"

헤어지기 직전 그녀가 물었다. 잊지 말라는 뜻인지, 정말 잊으라는 말인지 알 수 없는 표정이었다. 현우는 그 말을 잊으라는 뜻으로 받아들였다. 여자의 말에 감춰진 뜻을 헤아리는 데 그는 언제나 더디고 무뎠다.

"그동안 고마웠어. 그리고… 혼자 그렇게 하게 해서, 미안해!"

그녀 혼자 병원에 다녀오도록 놔둔 일을 사과했다. 그 말을 들으면서 은혜의 눈동자가 흔들렸다. 현우는 무언가 잘못됐음을 직감했다.

카페에서 나오자마자 헤어지기로 했다. 슬프고, 철저하게 무력한 기분이었다. 이대로 헤어지면 영영 못 볼 것 같았다.

현우는 은혜의 얼굴을 똑바로 바라보았다. 오래도록 시선을 떼지 못했다. 순간 그녀의 눈이 반짝였다. 무언가를 간절히 기다리는 눈빛이었다. 그러나 그녀가 바라는 말을 그는 끝내 입에 올리지 못했다.

달라질 건 아무것도 없을 것 같아 겨우 한마디를 했을 뿐이다.

"연락해."

우물우물, 귀 기울이지 않으면 옆 사람도 알아듣지 못할 만큼 낮은 소리였다. 그 말에, 은혜는 꾹꾹 눌러 쓰듯 대답했다. 모든 기대를 접은 듯 착 가라앉은 목소리였다.

"우리, 뒤돌아보지 말고 그냥 똑바로 앞만 보고 걸어가기."

현우는 그 말대로 한 번도 뒤돌아보지 않고 버스 정류장까지 걸었다. 자취방으로 가는 540번 버스가 막 떠날 참이었다. 뛰어가 버스에 올라탔다. 신호에 걸린 버스가 횡단보도 앞에 멈춰 섰다. 창밖으로 신호등 옆에 서 있는 은혜가 보였다. 파란불이 켜졌는데도 그녀는 움직이지 않았다. 다음 신호에도, 그다음 신호에도, 영원히 건너지 않을 사람처럼.

✳

현우는 대학원 졸업 후 목사 안수를 받기 전까지 서울에 있는 조그만 교회 몇 군데에서 교육을 담당하는 일을 했다. 서울의 한 교회에 겨우 자리를 얻어 출근한 지 몇 주 만에, 아버지의 부고를 받았다. 전화기 너머 등대교회 목사의 목소리는 마치 자기 잘못이라도 되는 듯 주눅이 들어 있었다.

"지난밤 혼자 주무시다가 하느님의 부르심을 받았습니다."

갑작스러운 소식을 들은 현우는 아무 생각도 할 수 없었다. 한 번도 생각해본 적 없는 비현실이 전화선을 타고 흘러들었다. 언젠가는 닥칠 일이었으나, 현우는 아버지의 부재를 받아들일 준비가 전혀 되어 있지 않았다.

"아부지!"

불러보았지만, 연결이 끊긴 전화선처럼 반응이 없었다. 슬픔은 아직 둑 너머 저쪽에 잘름잘름 고여 있었다. 캄캄한 밤을 뚫고 달리는 기차에 몸을 실으면, 흔들리는 뱃전을 붙잡고 검은 바다를 바라보면, 서리서리 감아 놓았던 아버지에 대한 기억을 조금씩 되돌려보면, 그제야 둑을 넘어 슬픔이 이쪽으로 흘러내릴까.

'아버지는 어떤 표정으로 세상을 떠나셨을까?'

모든 짐을 내려놓은 평온한 얼굴일 수도, 차마 거두지 못한 아쉬움이 남은 얼굴일 수도 있었다. 아들에게 마지막 보여줄 표정을 채 준비하지 못했을지도 모른다. 눈빛만으로도 통했던 아버지의 마음이 그 얼굴에 남겨졌기를 바랄 뿐이었다.

현우는 텅 빈 예배당에 혼자 앉아 아버지가 남긴 말들을 곱씹었다.

"네가 공부 마치고 나면… 여기로 돌아오든 서울에서 자리를 잡든 너 좋을 대로 하렴."

등대섬에 돌아와 같이 지내자고 말하고 싶었을 텐데, 아버지는 아들에게 부담을 주기 싫어 말을 아꼈을 것이다. 그저 아들이 하는 대로 지켜보거나 빙긋이 고개를 끄덕이며 미소를 지었을 뿐이다. 어릴 적 아버지는 교회를 세우자고 섬으로 들어온 젊은 목사에게 왜 마음을 열었느냐는 물음에 "네 엄마 때문이지"라고 짧게 답하곤 했다. 현우는 등대섬에서 아버지와 지냈던 기억들을 떠올리며 십자가를 바라보았다.

교회 담임목사는 새삼스레 아버지의 연세를 물었다.

예순일곱. 서울 사람이라면 한창 젊은 나이겠지만, 섬 어부에게는 도시 사람 여든 살만큼이나 고단한 세월이었다. 햇볕에 그을리고 바닷바람에 거칠어진 피부는 손을 대면 금세 부슬부슬 부스러질 듯 메말라 있었다.

"다음 주에 부흥회가 있으니 장례 마치고 바로 올라오게."

담임목사는 장례비라며 봉투 두 개를 들고 위아래로 흔들며 다짐을 받으려 했다. 곧 돌아오라는 압박이었다.

그 밤으로 기차를 타고 내려와, 배를 갈아타고 큰섬에 도착했을 때는 등대섬에 가는 배 시간이 한참 지난 후였다. 현우는 큰섬에 사는 외사촌 형과 함께 배를 세냈다.

등대섬으로 가는 뱃길, 바다에는 꽤 높은 파도가 너울거렸지만, 서쪽 하늘은 믿을 수 없을 만큼 슬프고 아름다웠다. 저 붉은 구름 너머로 아버지가 떠났다는 생각이 들었다. 그곳에서 먼저 간 어머니를 만나고, 마을 어른들과 막걸리 잔을 기울이며 껄껄 웃고 있을 불콰한 아버지의 얼굴이 아른거렸다.

"현우야!"

섬에 닿기도 전에 아버지는 아들의 가슴속으로 기억을 한 타래 끌어안고 먼저 한발 디밀며 들어왔다. 뱃길 내내, 아버지와 아들은 출렁이는 파도를 바라보며 등대섬에 닿을 때까지 타래를 조금씩 풀어가며 얘기를 나눴다.

고동을 울리면서 배가 부두로 들어설 때 바라보니, 아버지가 살던 집 마당에 피워 놓은 화톳불이 붉게 너울거렸다.

"상주가 돌아왔네!"

화톳불 옆 멍석에 앉아 있던 마을 사람들이 그를 맞이하고 어떤 어른은 곡을 시작했다.

"어이. 어이."

곡소리가 아버지를 모신 아랫방에 현우가 들어설 때에는 슬픈 울음으로 변했다. 마을 어른이 이르는 대로 그도 곡을 했다.

"아이고. 아이고. 아이고."

초상집에서는 곡소리가 끊어지면 안 된다는 말을 어려서 들었던 일이 생각났다.

"자네가 언제 도착할지 알 수 없어서 이미 염(殮)을 잡수도록 했네. 서운해서 어쩌나!"

마을 어른이 귀띔했다. 그럴 수밖에 없었으리라! 이미 운명한 지 날짜로 이틀이 지났으니 관습대로 염을 했을 것이다. 염을 했다는 말은 아버지 시신을 수의로 덮고 싸고 이미 묶었다는 얘기다. 얼굴을 볼수 없다는 말이다.

"예, 잘하셨어요. 감사합니다."

현우는 곡을 하면서 아버지 시신에 두 번 큰절을 올렸다.

이제 아버지의 마지막 얼굴은 현우가 기억하는 대로 믿는 대로 생각하기 나름일 수밖에 없게 되었다.

장례는 기독교 의식과 섬의 전통이 한데 어우러져 흐르듯 이어졌다. 마을 남자들은 산역(山役)을 하고, 여자들은 음식을 날랐다. 아버지는 생전의 뜻대로 마을이 한눈에 내려다보이는 등대 옆 언덕에 누우셨다. 그곳에서는 남쪽 바다가 시원하게 트여 있었고 북쪽으로는 멀리 작은 무인도들이 아득하게 떠 있었다.

아버지 장례를 치른 날 밤, 현우는 아버지 없는 방 윗목에 누웠다. 예전처럼 고른 숨소리와, 높지도 낮지도 않게 코 고는 소리가 귓가에 맴도는 듯했다. 그는 그 소리를 떠올리며 깊이 잠들었다.

등대섬 하늘에는 별이 가득했다. 아버지가 들려주던 이야기 속 별들이 그날 밤 하늘에 빼곡하게 박혀 있었다.

떠나는 날 아침, 마을 어른이 물었다.

"자네, 언제든 돌아올 거지?"

그 짧은 물음에는 마을의 기대와 말하지 못한 아버지의 바람도 함께 담겨 있었다.

"예."

짧은 대답에 마을 사람들의 얼굴이 환하게 펴졌다. 주의 깊게 대화를 듣고 있던 등대교회 목사의 안색도 밝아졌다. 그 역시 이 외딴섬을 떠나고 싶어 한다는 걸 현우는 알아챘다.

"그럼 아버지 집은 당분간 그대로 두시게. 우리가 잘 돌보겠네."

마을 어른들이 허락한 '당분간'은 너무 늦지 않게 돌아오라는 뜻이었다. 배를 타고 멀어지는 섬을 보며 현우는 생각했다. 어쩌면 자신은 아버지가 만들어준 방패연처럼, 연줄에 매인 채 등대섬 하늘을 영원히 맴돌 운명일지도 모른다고.

다시, 닻을 내리고

현우가 아무도 모르게 섬과 교회를 떠난 지 한 달쯤 지난 일요일 아침, 서너 명의 교인이 예배당 문을 열고 들어섰다.

"어!"

모두 갑자기 멈춰 섰다. 누군가는 들이쉰 숨을 삼킨 채, 누군가는 숨을 들이켜다 말고 멍하니 서 있었다. 신발을 벗을 생각도 못 하고 엉거주춤 서서 예배당 안을 들여다보았다. 뒤따라 들어오던 사람들까지 한데 엉켜 웅성거렸다.

예배당 바닥에 한 사람이 엎드려 있었다. 두 팔을 모아 위로 쭉 뻗고, 두 다리도 가지런히 길게 뻗었다. 두 손끝에서 발끝까지 일직선이었다. 마룻바닥에 얼굴을 댄 채 그 사람은 예배당 입구를 향해 엎어져 있었다. 나무 십자가는 오른쪽 구석으로 밀어낸 강대상 위에 내려져 있었고, 늘 십자가가 걸려 있던 예배당 전면의 빈자리는 휑했다.

나이 지긋한 노인이 나섰다.

"오늘은 종을 쳐야겠네!"

현우가 떠난 이후, 그가 다시 돌아오지 않는 한, 종을 치지 않기로 마음을 모았던 교인들이었다. 노인은 얼굴이 빨개지도록 힘차게 줄을 잡아당겼다.

댕그랑댕그랑 뎅그렁뎅그렁.

섬 주민이라면 누구든 빨리 모이라는 듯 종소리가 급하게 울렸다. 마당에 나와 교회 언덕을 올려다보던 마을 사람들이 서둘러 언덕을 올라왔다.

예배당 안에 들어온 이들은 아무 말 없이 조심스럽게 자리에 앉았다. 굳이 들여다보지 않아도 누가 엎드려 있는지, 왜 그러고 있는지 그들은 알았다. 흙 묻은 바지를 털지 못하고 비죽비죽 울음을 참으며 마당에 들어서는 자식을 키워 본 어른들이어서 한 번 척 보면 모두 알아챘다.

마침 앉은 자리가 엎드린 사람의 머리 쪽이었던 남 집사는 기도를 드리다가 조용히 일어나 예배당 정면을 향해 몸을 길게 하여 마주 엎드렸다. 종을 친 노인도, 강대상 위에 놓인 십자가를 쳐다보던 사람들도 다 예배당 정면을 향해 엎드렸다. 몸이 불편한 몇몇 노인들만 빼놓고.

입구를 향해 엎드린 그 사람과 달리 교인들은 십자가가 달려 있던 예배당 정면을 향해 엎드렸다. 아무리 바꾸려고 해도 교회란 원래 그런 곳일 수밖에 없었다. 바라보는 곳, 몸 바쳐 일해야 할 대상이 교회에서는 언제나 십자가였다. 눈에 보이지 않는 존재의 위치를 십자가 걸린 쪽으로 생각했기 때문이다.

158

현우는 지난 한 달 동안 겪었던 일들을 다시 겪고 있었다. 깨어 보니 하얗게 칠한 허름한 빈방에 누워 있었다. 배를 덮치던 파도도, 죽었나 살았나 꾹꾹 눌러 짚어 보던 사람들도, 억지로 입안에 흘려 넣어 주던 냄새 이상한 국물도 꿈인지 현실인지 알 수 없었다. 몸을 추슬러 일어나 앉으면서도 오직 돌아가야 한다는 마음뿐이었다.

가물가물 정신이 들고 날 때마다 묻고 또 물었다.

'내가 할 수 있는 일이 무엇인가? 등대교회 목사를 그만두면, 기독교에서 걸어 나오면, 나는 더 이상 살아갈 이유가 없는 사람인가?'

기독교에서는 그렇다고 말하겠지만, 그가 아는 등대섬은 그렇지 않은 곳이었다. 세상 끝이라지만 교회가 아니라도, 기독교라는 종교가 아니라도 어떻게 함께 살아갈지 터득한 사람들이 모여 사는 곳이었다.

등대섬이 보였다. 마을에서 교회 언덕까지 온통 해풍쑥으로 뒤덮여 있었다.

바닷속 바위마다 톳이 한들한들 물결에 부드럽게 춤추고, 커다란 물고기들이 놀리듯 그를 간지럽히며 주위를 맴돌았다. 수없이 많은 물고기가 그를 에워싸고 빙빙 돌더니 일제히 몸을 흔들었다. 그중 배가 유난히 부른 한 마리가 입을 뻐끔거리며 물방울을 뱉다 까르르 웃었다. 미숙이 숟갈로 소주병 뚜껑을 뻥 딸 때처럼.

"현우야! 나야, 나."

꿈속으로, 현실로, 바다로, 등대섬으로 끝없이 내달렸다. 무엇을 하며 살든 어떤 사람으로 살든, 섬으로 돌아가야 한다며 달렸다. 움푹움푹 발자국 깊게 파이는 모랫길을 맨발로 달리며 끊임없이 중얼거렸다.

"나는 섬으로 돌아가야 해. 사람들에게 무릎 꿇고 다시 시작하겠어. 커뮤니타스!"

왜 책에서만 읽었던 '커뮤니타스'(Communitas)라는 말을 자꾸 중얼거렸을까. 윗사람 아랫사람, 지시하는 사람과 따르는 사람, 가진 사람과 못 가진 사람의 구분이 없는 세상, 이뤄 본 적 없지만 이루려고 끝없이 노력하는 세상. 현우는 등대섬 어른들이 애써 이뤄 놓은 그 세상 속으로 들어가야 했다.

파도는 배를 들었다 놓고 다시 번쩍 들어 올렸다. 갈매기 소리가 들렸다. 뭍이 멀지 않다는 징조였다.

'정신 차리자.'

파도가 배를 바위에 내동댕이쳐도 살아야 한다. 다시는 벗어날 생각 하지 말라고, 다시는 떠나지 말라고, 바다는 배를 들어 산산조각 낼 것이 분명했다. 파도가 배를 덮쳤는지, 그가 바다에 몸을 던졌는지 알 수 없었지만 몸은 위아래로 마구 굴렀다. 캄캄했다. 그리고 천천히 가라앉았다. 가라앉으면 다시 떠오를 수 있다는 것을 비로소 알게 된 밤이었다.

꼼지락꼼지락. 따뜻하고 부드러운 작은 손이 오른쪽 손바닥 안으로 밀고 들어왔다. 아버지는 밤마다 등을 쓸어 주고 다독이며 자장가를 불러 주셨지….

"자라. 재워 줄게."

아버지 가슴을 더듬던 작은 손이 현우의 손바닥 밑에서 다시 꼼지락거렸다. 분명 아이가, 어린 현우가 옆에 엎어져 있었다.

누군가 다가와 내려다보는 것을 느꼈다. 엎어진 현우 곁에 조용히 앉더니 천천히 등을 쓸어 주었다. 따뜻한 손, 한 번도 만나 본 적 없는, 얼굴도 모르는 어머니가 드디어 돌아온 모양이었다. 벌떡 일어나 어린아이처럼 어머니 목을 끌어안고 싶었다. 다른 아이들처럼 그도 엄마 엄마 부르며 매달리고 싶었다.

"이 목사님! 일어나. 괜찮아."

황씨 할머니였다. 현우는 대답할 수 없었다. 할머니는 그의 등을 천천히 쓰다듬어 주었다.

"괜찮아, 현우야. 일어나. 우린 괜찮아!"

현우는 그대로 엎어져 있었다. 피를 철철 흘리며 떨고 있던 살덩이가 할머니의 따뜻한 말에 조용히 진정되기 시작했다.

'우린 괜찮아!'

할머니는 그 말 한마디로 서운함과 걱정, 말로 표현할 수 없었던 모든 복잡한 감정을 풀어냈다.

"저 멀리 남해 바다 외로운 섬 오늘도 거센 바람 불어오겠지."

할머니가 낮은 목소리로 노래를 불렀다. 교회에서 부르던 찬송가가 아니라 〈홀로 아리랑〉이었다.

"조그만 얼굴로 바람 맞으니 등대섬아 간밤에 잘 잤느냐."

할머니가 '동해 바다'를 '남해 바다'로, '독도'를 '등대섬'으로 가사를 바꿔 부르니 노래는 숙명처럼 받아들인 등대섬의 삶이 되었고 한 (恨)이 되었다.

"가다가 힘들면 쉬어 가더라도 손잡고 가 보자 같이 가 보자."

할머니는 떠났다가 돌아와 엎어진 현우를 노래로 위로했다. 등대섬은 원래 묻지 않고 받아 주고, 기다려 주는 곳이었다. 땅끝까지 밀려온 사람들이 걸음을 멈추고 크게 숨을 쉬는 곳.

현우는 주르르 눈물을 흘리며 일어나 앉았다. 그러자 어른들도 모두 일어나 앉았다. 그는 등대섬 교회 목사로 섬사람들에게 하느님 나라를 이해시키려 설교했다. 하지만 정작 그는 이미 세상 끝에 이르러 새로 들어오는 이들을 기다리는 등대섬 마을을 이해하지 못했다. 등대섬이 이룬 관계와 돌봄이 교회라는 제도 공동체가 사라진 이후에도 여전히 사람들이 서로 끌어안고 살아가는 삶이 된다는 것을 깨닫지 못했다. 어쩌면 등대교회 목사는, 그가 가르쳤던 설교는, 자신도 모르는 사이에 '붙들어 두는 존재'(Katechon)였을지 몰랐다. 기독교가 이루겠다는 세상에 먼저 이르러 살고 있는 사람들을 굳이 이끌고 내려와 어디로 돌아간다는 말인가. 기독교는 뒤를 돌아보고 있었지만, 등대섬 어른들은 살 부딪치고 서로 손잡아 주면서 오늘과 내일을 살아내고 있었다.

현우를 바라보고 앉아 있는 어른들도 모두 울었다. 등대교회 목사라고 해서 그가 등대섬에서 으뜸가는 지도자는 아니었다. 등대섬에서 가장 젊은 사람이었다. 아버지도 세상을 뜨고 없는 섬, 얼굴도 기억 못 하는 어머니의 섬에 홀로 돌아와 몇 년을 버틴 젊은이였다. 어른들 눈에는 타박타박 마을로 걸어 들어오던 고개 숙인 어린아이로 보였다.

"괜찮아. 너 혼자 책임질 일은 없어. 우리 다 함께 손잡고 살자!"

황씨 할머니가 현우에게 말했다. 예전처럼 씩씩한 목소리였다.

현우는 미숙의 아들 다니엘이 옆에 앉아 있다는 것을 깨달았다. 꼬물꼬물, 아버지 가슴을 더듬던 어린 현우처럼 그에게 손을 밀어 넣었던 아이. 아버지에게 기댄 아들처럼 아이는 그의 어깨에 살포시 기대고 앉아 있었다. 조그만 두 팔로 현우의 오른팔을 껴안은 채, 무엇을 안다는 듯 황씨 할머니의 얘기에 고개까지 까닥였다.

현우는 아이의 맑은 눈을 들여다보았다. 아이는 배시시 웃었다. 안심했다는 듯한 그 미소를 보며 현우는 슬그머니 아이를 들어 무릎 위에 앉혔다.

"좋으냐?"

현우가 묻자 다니엘은 고개를 끄덕이더니 그의 가슴에 머리를 기댔다. 여섯 살 넘은 아이치고 너무 가벼웠다. 다시 보니 다리도 가늘고 손목도 가늘고, 아이의 갈비뼈가 손에 잡혔다. 아이 돌잔치 때 기억이 생생한데, 아이는 벌써 곁에 앉아 그를 위로할 만큼 자랐다.

현우는 다니엘을 다시 한번 꼭 끌어안았다. 아이에게서 샴푸 냄새가 났다.

그는 예배당 안을 눈으로 더듬었다. 십자가도 내리고, 설교단 강대상도 치웠으니 이제부터 이곳을 무어라 불러야 할까.

문득 미숙이 생각났다. 종소리를 들었다면 그녀도 올라와 있을 것이다. 시선을 돌리자 오른쪽 구석에 고개 숙인 채 앉아 있는 그녀가 보였다.

현우는 미숙을 다시 바라보지 않았다. 그녀가 어떤 마음으로 그 자리에 앉아 있을지 굳이 보지 않아도 알 것 같았다. 아이 아버지가 누구든, 꿈틀거리는 생명을 뱃속에 품은 어미가 세상에 못 할 일이 무엇일까. 세상 모든 어미는 오직 생명을 살리는 일만 생각한다. 그건 권리이자 책임이다.

그녀를 안았던 그날 밤, 조금 전 황씨 할머니처럼 미숙도 '책임'이라는 말을 꺼냈었다. '손잡고 함께 가자'는 노랫말같이 혼자가 아니라 맞잡자는 뜻이었을 것이다. 감당이나 책임은 한 사람에게 모두 떠넘기는 일이 아니라 '함께'라는 말이라는 것을 현우는 깨달았다.

적막이 흘렀다. 바다도 숨을 죽이고 귀를 기울이는 모양이다. 등대교회 마당에는 아침나절 햇빛이 가득했다. 예배당을 가득 메운 사람들은 현우가 무슨 말이든 하기를 기다렸다. 교인들은 그가 예배를 이끌기를, 십자가를 내린 이유를 말해 주기를 기다렸다. 하지만 등대섬 사람들이 늘 그러했듯 누구도 먼저 나서서 독촉하지 않았다.

한참 후 현우가 자리에서 일어났다. 그는 다니엘의 손을 잡고 교인들이 줄 맞추어 앉아 있는 한가운데로 걸어갔다. 그러고는 어느 줄 끝에 앉았다. 더 이상은 자기가 설교하고 예배를 이끄는 사람이 아니라고 말하려는 것 같았다. 왜 섬을 떠났다 돌아왔는지 말로 설명할 일이 아니라는 듯 보였다.

남 집사가 다가왔다.

"목사님! 오늘은 주일입니다. 오늘 예배 안 드릴 작정입니까?"

"예. 저는 더 이상 등대교회 목사가 아닙니다."

그러더니 자리에서 일어나 어른들에게 깊이 허리를 굽혀 인사했다.

"여러 어른들께 드릴 말씀이 있습니다. 현우가, 오늘은 등대교회 목사가 아니라 등대섬 젊은이로 다시 돌아와 어른들께 인사드립니다."

예배당 안이 조용해졌다.

"지난 5년 동안 등대교회 목사로 일했지만, 저는 사실 섬에 온전히 돌아온 것이 아니었습니다. 그냥 섬에 들어온 목사. 교회에서 예배 인도하고, 설교하고… 그뿐이었어요, 저는."

어른들은 현우가 무슨 말을 하려는지 벌써 알아들었다. 바람 부는 밤에 소리 없이 사라졌다가 한 달여 만에 돌아오더니 이제는 정말 등대섬 사람이 되겠다는 각오를 밝히는 것이라 여겼다. 그가 무슨 말을 하든 받아들일 마음이었다. 등대섬에서는 사람을 내치지 않는다. 얼굴 붉히며 꾸짖지도 않는다. 있는 그대로, 지금의 모습 그대로 받아들이며 살아온 사람들이었다.

현우는 자꾸 잠기는 목소리를 가다듬으며 말을 이었다.

"저번에 김씨 아저씨가 그렇게 돌아가셨을 때… 손 한 번 못 잡아 드렸어요. 큰섬댁 아주머니, 정말 죄송합니다. 그리고 미숙이… 미숙이는 다니엘을 데리고 어떻게든 살아 보겠다고 애쓰는데, 저는 정말…."

큰섬댁 아주머니가 얼굴을 묻고 울었다. 미숙은 고개를 푹 숙인 채 어깨를 출렁였다.

5년 전, 현우는 돌아왔지만 등대교회에 새로 부임한 목사일 뿐이었다. 교회 살림방으로 옮긴 뒤로는 가끔 동네 한 바퀴 돌아보고는 교회에 파묻혀 지냈다. 어른들이 뜨거운 햇볕 아래 허리 굽혀 일하는 동안 시원한 나무 그늘에서 책을 읽던 젊은이였다. 어른들은 그런 현우가 언덕에서 내려오기만을 말없이 기다려 주었다.

"제가 여러분의 아들이고 조카 손자입니다."

처음 부임해 설교단에 섰을 때 했던 약속이 떠올라 현우는 미안하고 부끄러웠다. 그 말을 들으며 어른들 얼굴에 번지던 감동을 왜 그렇게 쉽게 잊었을까. 현우는 등대섬에서 실패한 사람이었다. 섬을 바꾸지 못해서도 목회에 성공하지 못해서도 아니었다. 그는 등대섬에 젖어 들지 못한 침입자였을 뿐이다. 이 섬에서 태어났지만 한 번도 등대섬 사람인 적이 없었다. 육지에서 겉돌며 살았던 것처럼, 등대섬에서도 그는 혼자 겉돌았다.

오히려 상처를 안고 돌아온 미숙은 달랐다. 그녀는 처음부터 등대섬에 젖어 들 수밖에 없는 사람이었다. 갓난아이를 데리고 초라한 보퉁이 몇 개를 들고 섬에 들어왔을 때부터 어른들은 자연스럽게 그녀를 받아들였다. 혼자 살려고 발버둥 치는 그녀가 안쓰러워 일부러 찾아가 해물탕에 소주를 마시던 어른들이었다.

"지난 5년 동안 저는 몸만 돌아왔지 마음은 엉뚱한 곳을 떠돌았습니다. 어른들께서는 그동안 말없이 기다려 주셨습니다. 이제부터는 정말 함께… 잘 살겠습니다."

어느 어른은 눈을 감은 채 들었고, 황씨 할머니는 고개를 끄덕였다. 고개를 숙인 미숙은 마루 위로 떨어지는 눈물을 손가락으로 꾹꾹 눌러 지우고 있었다. 예배당 안에 모인 사람들은 저마다 깊은 생각에 잠겨 들었다.

"그런데 십자가는 왜? 교회 이제 안 할 거요?"

남 집사가 한마디했다. 불편함과 분노가 뒤섞인 거친 목소리였다.

"예!"

"예? 예라니? 아니…."

남 집사의 목소리가 파르르 떨렸다. 부들부들 몸도 떨었다. 본래 그런 사람이 아닌데 뜻밖의 격한 반응이었다.

"이현우! 자네가 태어나기 훨씬 전부터 이 교회는 여기 있었어. 이 교회를 세운 큰섬교회라 해도 마음대로 없앨 수 있는 일이 아니라고. 누구에게도 그럴 권한은 없어. 자네는 파송받아 부임한 목사일 뿐이야. 목사가 교회인 척하지 말라고! 목사가 무슨 권한으로 십자가를 내리느냐고!"

남 집사는 격한 말을 퍼부었다.

그때 황씨 할머니가 자리에서 일어났다. 다른 노인들보다 나이는 몇 살 더 많았지만, 언제나 허리를 꼿꼿하게 세우고 조용조용 말하는 어른이었다.

"이 목사, 내 말 좀 들어 보게."

황씨 할머니가 나섰음에도 남 집사는 목소리를 낮추지 않았다.

"지난 5년 동안 자네가 등대섬 사람들 먹여 살린 건 고맙네. 말은 안 해도 모르는 사람 없어. 하지만 그렇다고 해서 교회를 하네 마네 자네 마음대로 결정할 수는 없어. 목사를 그만두는 건 자네 뜻이겠지만, 자네를 목사로 부르신 하느님 뜻과 자네를 바라보던 사람들 마음을 생각했어야지. 십자가를 내리는 건 다른 문제야! 나는 너무 서운하고 분해!"

말을 맺지 못하고 남 집사가 휙 돌아섰다. 그는 망연히 예배당 전면을 바라보았다. 십자가가 걸려 있던 자리가 또렷했다. 그 자리에는 십자가의 형상이 여전히 흔적으로 남아 있었다.

"이 목사, 내가 한마디할게."

황씨 할머니가 다시 입을 열었다. 현우에게 건네는 말이었지만, 사실 예배당을 가득 메운 어른들에게 들려주는 말이었다.

"우리 늙은이들 허물이 크지. 젊디젊은 사람을 목사니까 다 견딜 거라 믿고 놔뒀으니. 얼마나 힘들었으면 파도 높은 밤에 섬을 떠났을까. 섬에서 나고 자랐으니 배가 뒤집히면 죽는다는 걸 잘 알았을 텐데. 그런데도 밤바다로 나간 건, 죽음을 마주하려 했던 걸로 나는 생각하네."

할머니 말 속에 현우를 위로하던 마음이 그대로 배어 있었다.

"그런데 십자가를 내린다는 건 교회 문을 닫는다는 것인데, 그건 혼자 결정할 일이 아니야."

격앙됐던 남 집사도 할머니의 말에 한발 물러났고, 마을 어른들도 고개를 끄덕였다.

"교회에 엎드려 기도한다고 쌀독에 쌀이 절로 채워지지 않는다는 건 우리도 아네. 하지만 이곳엔 교회를 의지하고 사는 사람이 아직 여럿 있어."

예배당 안을 둘러보는 할머니의 눈빛에는 사람들 마음을 파고드는 부드러운 힘이 있었다. 누구도 밀어내지 않고 품어 안는 힘이었다.

"사람들 가슴속 기둥을 그렇게 쑥 뽑아 땅바닥에 뉘는 건 아니야.

목사였던 현우가 이제 그만두겠다는 뜻으로 십자가를 떼어 내고 강대상을 치운 건 잘한 일이 아니야. 힘든 일이 있으면 어른들과 가슴 터놓고 상의했어야지. 우리 모두 힘껏 도울 테니."

그러자 어른들이 한마디씩 거들고 나섰다.

"그려, 좀 더 생각하자고. 황 할머니 말씀이 맞아."

"남 집사도 오죽 답답했으면 저렇겠어."

"현우가 참 외로웠구나. 우리가 너무 몰랐지."

그때까지 현우의 손을 잡고 서 있던 여섯 살 아이 다니엘이, 무언가 안다는 듯 자꾸 현우의 손을 흔들었다. 앞뒤로 흔들다가 제 쪽으로 가만히 잡아당기기도 했다.

"아."

현우는 저도 모르게 낮은 신음을 내뱉었다. 여섯 살 다니엘조차 자신을 타이르는 것 같았다. 어른들 말씀을 받아들이라는 듯 아이는 조그만 손으로 신호를 보내고 있었다.

'십자가!'

현우는 십자가가 얼마나 무거운지 새삼 깨달았다. 예수가 메고 처형장을 걸어 올라갔던 그 나무 형틀은 이제 기독교라는 종교를 믿는 모든 이가 각각 자기 어깨에 메고 가야 할 고통의 몫이 되었다. 십자가를 걸어 둔 교회는 아픈 사람끼리, 고통 겪는 이들끼리 서로 눈길을 맞추는 것만으로도 '네 곁에 내가 있다'고 위로를 건네는 곳이었다. 2천 년 동안 차곡차곡 쌓인 역사는 누군가를 일으켜 세우기도 하고, 때로는 눈보라 치는 벌판으로 홀로 내몰기도 했다.

"나는!"

한마디 내뱉더니 남 집사가 성큼성큼 예배당 앞쪽으로 걸어 나갔다. 강대상 위에 뉘어 있던 십자가를 번쩍 들더니 원래 있던 자리에 다시 걸었다.

"아래쪽을 조금 왼쪽으로 밀어."

"조금 더, 조금만 더."

어른들이 모두 참견하고 나섰다. 비스듬히 틀어진 십자가를 바로 잡느라 예배당 안이 한동안 소란스러웠다. 십자가를 반듯하게 걸고 난 뒤 남 집사는 강대상도 제자리로 옮기려 했다. 남자 노인 한 사람이 얼른 앞으로 나가 거들었다.

남 집사는 강대상 옆에 서서 십자가를 바라보더니 다시 앞으로 나와 줄이 제대로 맞았는지 살폈다. 그 광경을 지켜보던 현우는 심한 충격을 받았다. 천장이 낮은 등대교회 예배당에서 설교자가 강대상에 서면 십자가의 일부가 설교자의 몸에 가려질 것이 분명했다. 교인들 눈에는 설교자가 마치 십자가에 매달린 채 말을 전하는 것처럼 보였을 것이다.

'목사의 소명.'

대학 시절부터 입에 달고 살았던 그 말. 가슴에 새기며 올바른 목회자가 되겠노라 다짐했었다. 그러나 자신을 저 십자가에 매달아야 한다는 사실은 미처 알지 못했다. 외롭고, 길이 보이지 않아 막막했고, 제도교회의 교리와 교의가 답답하고 숨 막혔지만, 그것은 결국 목사 자신이 말없이 짊어지고 언덕을 올라야 할 십자가였던 모양이다.

남 집사는 십자가와 강대상을 모두 제자리에 맞춰 놓고는 현우를 빤히 쳐다보았다. 그리고 가슴으로 말을 걸어왔다.

'이제 이 목사, 자네 차례네. 자네가 영원히 젊어질 수는 없겠지. 그러나 지금은 자네가 맡을 수밖에 없는 일.'

현우의 가슴속에서 무언가 울컥 치솟았다. 감동인지, 충격인지, 자조인지 아니면 비겁한 어떤 감정인지 알 수 없었다.

'현우, 아니 이 목사님!'

남 집사가 부르는 소리가 가슴속에서 들렸다. 그는 언젠가 개울물에 비쳤던 현우 자신의 모습이기도 했다.

남 집사는 천천히 교인들을 둘러보았다. 강대상과 십자가를 뒤돌아보고 아무도 들어올 리 없는 예배당 문을 한동안 바라보았다. 마치 그 모든 것을 눈에 담아 두려는 사람 같았다.

이윽고 그가 입을 열었다.

"언젠가 교회가 문을 닫아야 할 날이 오고, 이곳에서 예배드릴 사람이 더는 없게 되면, 제가 그때까지 살아 그 모습을 보게 된다면, 이 현우 목사가 더 이상 교회 일을 맡을 수 없게 된다면, 그날에는 제 손으로 이 십자가를 떼어 집으로 모시겠습니다."

그의 말 한 마디 한 마디가 물방울처럼 뚝뚝 떨어져 예배당 안 모든 이의 가슴을 파고들었다.

"그때까지 우리는 지금처럼 삽시다. 등대교회 교인이든 아니든, 이 섬에 사는 모든 사람의 손을 잡고 삽시다. 저 젊은 목사처럼 혼자 가슴앓이 하는 사람이 또 없는지 살피며 삽시다."

목사가 할 일을 교인들이 대신하겠다는 선언이었다. '등대섬에서는 교회가 특별히 할 일은 없다'던 아버지의 말을 다시 확인하는 순간이었다. 모두 손을 잡고 서로를 돌보는 일이라면, 굳이 교회에서 가르치는 은혜, 구원, 속죄를 통하지 않고서도 등대섬 사람 누구라도 나설 수 있다는 뜻이었다. 교회가 처음 세워지기 이전으로 돌아가자는 말과도 같았다.

"목사님!"

다니엘이 현우를 흔들며 불렀다. 앞장서서 앞으로 그를 끌고 나갈 기세였다.

더 이상 목사가 아니라고 선언했던 일이 순식간에 아무것도 아닌 일이 됐다. 등대교회 목사 현우는 할 수 없이 다시 예배당 앞에 놓인 강대상으로 나갈 수밖에 없었다. 그가 바다에서 돌아온 그 일요일 아침에 벌어진 일이었다.

목사라는 자리, 목사라는 직업은 본인이 하기 싫다고 쉽게 벗어 던질 수 있는 게 아니었다. 그래서 누군가는 성직이라고 부르고 누군가는 멍에라고 부른다는 것을 현우는 절실하게 깨달았다.

현우는 다시 주일이면 예배당 문을 열고, 강대상 앞에 서서 기도하고, 성경을 읽었다. 그리고 모두 둘러앉아 이런저런 얘기를 나누는 일이나마 계속했다. 마을 어른들도 목사를 하느님의 말씀을 풀어 해설하고 전달하는 대리인이 아니라, 하느님을 섬기는 의식의 일부를 맡아 이끄는 사람으로 이해하기 시작했다.

"현우는 어릴 때부터 이런 애였어."

마을 어른들은 저마다 현우에 대한 기억들을 지니고 있었다. 이민수 장로가 마흔 넘어 얻은 귀한 아들, 백일과 돌 때 온 마을이 들썩이며 잔치를 벌였던 일도 기억했다. 갑자기 아내를 잃은 이 장로가 홀로 키운 아들. 그는 수줍음 많고 말수가 적은 아이였다. 제 안의 세계에 머문 채, 혼자 시간을 보내던 아이. 어른들은 어머니 없이 크는 현우를 안쓰러워하며 아껴 주었지만, 정작 그는 속을 알 수 없는 젊은이로 자랐다.

예나 지금이나 등대섬에서는 한 집의 일이 곧 마을 사람 모두의 일이었다. 마을에 잔치가 있는 날이면 현우는 떠들썩한 잔칫집에 가지 않고 혼자 집에 남아 있었다. 안쓰러운 마음에 마을 할머니 아주머니들이 찾아와도 아이는 한사코 고개를 저었다. 입을 꼭 다물고 버티는 아이를 억지로 잔칫집까지 끌고 갈 수는 없었다. 어른들이 쯧쯧 혀를 차며 돌아서면 그는 집에 아무도 없는 것처럼 아예 방문을 닫아 버렸다. 아버지가 양은 두레반에 차려 둔 밥상 앞에 앉아 식은 국과 썰렁한 반찬을 혼자 떠먹을 때 마음이 편한 아이였다.

어린 시절 소년의 가슴속을 몰랐듯, 목사가 되어 돌아온 현우의 속마음을 모르기는 마찬가지였다. 그의 가슴에 마른버짐 같은 하얀 이끼가 끼고, 날마다 조금씩 부스러져 가고 있다는 걸 아무도 눈치채지 못했다.

'혼자 가슴앓이 하는 사람'

남 집사가 무심코 뱉은 그 말이 등대섬 어른의 잠자던 기억을 일깨웠다. 고개 숙이고 타박타박 집으로 걸어 들어가던 소년이 등대언덕 외딴 교회 살림방에서 혼자 가슴앓이를 하는 목사가 되었다는 것을 어른들은 이제야 깨달았다. 각자 간직했던 기억이 되살아나 한 점으로 만났다. 현우를 받아들이기는 했어도 돌보지 못했다는 것을 자책했다. 목사였다지만 현우도 등대섬 어른들이 돌보아야 할 아이였다. 미숙을 돌보듯 그 역시 돌봤어야 했다는 것을 너무 늦게 알게 된 것이다.

*

현우가 섬으로 돌아온 지 한 달 남짓 되었을 무렵, 큰섬교회에서 편지가 날아왔다. 매달 생활비 통장으로 입금되던 돈이 끊겼다는 얘기를 듣고 불길한 예감을 느끼고 있던 중이었다. 배를 타면 두 시간이면 올 수 있는 큰섬교회에서 직접 사람을 보내는 대신 편지로 연락했다는 것도 심상치 않은 데다, 우편물 봉투에 적힌 명칭은 더욱 낯설었다.

'등대섬 이현우 님 귀하'

목사라는 직함 대신 '님'이라는 호칭을 붙인 것을 보면서 예상했던 일이 일어났다는 것을 알았다.

"귀하는 섬기던 교회를 무단으로 이탈하였고, 담임 목회자의 의무를 방기(放棄)하였으며…."

편지는 곧장 본론으로 들어갔다. 무단이탈을 이유로 재정 지원을 중단하겠다는 일방적 통보였다. 이어 소속 교단의 규정에 따라 목사직 박탈 절차를 개시할 예정이라는 문장도 적혀 있었다.

"귀하 스스로 잘못을 인정하고 직을 사임하고 교단을 탈퇴할 경우, 법적 절차를 중단하겠다는 뜻을 아울러 밝힙니다."

현우는 편지를 접었다. 이의신청을 하거나 해명하러 쫓아다닐 마음은 전혀 없었다.

그날 안으로 편지의 내용은 등대섬 어른들에게도 전해졌다. 평소 말수가 적던 어른들까지 나서서 얼굴을 붉혔다.

"아니, 우리 등대섬 일에 큰섬교회에서 이렇게 간섭할 수 있어? 돈 좀 대준다고 아예 주인이라도 된 것처럼!"

외지인이 등대섬 일을 좌지우지하려 든다는 점, 무엇보다 등대섬 출신 이현우 목사를 꼼짝 못 하게 몰아붙인다는 사실이 어른들의 자존심을 건드렸다. 오히려 현우가 어른들을 달래야 했다.

"이런 일, 벌어질 줄 알고 있었어요."

"이제 어쩌나. 복잡하네."

남 집사가 걱정스레 물었다.

"어차피 이렇게 될 일이었으니까요."

그날로 현우는 교회 살림방을 비우고, 어려서 아버지와 함께 살던 마을 옛집으로 거처를 옮겼다.

다음 날 저녁, 어른들이 미숙의 집으로 현우를 불렀다. 이제 누가 보더라도 임신했다는 걸 알아챌 만큼 미숙의 몸태에 표가 났다. 식사를 마치고, 숭늉을 마실 때까지 어른들은 약속이라도 한 듯 입을 닫았다. 으레 어른들 틈에 끼어 재잘대던 다니엘조차 그날은 구석에서 혼자 밥을 먹었다. 길었던 정적을 깨고 미숙이 먼저 입을 열었다.

그전까지 미숙은 앞장서서 목소리를 높이는 일이 거의 없었다. 그러나 현우가 섬으로 돌아온 이후, 그녀는 몰라보게 달라졌다. 상기된 낯빛과 활달해진 걸음걸이, 딸깍거리던 구두를 벗고 사뿐한 운동화로 바꿔 신은 것까지. 다니엘이 마을을 씩씩하게 뛰어다니는 모습도 자주 눈에 띄었다.

"좀 현실적인 문제를 따져 봐야 할 것 같아서요."

그 한마디에 어른들이 일제히 고개를 끄덕였다. 이미 뜻을 모은 듯 보였다. 황씨 할머니가 미숙의 말을 이어받았다.

"목사를 그만둔다고 이미 밝혔으니, 이제 현우 속은 시원하겠지?"

"예."

현우의 대답에 남 집사가 깊은 한숨을 내뱉으며 고개를 돌렸다.

"사람하고는…."

답답하다는 남 집사의 표정을 보면서 현우는 뒤늦게 어른들과 미숙의 눈치를 살폈다.

"이제 큰섬교회에서 생활비가 안 올 테니 대책을 세워야지요."

미숙이 걱정스럽다는 듯 말을 꺼내자 황씨 할머니가 현우를 빤히 쳐다보며 알아듣게 설명했다.

"현우가 받던 생활비가 등대섬 사람들의 생활비였는데…."

미숙이 현우를 향해 또박또박 말했다. 마치 말을 못 알아듣는 어린애 타이르듯.

"일 년에 쌀 5천 킬로그램씩 사들였던 일이 이제는 불가능하게 됐단 말이에요, 이현우 목사님!"

"그러네…."

"그러네?"

남 집사가 기가 찬다는 듯 현우의 말을 되받았다.

"어떻게든 되겠지요…."

그 형편에도 현우는 속 편한 소리를 했다. 낙관주의자여서가 아니라, 해결 방법이 없어 그냥 받아들이며 살던 버릇이었다. 앞뒤가 꽉 막혀 길이 없어 보일 때도 그는 막 몸부림치며 길을 뚫는 대신 줄이고 견디며 버텼다.

'지나고 보니 죽지 않고 어찌어찌 살았네….'

기독교인들이야 하느님 은혜라고 말할 일이지만, 현우는 생명은 원래부터 질기다는 뜻으로 말했다. 그는 생명은 어떻게든 살아남는 법이라고 생각하며 살았다.

"방법을 강구해 보고 며칠 안으로 다시 상의드릴게요. 어쨌거나 현우하고 제가 앞장서야 할 일이니까요."

미숙이 모임을 정리했다. 그날 현우는 그녀를 다시 보았다. 남다른 계획이 있어서가 아니라 몸으로 부딪치며 돌파구를 마련해 온 사람의 태도라 자기와 달랐다. 그에게는 좀처럼 흉내 낼 수 없는, 삶에서 솟아나는 힘처럼 보였다.

큰섬교회가 지원을 중단하며 '담임 목회자가 교회를 떠났기 때문'이라고 콕 집어 지적했으니, 앞으로 벌어지는 모든 일이 현우의 책임이라는 뜻이었다. 섬으로 돌아오던 날 아침, 목사를 그만두고 젊은 일꾼으로 살겠다고 비장하게 말했지만, 막상 눈앞에 닥친 일은 각오만으로 버틸 수 있는 것이 아니었다.

"어쩌면 좋지?"

현우가 미숙에게 물었다. 체면을 따질 형편이 아니라는 생각에, 마음속에 떠오르는 걱정을 그녀에게 그대로 털어놓았다.

"뭘 걱정까지 하셔? '어떻게든 되겠지요'라더니?"

미숙은 빤히 쳐다보며 되물었다.

"글쎄… 이게….".

"왜 사람들이 '목구멍이 포도청'이라는 말을 쓰는지 알아? 좋아하는 일만 하고 사는 사람이 어디 있어!"

개울에 들어가 잘방잘방 물장난만 치는 어린 동생을 둑방으로 불러 올리는 누이처럼, 그녀는 현우에게 사람 살아가는 일을 일러 주었다. 그가 고개를 푹 숙인 채 말을 잇지 못하자 미숙의 목소리가 조금 누그러졌다.

"그렇다고, 이제 와서 돌이킬 수는 없어. 방법을 찾아 살아가야지."

"어떻게?"

"찾아봐야지!"

"무슨 방법을?"

"아이고 참, 그러니까 찾아봐야지."

눈에 보이는 몇 가지 중에서 선택하던 사람과 막막한 곳에 길을 내며 살아온 사람의 차이였다.

현우는 한동안 아무 말도 하지 못했다. '목구멍이 포도청'이라는 말이 가슴에 남았다. 지난 몇 년 동안 등대섬에서 살았지만, 그 말이 자기 일처럼 느껴진 적은 한 번도 없었다.

"가서 울며 빌고, 사정하면 다시 돌릴 수 있을까?"

"이현우 씨, 그건 가 본 길만 가는 사람이 하는 짓이에요!"

미숙의 목소리는 엄했다.

"오늘은 이만 집에 가서 자고, 내일 맑은 정신으로 다시 생각하자."

할 수 없이 터덜터덜 집으로 돌아왔다. 마을 밤하늘을 훑는 등댓불이 획획 소리를 내는 것 같았다. 개구리가 울다가 그가 지나가면 잠시 그쳤고, 몇 걸음 멀어지면 다시 울기 시작했다. 풀숲에는 반딧불이가 여기저기 붙어 있었다. 몇 집에는 아직 불이 켜져 있었다.

'책임.'

자기 몫의 책임만 감당하면 될 줄 알았는데, 등대섬에서는 일이 그렇게 나뉘지 않았다. 사람들 살림이 서로 얽히고설켜 한 덩어리였다. 개구리 소리와 반딧불이뿐 아니라 아직 잠들지 않은 어른들 집의 불빛까지 모두 이어져 있었다.

임시 거처였던 교회 살림방이 아니라 아버지가 살던 옛집까지 돌아오는 길은 10분도 채 걸리지 않는 거리였다. 그런데 그날 밤은 마치 일생을 두고 먼 길을 걸어온 것처럼 느껴졌다.

"길을 찾아봐!"

은혜가 했던 말이었다.

"방법을 찾아봐!"

미숙도 그렇게 말했다.

지금 당장 대답을 내놓으라는 말이 아니라는 것을 이제야 알았다. 누군가 길을 가르쳐 주기를 기다리는 사람이 아니라 스스로 찾아 나서는 사람이 되라는 뜻이었다. 물러서고 또 물러서다 등대섬까지 물러섰는데 이제 어디로 더 물러설 수 있단 말인가. 그동안 몸담았던 기독교라는 울타리 밖에서 찾아볼 수밖에 없지 않겠는가.

섬 어른들이 먹고 쓰는 것을 조금 줄인다고 해서 해결될 일이 아니었다. 외부 기관이나 단체에 손을 벌릴 연줄도 없었고, 당장 돈을 벌어들일 길도 마땅히 보이지 않았다. 그동안 다른 사람들이 보내 주는 돈으로 살았다는 사실이 새삼 또렷해졌다.

'내일부터 수필이라도 써서 잡지사에 보내 볼까. 원고료라도 받으면 조금 보탬이 되지 않을까.'

잠은 오지 않고 마음은 자꾸 엉뚱한 데로 흘렀다. 대구로 동혁을 찾아가 볼까 하는 생각까지 떠올랐다. 요양병원 이야기를 다시 꺼내 볼수도 있지 않을까 싶었다. 그러다 어느새 잠이 들었다.

상처의 연대기

현우는 대구 변두리 차고지 근처 카페에서 택시 교대시간인 오후 4시
까지 동혁을 기다렸다.

"이현우! 현우 목사님! 웬일이고, 나를 다 찾아오고."

"저 이제 목사 아녀요."

인사보다 그 말이 먼저 튀어나왔다. 스스로도 쑥스러워 뒷머리를
긁적였다.

"잘 계셨어요, 형님."

"어이, 그 형님 소리. 두드러기 날라 칸다."

"그럼 뭐라고 부른대요?"

"할 수 없지. 그냥 형님이라 해라. 근데, 웬일이고?"

그는 다시 물었다. 동혁의 말투에는 등대섬에서는 느끼지 못했던
짙은 경상도 억양이 배어 있었다. 대구 말인지 부산 말인지, 경상북도
어디 말인지 경상남도 말인지 현우로서는 구분할 수 없었다. 타지에

서 억척스럽게 살아온 흔적이었다. 양복을 빼입고 등대섬에 왔을 때
와는 달라 보였다. 요양병원 얘기를 꺼낼 분위기가 아니었다. 피곤해
보이는 모습으로 의자에 몸을 걸치듯 앉아 있는 동혁을 보니 괜히 마
음이 아팠다. 현우가 말을 못 꺼내고 우물거리자 동혁이 먼저 입을 열
었다.

"요양병원 다시 추진하자고 하데. 미숙이한테서 벌써 다 들었다."

큰섬에 가서 산부인과 진찰받아야 한다며 아침에 배를 타고 같이
나왔는데 그녀가 동혁에게 전화를 넣은 모양이었다.

"예, 근데 그 얘기만 했어요?"

"그렇다. 와?"

"아니에요."

얘기는 자꾸 겉돌았다. 동혁은 미숙의 뱃속 아기에 대해 한마디도
묻지 않았다. 김씨 아저씨가 세상을 떴을 때도 섬에 돌아오지 않았고,
몇 달 동안 한 번도 큰섬댁 아주머니를 찾지 않았다. 어머니 얘기, 마
을 어른들 얘기도 꺼내지 않았다. 그만큼 등대섬을 떠나고 싶고, 잊고
싶다는 생각이었을 것이다.

"요양병원은 파이다."

끝났다는 뜻이었다. 말을 더 꺼낼 일도 없다는 단호한 거절이다.

"내가 생전 처음 좋은 일 좀 할라고 머리를 짜내서 추진했는데. 말
귀 몬 알아듣는 사람들 때문에 끝났지. 뭐, 할 수 없다. 세상일에는 다
운과 때가 있는 기라."

"다시 얘기를 꺼내 볼 수 없을까요? 지금 등대섬 형편이…."

"안 된다. 사업하는 사람들 결정 빠르다. 안 되는 사업 붙잡고 절대

매달리지 않는다. 돈 있는 사람들, 돈 들고 기다리는 줄 아나? 사업 아이템은 쎄고 쎘는데, 다른 사업이 보이면 후딱 바꾼다 아이가? 내가 그 일 추진할라꼬 얼마나 돈을 썼는지 아나? 억수로 썼다. 밥 사주고, 술 사주고, 등대섬까지 사람들 끌고 가고…. 내가 내 돈 쓰면서 그때 연결했던 사람들, 지금은 회사 다 떠났고, 아는 사람이 하나라도 남았을라나?"

현우의 표정을 살피던 동혁이 은근한 목소리로 물었다.

"근데, 우짠 일로 이 목사가 다시 관심을 가지게 됐노? 그건 미숙이도 얘기를 통 안 하더라."

"형님이 그때 하셨던 말씀 중 제가 평소에 전혀 신경도 안 쓰고 지내던 게 있어서…."

"그럼 됐다. 남들하고 다른 목사로 살면 된다."

"목사라기보다, 동네의 젊은 일꾼으로 살려고 작정했습니다."

"그 얘기도 내 이미 들었다. 내가 네 얘기를 참 많이 안다 아이가?"

"예? 무슨 말씀이신지요, 형님?"

"야! 그때… 내가 등대섬에 들어갔을 때, 아무것도 안 알아보고 그냥 들어갔겠나? 목사 놈을 거꾸러트려야 일이 될 형편인데…. 이현우 살았다는 곳은 온통 다 쑤시고 다녔다. 이제 걱정할 거 없다. 내가 아무한테도 얘기 안 했다. 미숙이가 엄청 말리더라."

현우는 아무 말도 할 수 없었다. 부끄러운 일, 수치스러운 일, 인정하고 싶지 않은 일도 있었던 서울 생활이 떠올랐다. 그의 눈길을 더이상 마주하고 있을 수 없었다. 식어버린 커피를 마시고, 반 컵 남은 물도 마저 마신 뒤 자리에서 일어섰다.

"밥 묵고 갈래?"

"아니 그냥 가겠습니다. 형님 얼굴을 보니 많이 피곤하신 것 같습니다."

"맞교대로 하는 일이라. 집에 겨 들어가 눈 좀 붙이면 된다."

카페 앞에서 악수하고 헤어졌다. 동혁은 현우의 손을 꽉 잡고 몇 번씩 흔들었다. 더 하고 싶은 말이 있는데 참는 듯 보이더니 큰 결심을 한 듯 놀라운 얘기를 들려주었다. 그리고 진심을 담아 마지막 부탁까지 했다.

"다시 얘기하지만, 미숙이 잘해 줘라. 불쌍한 애다. 오죽하면 애 안고 등대섬으로 돌아갔겠노."

그리고 동혁은 갑자기 목소리를 뚝 떨어뜨렸다.

"나는 사람도 아닌 기라. 입이 열 개 스무 개 있어도 할 말이 없다. 내 부탁이다. 네가 등대섬에서나 세상에서나 나보다는 훨씬 난 사람 아이가, 공부도 많이 했고, 목사도 했고…. 내가 할 수 없는 것, 너는 해줄 수 있지 않겠나?"

동혁은 뒤도 돌아보지 않고 휘적휘적 걸어갔다. 마치 그래야만 등대섬을 떠나 살아갈 수 있다는 듯.

대구에서 혼자 돌아오는 버스 안에서 현우는 동혁이 들려준 이야기를 곱씹었다. 미숙의 아들 다니엘, 그 아이의 아버지가 부산의 어느 교회 목사였다는 사실을 현우는 처음 알았다.

"최 목사라고, 아주 고약한 놈이었지. 허우대만 멀쩡한 악어 같은 놈이었다. 미숙이가 부산 대학병원에서 간호사로 잘나갈 때 최 목사 그 자슥이 미숙이 안 망쳤나! 시집도 안 간 간호사가 목사 애를 뱄는데 우째 대학병원에서 그대로 일하겠노."

의지할 곳 없던 미숙을 구해낸 건 동혁이었다. 그는 대구에 사는 친구들을 데리고 부산에 내려가 최 목사의 멱살을 잡고 협박했다. 다시는 미숙 앞에 나타나지 말라고, 죽여서 바다에 던져 버리겠다고 으름장을 놓아 최 목사의 손아귀에서 그녀를 구해냈다.

"내가 미숙이더러 등대섬으로 돌아가라 안 했나. 거기 어른들은 네가 어디서 어떻게 살았든 묻지 않고 받아 주실 테니, 섬으로 돌아가라 단단히 일렀다."

현우는 창밖으로 스쳐 지나가는 마을들을 보며 그가 아는 세상과는 다른 삶을 경험했다. 누구를 죽이겠다고 협박할 만큼 다른 사람의 삶 속에 깊게 개입한 적이 한 번이라도 있었던가. 생각해 보면, 껄렁껄렁해 보였던 동혁이 훨씬 더 인간적이었다. 타인의 아픔을 자기 아픔으로 받아들인 사람이었다.

'나는 저 마을 속에서 같이 살지 않고 그저 차를 타고 지나가는 사람이었나 보다.'

하느님이나 예수를 남보다 잘 안다고 자부했지만 정작 사람들의 삶 속으로 걸어 들어가 본 적은 없었다. 마을과 마을을 연결하고, 집과 집을 연결하고, 한 사람 한 사람을 연결하는 길을 걸어 본 적도 없었다. 어떻게 살아가라고 말하는 사람이었지만, 실제 몸으로 다른 사람과 함께 길을 걸어 본 일도 없었다.

어느 한때였을망정 동혁은 진정으로 미숙을 품은 사람이었다.

"괜히 친절한 사람은 결국 악어가 되더라."

미숙에게 들은 대로 어린 다니엘이 종알종알 말했듯, 결국 동혁도 나중에 악어가 되었는지 모르지만, 미숙의 아픔에 공감하고 손 내밀어 끌어낸 사람이 그였다. 동혁이 격정에 넘치는 악어였다면 현우는 차갑고 계산적이고 음흉한 데다 소극적인 악어였다. 스스로 나서서 먹이를 쫓아다니지는 않았지만 입을 딱 벌린 채 먹이가 다가오기만 기다리고 있지 않았던가? 다가온 먹이를 덥석 물었다고 어느 누구도 나서서 대놓고 비난하지 못할 것이라고 계산하지는 않았을까. '몸뚱이 한쪽 뚝 떼 주고 도망칠 수밖에…' 술 취한 미숙이 입에 올렸던 말이 떠올랐다.

"네가 책임질 일은 아니야!"

지난봄, 그녀와 관계를 맺은 그 밤에 미숙이 조용히 내뱉은 말도 다시 생각났다. 현우의 속을 깊게 들여다본 사람이라야 할 수 있는 얘기였다. 울타리를 둘러치고 아무도 들어오지 못하도록 언제나 문을 걸어 잠그는 사람. 가끔 밖으로 나왔다가도 다시 쏙 들어가 문을 닫는 사람. 그런 현우와 관계를 맺으려면 먼저 문 두드리고 밖으로 끌어내는 수밖에…. 손해 볼 것 없으니 안심하고 나왔다가 다시 안으로 숨으라는 그 배려가 현우를 더 작아지게 했다.

'나는 그 정도 사람이었나.'

생활비를 풀어 마을 어른들 식량을 대준 일을 정녕 그는 마음에 담고 있지 않았던가. 날마다 책을 끼고 꺼덕꺼덕 교회로 올라갔던 일이야말로 그의 진짜 마음을 나타내는 일이었다. 어른들은 뙤약볕 아래 엎드려 논밭에서 일하는데, 자기는 그래도 되는 사람인 줄 알고 지냈다. 교회가 언덕 높은 곳에 자리 잡았듯, 목사 현우도 언덕 위에 머무는 사람이었다. 먹을 걸 해결해 주었으니 할 일을 다 한 사람처럼 살았다.

사람 살아가는 데 먹을 것이 중요하다지만, 등대섬에는 아직도 피가 흘러나오는 상처를 안고 살아가는 사람들이 있었다. 삶의 고비마다 상처가 다시 터져 피를 흘리는 이들이 있었다. 목숨보다 소중한 자식이지만, 다니엘을 바라볼 때마다 미숙은 악어 최 목사의 모습을 떠올려야 했을 것이다.

현우는 차창에 머리를 기댔다. 버스가 덜컹거릴 때마다 머리가 들썩거리고 흔들렸다.

"나는 섬 어른들과 같이 흔들리지 않고, 혼자 뻣뻣하게 허리를 곧추세우고 앉아 있었구나."

몇 달 전 등대섬을 떠날 때보다 더 비참했다. 자기 모습을 들여다보는 일이 이토록 힘들고 무서운 일이었나.

등대섬에서뿐만이 아니었다. 신학대학을 나오고 목사가 됐다는 이유만으로 사람들은 현우의 지난날을 깨끗한 백지처럼 생각해 주었다. 현우는 그런 척하고 살았다. 왜 그랬을까. 어떻게 그럴 수 있었을까.

'죽기 살기의 선을 넘어 보지 않았으니…. 벼는 가을 햇볕을 받아야 익는 법이다.'

아버지라면 그렇게 말씀하셨을 것 같았다. 다 이뤘다 생각하지 말고, 과정이라고 여기며 살라고, 그런 되돌아봄도 없이 어찌 사람이 되겠느냐고. 아버지는 꾸짖기만 하는 분이 아니었다. 아들에게 일을 맡겨 둘 줄도 알고, 기다릴 줄도 알았다. 아들이 강퍅해지지 않도록 위로하며 끌어안을 줄 아는 분이었다. 다니엘을 키우는 미숙이나, 혼자 아들을 키운 아버지나, 부모가 된 사람이면 누구나 몸에 지니고 사는 신비였다.

아버지가 보고 싶었다. 아들을 보지 못하고 숨을 거두실 때, 늘 현우를 바라보던 그 미소 말고 다른 어떤 표정을 남기셨을까.

날은 저물고, 버스는 덜컹거리며 달렸다. 어두워진 유리창에는 손등으로 눈물을 훔치는 사내의 모습이 얼비쳤다.

✳

아침 일찍, 미숙의 집에 들렀다. 어떻게든 머리를 맞대고 방법을 찾아볼 생각이었는데 미숙은 외출 채비를 하고 있었다.

"오늘 다니엘 좀 봐줘. 나 큰섬에 좀 다녀올게."

"왜?"

"여기저기 이것저것 알아볼 게 좀 있어. 저녁 배로 돌아올게."

"내가 할 일은?"

"지금 놀리는 논밭 면적 좀 다 조사해 줘. 지도를 그려서 표시까지 해 두면 더 좋고."

갑작스러운 일에 현우가 머뭇거렸다.

"내가 그런 걸 안 해 봐서…."

"이제부터 해 보면 되지. 태어나면서부터 잘하는 사람이 어딨어?"

미숙은 아침 배를 타고 떠났다. 현우는 종일 다니엘을 데리고 다니며 미숙이 맡긴 일을 했다. 한가롭게 논둑을 돌아다니고 밭두렁을 서성이는 현우를 보며 마을 어른들은 고개를 갸웃거렸다.

논밭을 샅샅이 돌다 보니 그전에는 보이지 않던 것들이 눈에 들어왔다. 어떤 논은 평평하고 흙도 좋아 벼농사 짓기에 적합했지만, 어떤 논은 돌이 많고 흙도 테석테석해 말이 논이지 차라리 밭이라고 부르는 게 나을 지경이었다. 비탈진 곳에 걸쳐 있는 밭들은 무얼 심어도 수확물을 끌어내리기가 보통 어려운 일이 아닐 것 같았다. 이런 척박한 땅을 일구고 살아온 어른들이 새삼 대단해 보였다.

그날 저녁 식사는 현우가 미숙의 집에서 준비했다. 된장과 고추장을 적당히 섞어 풀고, 감자도 썰어 넣어 슴슴한 찌개를 끓였다.

저녁 배로 돌아온 미숙과 소식을 듣고 찾아온 황씨 할머니와 남 집사가 현우가 차린 밥상 앞에 둘러앉았다.

"제법이네."

황씨 할머니는 연신 고개를 끄덕였고, 남 집사도 신기하다는 듯 현우를 위아래로 쳐다보았다.

"감자는 제가 깎았어요."

다니엘은 자기도 한몫 했다며 끼어들었다. 밥상을 치우고 미숙이 입을 열었다.

"길이 보여요!"

그녀의 목소리에는 확신이 서려 있었다. 미숙은 해풍쑥 농사로 등대섬 식량을 충당하는 방안을 내놓았다. 쑥이 자연스럽게 퍼질 때까지 시간이 3년 필요하지만, 제대로 자리만 잡으면 목사 생활비에 의존할 때보다 서너 배의 수익을 낼 수 있다는 계산이었다.

"지금 섬에 남은 식량으로 얼마나 버틸 수 있을지 남 집사님이 좀 챙겨 봐 주세요."

현우뿐만 아니라 어른들도 낯선 사람을 보듯 미숙을 멍하니 바라보았다. 젖먹이 갓난아기 안고 섬에 들어왔던 그녀가 이제는 전장을 지휘하는 장수가 되어 있었다.

"대단하네."

현우의 감탄에 미숙은 대수롭지 않다는 듯 대꾸했다.

"왜 그래? 이게 뭐 큰일이라고. 아무 대책 없는 것보다 희망이라도 있는 게 낫잖아."

해풍쑥을 제대로 키우면 3월과 6월, 두 번 출하할 수 있다. 등대섬 해풍쑥 수확량을 최대로 잡아 보니 큰섬 집하장 도매가로 쳤을 때 그동안 현우가 매년 큰섬교회에서 생활비로 받던 돈의 3배 이상 수입이 예상됐다. 섬에서 필요한 식량뿐만 아니라 다른 생필품까지 충분히 사들여 올 수 있는 금액이었다.

그날 밤 세운 계획은 거창했다. 금방이라도 모든 어려움이 해결될 것 같아 들뜬 마음으로 하룻밤을 보냈다. 하지만 아침에 눈을 뜨자, 애써 기어 올라갔던 언덕에서 주르르 미끄러진 것처럼 다시 암담함이 밀려왔다. 3년을 버텨야 한다는 현실이 전날의 흥분을 흔적 없이 지워 버렸다.

이틀 뒤, 황씨 할머니가 현우를 찾아왔다.

"지금쯤 현우도 깨달았겠지 싶어 왔지. 해풍쑥, 그거 쉽지 않아. 얘기 꺼낸 미숙이도 속으로는 알 거야. 그렇게라도 말해야 했던 그 애 마음도 내 모르는 바 아니지만."

"제가 부족해서…."

"그런 소리 듣자고 온 게 아니야, 애야."

할머니는 품 안에서 낡은 땅문서 몇 개를 꺼내 놓았다.

"큰섬 은행에 가 봐. 내가 가진 건 다 내놓을 테니. 이 늙은이 말은 안 들을 테지만 네가 가서 부탁하면 다를 수도 있다. 네 아베가 얘기 했다드만, 섬에서 나오는 것으로 먹고살 수밖에 없다고."

등대섬에서 이 일에 나설 사람은 현우뿐이었다. 그는 큰섬 수협과 육지 농협을 차례로 찾아갔다. 처음엔 본체만체하던 은행원도 현우가 여러 번 찾아가 매달리자 조금씩 귀를 기울였다. 현우는 순차적으로 해풍쑥 농사를 확대한다는 계획서를 들고 끈질기게 설명했다.

결국 황씨 할머니의 땅문서에, 큰섬에 사는 외사촌 형이 자기 집을 담보로 개인보증까지 서 주면서 가까스로 융자를 받을 수 있었다. 그 돈으로 논 스무 마지기 중 열 마지기를 밭으로 일구는 비용과 당장 급한 식량비, 그리고 자급자족을 위한 기반 작업비를 충당할 수 있었다. 희망 없이 주저앉을 뻔했던 등대섬에 3년을 버틸 수 있는 숨통이 트였다.

"우리 섬이 괜히 등대섬이 아니제…."

어른들은 지난 시간에 발이 묶여 있지 않았다. 아직 오지 않은 시간을 끌어당겨 오늘을 살아가는 이들이었다. 3년 뒤에나 거둘 해풍쑥에 대한 기대를 품고 하루하루를 견뎌내는 삶이었다. 죽음 같던 어둠을 뒤로하고 등대섬에 들어온 이들이어서 가능한 일이었다.

등댓불은 밤바다만 비추지 않았다. 어른들 마음속에도 언덕 위에서 밤마다 불을 밝히는 등대가 하나씩 서 있었다. 위기가 닥치자 그 불빛은 오히려 또렷해졌다. 어른들은 말없이 움직였고 서로의 기척을 살피며 더 가까이 다가섰다. 오래전 겪어낸 처참한 기억들이 그들을 깨워 일으켜 세웠다.

어느새 현우도 그 빛을 바라보는 사람이 돼 있었다. 자기도 모르는 사이, 조금씩 등대섬 사람으로 녹아들었다.

*

마을이 한참 어려웠던 12월 초, 진눈깨비가 오락가락하는 날이었다. 등대섬 마을은 아침부터 소란스러웠다.

큰섬댁과 황씨 할머니가 종종걸음으로 미숙네 집에 들어갔고, 아주머니들 몇 명이 그 뒤를 따랐다.

"목사님!"

다니엘이 현우의 집까지 달려와 큰 소리로 불렀다.

"빨리 와 보세요. 엄마가 아기를 낳는대요! 빨리요, 늦으면 큰일 난 대요."

"내가 왜?"

현우는 뜨악하게 물었지만 아이는 막무가내였다.

"할머니하고 엄마가 목사님을 찾아요. 지금 당장이요."

현우는 엉겁결에 다니엘을 따라나섰다. 여자가 아기 낳는 자리에 왜 남자인 자신을 부르는지 이해할 수 없었다. 앞서 달려가는 아이는 몇 걸음마다 뒤돌아보며 손짓으로 재촉했다.

미숙네 마당에 들어서자 동네 아주머니들이 서로 눈빛을 주고받으며 그를 맞았다. 황씨 할머니가 방에서 나오더니 현우를 마당 한쪽으로 끌고 갔다. 괜히 잘못한 것도 없는데 현우는 꾸지람을 듣는 아이처럼 몸이 굳었다.

"잘 왔어. 여기 좀 있어."

"제가 왜…."

"등대섬에서는 여자 혼자 애기 낳게 둔 적이 없어. 미숙이, 다니엘 낳을 때 혼자였다더라. 이번엔 그럴 수 없지."

말문이 막혔다. 등대섬 일꾼으로 살겠다고 다짐한 일과 애 낳는 산모 곁을 지켜 주는 것은 엄연하게 다른 문제였다.

"애가 곧 나오게 생겼어. 얼른 샘에서 물 좀 길어 와."

현우는 양동이 두 개를 들고 샘으로 향했다. 진눈깨비 때문인지 자꾸만 몸이 떨렸다. 넘치도록 길어 온 물로 물동이를 채운 뒤, 추녀 아래 서서 진눈깨비 흩날리는 마당을 바라보았다. 머릿속이 하얬다.

다니엘은 '엄마 엄마' 부르며 방문 앞을 서성거렸다. 미숙의 비명이 커질 때마다 아이는 방으로 뛰어들려다가 아주머니들에게 번번이 쫓겨났다. 마침내 큰섬댁이 소리쳤다.

"애 좀 어떻게 해 봐. 방에 들어오면 안 돼."

현우는 다니엘의 손목을 붙잡아 처마 끝으로 데려갔다. 아이는 덜덜 떨었다. 이를 악물고 참으려 애쓰지만, 다리도, 어깨도 온몸을 떨고 있었다. 눈에는 눈물이 그득했다. 현우는 말없이 아이의 어깨를 감싸안았다.

그 순간, 예감처럼 느꼈던 운명이 구체적 형체로 보이기 시작했다. 현우는 깊게 한숨을 쉬었다. 꼭 있어야 할 곳에 있지 못했다는 후회가 가슴 깊은 곳을 뒤늦게 후벼 팠다.

은혜가 카페에서 기다리고 있었다.

늘 앉던 창가가 아니라 깊숙한 구석 자리에 어두운 표정으로 앉아 있었다. 현우가 맞은편 자리에 앉을 무렵, 스피커에서 낮게 흐르던 바이올린 선율이 날카롭게 치솟더니 높은 곳에서 몸을 던지듯 툭 끊겼다. 밑바닥을 받치던 첼로 음마저 멀어지는 발소리만 남기며 잦아들었다.

그때 은혜가 낮은 목소리로 말했다.

"내 마음이 이래. 너 때문이야!"

얼굴 위로 흘러내린 머리카락을 쓸어 올릴 기운조차 없어 보였다. 그녀는 사전에 한마디 상의도 없이 혼자 산부인과에 다녀왔다.

"수술대에서 올려다본 불빛, 너무 차갑고 서럽고 외로웠어. 아는 사람 하나도 없는 나라로 도망가고 싶었어!"

손 한 번 잡지 않고 몇 년을 지낸 두 사람이었다. 그러다 어느 날, 둑이 터지듯 선을 넘었다. 모처럼 영화를 보고 저녁을 먹고, 카페에서 커피를 마신 뒤였다. 헤어지기 전 골목 어귀에서 무심코 손을 잡았고, 그대로 서로를 끌어안았다. '이러면 안 돼'라고 생각했지만, 이미 되돌릴 수 없는 선을 넘고 말았다. 그날 이후 두 사람은 학교에서 멀리 떨어진 그 골목 모텔을 몇 번이나 찾았다. 다른 곳을 찾아 들어갈 용기가 없었다.

"너한테 말해서 뭐 해. 이미 지난 일이야. 숙맥 같은 네가 뭘 안다고. 네가 책임질 일은 없어!"

은혜는 분명하게 선을 그었다.

그녀는 이미 알고 있었다. 등대섬 출신의 청년이 서울에서 감당할

수 있는 일은 아무것도 없다는 것을. 은혜가 임신했다는 사실조차 몰
랐던 현우, 설령 알았다고 한들 무얼 할 수 있었을까.

그녀의 말을 듣는 동안 숨도 못 쉴 만큼 가슴이 뛰었다. 무엇보다
현우 가슴을 깊이 파고든 것은, 자신이 나서서 책임지고 감당해야 할
일이 이미 손을 벗어났다는 무력감이었다. 둘 사이에서 한 생명이 생
겼다가 사라졌다니. 몸 한쪽이 뭉텅 잘려 나간 듯 시리고 아팠다.

"이게 최선이었어!"

그 말을 듣고도 나무랄 수 없었고, 잘했다고 말할 수도 없었다. 불
안도 안심도 아닌, 정체를 알 수 없는 감정에 휩싸였다.

"아!"

은혜를 바라보고 앉아 있는데 까물까물 정신이 아득해졌다. 다시
는 돌아올 수 없는 곳으로 떠밀려 가는 느낌이었다. 마치 등대섬 포구
옆 검정소바위에 올라앉은 것 같았다. 끊임없이 밀려오는 파도가 바
위를 바다 위로 들어 올리고, 철썩이는 물결은 현우를 바위에 태운 채
둥둥 띄워 세상 끝으로 밀어냈다.

이미 은혜는 그가 어찌할 수 없는 곳으로 멀리 떠나가고 있었다. 바
위에 혼자 남겨진 현우는 멀어지는 그녀를 지켜볼 수밖에 없었다.

'그때 나는 은혜 옆에 있어야 했어. 혼자 그 일을 겪게 두지 말았어
야 했는데….'

황씨 할머니가 왜 여자 혼자 아기 낳지 않도록 자리를 지켜야 한다
고 그토록 엄히 일러두었는지 이제야 알 수 있었다. 은혜가 왜 그를
떠나 훌쩍 유학길에 올랐는지도 이해가 됐다. 은혜는 혼자 아기를 지

웠고, 미숙은 부산에서 혼자 다니엘을 낳았다. 진눈깨비 내리는 추녀 밑에 서 있을망정, 새 생명이 태어나는 순간 누군가 곁을 지키고 있다는 것은 완전히 다른 일이었다.

'나는… 나는….'

무슨 말을 할 수 있을 것인가? 은혜였기에 옆에 있어야 했고, 미숙이기에 옆에 있기 불편하다는 뜻이 아니었다. 무언가 서로 아귀가 맞지 않는 일, 그가 결정할 수 없는 일, 돌아가는 톱니바퀴에 알 수 없는 이유로 끼었다는 생각을 지울 수 없었다.

진눈깨비는 이리저리 마당을 휩쓸며 흩뿌리는데 현우는 어릿어릿 초점 흐릿한 눈으로 하늘도 올려다보고, 텅 빈 선착장도 내다보았다. 두 팔로는 덜덜 떠는 다니엘을 여전히 끌어안고 있었다. 은혜의 눈빛이 다시 떠올랐다. 그녀는 정말 멀리 떠났고, 현우는 이제 다시는 되돌아갈 수 없는 길로 들어섰다.

미숙은 딸을 낳았다.

아주머니들이 따끈하게 데운 물을 몇 번이고 방으로 들이는 사이, 다니엘은 방문 앞을 서성이며 '엄마, 엄마' 울음 섞인 목소리로 부르고 있었다.

"이 목사, 이리 와 봐. 애기 좀 봐!"

큰섬댁이 하얗고 깨끗한 천으로 아기를 싸안고 나왔다. 황씨 할머니는 '애기 추워, 추워!' 타박하면서도 현우에게 가까이 오라고 손짓했다. 그가 엉거주춤 다가가니 아주머니가 아기의 손과 발을 보여주었다.

현우는 자기도 모르게 아기의 작은 손을 만져 보았다. 따뜻하고 말랑하고 선하고 순한 살결. 생명의 태초에 손을 대는 일이었다. 가슴속에서 알 수 없는 출렁임이 일어났다.

"한번 안아 볼라나?"

현우가 아기를 받아 안았다. 그때 문득 한 목소리를 들었다. 어쩌면 아버지였고, 달리 생각하면 늘 그를 지켜보며 속삭이던 깊은 바다였을 것이다.

'이제 오직 한 길뿐이야. 받아들여!'

결국 이렇게 될 일이었다.

"이 아기는 이제 등대섬 아기여. 누구 자식인 게 뭐가 중요해? 이 섬에서 태어난 생명인데. 안 그래?"

황씨 할머니 말에 현우는 고개를 끄덕였다. 방 안에 누워 있는 미숙이 보였다. 그녀는 현우의 눈을 찾고 있었다. 시선이 마주치자 아기를 안고 있는 현우에게 미숙은 알 수 없는 미소를 지었다. 그때 황씨 할머니가 말했다.

"미숙이가, 애기 이름을 현우가 지어 주면 좋겠대."

미숙과 다시 눈이 마주쳤다. 어찌할 것인가. 그럴 수밖에 없는 일이었다. 현우는 고개를 끄덕였다. 무거운 책임을 감당하기로 결정한 일이었다.

하느님이 아브람에게 아브라함, 야곱에게는 이스라엘이라는 새 이름을 지어 주었다고 성경에 기록돼 있다. 이미 어른이 된 사람에게 새 이름을 주는 것은 이전과 다른 삶을 살아가라는 부름이고, 갓난아기에게 이름을 지어 주는 것은 평생에 걸친 돌봄을 약속하는 일이다. 은혜의 몸에 깃들었던 생명은 세상을 보지 못한 채 사라졌으나, 미숙의 아기는 현우에게서 이름을 받게 되었다.

이름을 짓는 일은 쉽지 않았다. 좋은 뜻을 담으려 할수록 수만 가지가 떠올랐다. 막 한 이름으로 결정하려고 할 때면 어김없이 더 좋은 이름이 생각났다. 모든 좋은 뜻을 담은 이름을 짓고 싶어 며칠 동안이나 끙끙거리며 궁리했다.

며칠 후, 현우는 미숙의 집을 찾아갔다.

아기를 다시 안아 보자 꼼지락거리는 움직임이 품속으로 전해졌다. 새 생명을 안고 있다는 사실이 아직 제대로 실감 나지 않았다.

"은지(恩芝)! 은지가 어떨까?"

"무슨 뜻인데?"

"은혜롭고 아름답다. 그런데 한글로만 보면 '은혜가 여기 이르다'는 뜻도 되고. 그 모든 뜻이 다 들어 있어."

현우가 지은 이름을 듣자마자 미숙의 얼굴에 알 수 없는 그늘이 스쳤지만, 아기에게 관심을 쏟느라 현우는 눈치채지 못했다.

계속 몸을 좌우로 흔들며 아기를 추썩거리는 그를 바라보던 미숙이 물었다.

"성(姓)은?"

현우는 숨이 컥 막혔다. 이름을 지어 달라는 말이 성씨까지 포함하는 문제일 줄은 몰랐다.

"현우!"

미숙이 그를 불렀다. 아기를 낳던 날, 말없는 눈짓으로 그를 찾던 바로 그 눈이었다.

"네 성을 쓰게 해 줘! 다른 길이 없어, 나에게는. 동혁 오빠한테는 말할 수가 없었어!"

순간, 누가 등을 확 떠밀어 앞으로 고꾸라지는 느낌이었다.

이번에도 현우에게는 다른 방법이 없었다. 미숙은 그의 눈을 바라보며 대답을 기다렸고, 현우는 품에 안은 아기를 내려다보며 한참을 서 있었다.

아기는 그렇게 '이은지'가 되었다. 은혜가 지운 생명과 미숙이 낳은 생명을 함께 품은 이름이었다.

이튿날, 다니엘이 현우를 찾아왔다. 아이는 마당에서 한참을 서성이다가 현우를 불렀다. 표정이 조심스러웠다.

"목사님, 이제 아버지 해 주시는 거예요?"

"그래!"

아이의 표정이 단번에 환해졌다.

"그럼 우리 이제 한집에서 살아요? 엄마랑 은지랑 우리 여기로 이사 와요?"

"아버지는 해도…. 너는 엄마랑 은지랑 그 집에 살고, 나는 여기 살고."

"왜 함께 안 살아요?"

"함께 안 살아도 아버지는 할 수 있단다."

"아, 하느님 아버지처럼요? 밤에 몰래 눈 떠 보면 엄마는 '아버지, 아버지' 하면서 울어요."

현우는 가슴이 먹먹했다. 등대섬에 돌아온 뒤 미숙은 한 번도 교회에 나오지 않았다. 교회에 나오라는 말에 단호하게 거절했던 그녀가 밤마다 불렀다는 '아버지'는 분명 하느님이었을 것이다.

"그랬구나. 그럼 나는 다니엘이랑 은지 아버지 해 주고, 하느님은 엄마 아버지 해 주고."

"그러면 지금부터 저도 목사님을 아버지라고 불러도 돼요?"

현우는 다니엘을 번쩍 들어 안았다. 몸도 가볍고 키는 작았지만, 눈 속에는 표현할 수 없는 두려움을 담은 아이였다. 현우는 이제 정말 아버지의 역할을 맡기로 했다. 다니엘의 성이 무엇이든, 아무 상관이 없었다.

마지막 신호

해풍쑥 사업이 자리를 잡으며 식량 걱정에서 놓여난 것은 등대섬의 큰 변화였다. 이제 마을의 관심은 먹고사는 일에서 나이 든 어른들의 건강으로 옮겨갔다. 현우는 배를 타고 큰섬으로 나가 의료선 지원을 알아보기 시작했다. 그런 일에 나설 사람은 등대섬에서 현우나 미숙 뿐이었다.

면사무소 직원은 어이가 없다는 듯 현우를 빤히 쳐다보며 말했다.

"의료선을 왜 여기서 찾으세요, 목사님!"

번지수를 한참 잘못 짚었다는 투였다. 민망했지만, 자신을 목사라 부르는 사람 앞에서 얼굴을 붉힐 수도 없었다. 목사를 그만둔 사정을 일일이 설명하는 일은 언제나 난감했다. '목사님'이라고 불리는 순간, 그는 다시 목사가 될 수밖에 없었다. 여전히 목사인 사람처럼, 목사답게 행동해야 했다.

사람은 누구나 이름을 가지고 산다. 그러나 이름만으로는 부족한

지, 세상은 그 뒤에 박사니, 사장이니 하는 꼬리표가 붙어야 비로소 안심하는 모양이었다. 마치 이름만으로는 사람을 충분히 알 수 없다는 듯.

현우는 문득 학교 운동회를 떠올렸다. 운동장에 하얀 횟가루로 선을 그어 칸을 만들고 그 선을 넘으면 실격이었다. 사람들은 잘게 나뉜 칸 어딘가에 자기 자리가 있다고 믿었다. 그래야 혼란이 없다고 여겼다. 같은 칸에 선 아이들은 모두 같은 번호로 불렸다. 열 명, 스무 명이 같은 번호로 불려도 아무도 이상하게 여기지 않았다.

선생님이 장난꾸러기 아이를 똑바로 쳐다보며 성까지 붙여서 이름을 부를 때가 있었다. 그건 지금까지의 관계를 단호하게 닫겠다는 경고였다.

"목사님!"

면사무소 직원에게 그 호칭은 오히려 관계를 잇는 말이었다. 문을 나서려던 현우를 불러 세운 직원은 군청 담당부서와 담당자 이름을 적은 종이를 내밀었다. 의료선 지원은 면사무소 소관이 아니니 군청으로 가 보라는 안내였다.

그는 얼마 전 은지의 출생신고를 담당했던 사람이었다.

"은지… 이름이 예쁘네요. 아버지 되시죠?"

출생신고서 '아버지' 란에 제 이름을 적어 넣으면서도 현우는 선뜻 대답하지 못했다. 머뭇거리면 더 이상할 것 같아 엉겁결에 말했다.

"등대교회 목사입니다."

'목사였다'는 과거형을 쓰지 않았으니, 여전히 목사로 불리는 일을 탓할 수 없었다. 세상에는 목사라는 호칭에 씌워둔 고정된 틀이 있었다. 그 틀을 벗어나는 순간, 사람들은 서로를 어떻게 불러야 할지 몰라 당황하게 된다.

군청은 육지에 있었다. 전화로 용건을 설명하자 군청 직원은 별다른 말 없이 날짜를 정해 주었다.

군청 직원은 컴퓨터 자판을 유난히 탁탁 소리 나게 두드리며 연신 고개를 끄덕였다. 그는 등대섬 어른들의 사정을 훤히 꿰고 있는 듯 보였다. 모니터에는 주민들의 이름과 생년월일, 각종 기록이 주르르 떠 있었다. 사람을 클릭할 때마다 얼굴 사진을 비롯해 과거의 기록까지 빼곡하게 나타났다.

"등대섬, 지금은 주민이 예순두 명이군요. 남자가 스물일곱 명, 여자는 서른다섯 명. 연세가 다들 높으시네요. 그런데 목사님이라고 하셨죠?"

"예, 목사…."

전화로 약속을 잡을 때 '예전에 목사였다'고 차마 말하지 못한 일이 떠올랐다. 목사가 무슨 벼슬은 아니었지만, 이름 뒤에 아무 직함도 없는 사람보다는 대우가 달랐다. 아예 입을 삐죽거리는 사람을 빼놓고는.

"의료선을 배정하려면 말이지요. 음, 현재 의료선 숫자가 절대적으로 부족합니다. 등대섬은 너무 멀어서 한 번 다녀오는 시간이면 가까운 섬 몇 군데는 더 들를 수 있거든요. 지금 형편으로는 등대섬에 의료선을 배정하는 것이 효율적이지 않다는 말씀입니다."

'효율'이라는 말이 마음에 턱 걸렸다. 하지만 따지고 들 일이 아니었다. 재량권이든 권한이든 관청이 가진 역할의 범위를 조정하는 기준이 그 말이었다.

"무슨 뜻인지 알겠습니다. 하지만 주민들이 전부 노인들이시라…."

"예, 압니다. 여기 보니까 그러네요. 대부분 일흔이 넘으셨고, 어휴, 아흔 가까운 분도 있고. 60대가 한 분, 40대가 두 명. 출신지도 다양하네요. 이건 특별지역에 해당하겠는데요?"

"예, 그래서요. 거동이 불편해 큰섬이나 육지로 나가 진찰받기 어렵습니다. 어떻게 한 번이라도 배려를 좀 해주세요!"

현우는 간절한 마음으로 고개를 숙였다.

"자주는 어렵더라도, 두 달에 한 번은 가도록 위에 건의하겠습니다. 잘되면 한 달에 한 번도 가능해요. 아무튼 제가 윗분들께 잘 말씀드려 보겠습니다. 목사님이 이렇게 애쓰시는데, 제가 도울 수 있는 건 이 정도뿐입니다. 저도 교회 다닙니다."

"고맙습니다."

그 한마디 인사만 하고 물러났다.

공무원이 자기도 교회 다닌다고 밝힌 것은 최대한의 호의였다. 민원인과 공통으로 어딘가에 속한다는 말을 공무원들은 결코 입 밖에 내지 않는다. 학교, 출신지, 모임도 입에 올리지 않는다. 사교성 좋은 사람이라면 어느 교회에 다니는지, 아는 목사는 누구인지 물으며 인연을 넓혀 갔겠지만, 현우는 그런 일에는 도무지 소질이 없는 숙맥이었다.

등대섬에 의료선이 처음 들어온 날, 큰섬에서 면장과 몇몇 인사가 배를 타고 따라왔다. 모두 자기들이 힘을 써서 의료선을 끌어온 것처럼 생색을 냈다.

현우의 수고를 언급하는 이는 아무도 없었다. 사정을 빤히 아는 등대섬 사람들이 입을 삐죽거리자 황씨 할머니가 다독였다.

"놔둬! 뭐가 중헌디. 의료 배가 들어왔으닝께 된 거 아녀? 현우가 그런 일에 이름 올릴 사람도 아니고…."

의료선에는 안과, 내과, 외과, 치과 진료실이 칸칸이 마련되어 있었다. 늙수그레한 책임 의사 밑으로 갓 학교를 졸업한 앳된 의사와 간호사들이 분주히 움직였다. 나이 많은 동네 어른들도 그들을 '선생님'이라 부르며 고분고분 말을 잘 따랐다.

주민들의 건강 상태를 누구보다 잘 아는 이는 미숙이었다. 그녀는 처음부터 접수 담당 노릇을 자처했다. 어른들이 의사에게 하소연하듯 병의 내력을 길게 늘어놓을 때마다 미숙은 곁에서 증상을 짚어 대신 설명했다. 그녀의 손때 묻은 공책에는 등대섬 주민들의 병력과 증상이 깨알 같은 글씨로 꼼꼼히 기록되어 있었다. 공책을 뒤적이며 어른들이 빠뜨린 이야기를 보충할 때마다 사람들은 그녀가 정말 부산 큰병원에서 일했다는 말을 떠올리며 고개를 끄덕였다.

두 달에 한 번 의료선이 들어오면, 병이 있든 없든 등대섬 사람들은 차례로 배에 올랐다. 진찰받고 약을 타고, 주사를 맞았다. 의료진이 건강교육을 하고 큰 병원에 가 보라는 권유도 했지만, 실제로 육지 병원까지 나가는 사람은 없었다.

"그냥저냥 살다 때 되면 죽지 뭐…."

아등바등 살 욕심이 없으니 의료선에서 타 온 며칠치 약으로 버틸 뿐이었다. 장기 복용 약은 의료선에서 처방할 수 없어서 노인들은 아플 때마다 미숙네 가게에 비치된 진통제나 소화제, 소독약과 반창고로 버텼다.

늙은 의사는 빼놓지 않고 현우도 진찰했다.

"국가 지원이 충분치 않아서요. 가야 할 섬은 많고, 아픈 어른들도 점점 늘어나니 가슴이 아파요."

현우가 어쩔 수 없는 일이라는 듯 고개를 끄덕이면 그는 늘 같은 말을 덧붙였다.

"응급환자가 생기면 이렇게 하세요."

그럴 때면 현우와 미숙은 초등학교 시절 학생처럼 늙은 의사 앞에 나란히 앉아 설명을 들었다.

의료선의 의사와 간호사들은 등대섬 주민들을 각자가 지닌 병으로만 분류했다. 병명과 아픈 부위, 맥박, 수치만 기록했다. 어른들이 아프게 된 사연을 꺼내려 하면, 말이 끝나기도 전에 청진기를 가슴에 들이댔다. 마음속 깊이 묻어 둔 이야기에는 도무지 관심이 없었다. 오직 미숙만이 어른들 말이라면 무엇이든 자기 공책에 꼼꼼히 적어 두었다.

몇 해 전부터 섬 지역 주민들의 삶을 돌보겠다는 정부의 정책 덕분에 생활이 조금씩 편해지기는 했다. 하지만 어른들의 마음에는 탐탁지 않은 구석이 많았다.

"집만 지어 놓으면 뭐 해? 벽도 바르고 바닥도 깔고, 살림살이가 들어앉아야 집이지!"

관청에서 하는 일이라는 게 대개 건물 하나 덜렁 지어 놓고 들어가 살라는 식이었다.

"우리는 그냥 '고맙습니다' 하고 넙죽 받으라는 거지 뭐."

"언제부터 그렇게 시시콜콜 우리를 살피고 도와줬다고 이 난리여."

그런 말을 들을 때마다 현우는 마음이 복잡했다. 왜 어른들이 이토록 불편해하는지 어렴풋이 짐작하면서도 그 이유를 묻지는 못했다. 서로의 삶을 캐묻지 않고, 적당히 거리를 두고 사는 일에 그만큼 익숙해졌기 때문이다.

육지에 사는 자식들과 전화 통화라도 한 날이면, 어른들이 부쩍 시무룩해진다는 걸 현우는 눈치챘다. 그가 발로 뛰며 주선한 덕에 섬에도 저궤도위성통신망이 들어왔고 육지와 전화는 물론 화상통화까지 가능해졌다. 문제는 오히려 그때부터였다.

등대 관리와 기상 통보를 위해 설치한 통신망은 현우와 미숙의 집, 그리고 전화기를 다룰 줄 아는 몇몇 집으로 연결됐다. 솜씨 좋은 남 집사는 정식으로 통신망 관리인이 되어 매달 고정 수입이 생기고 표정도 한결 밝아졌지만 전화를 빌려 쓰는 노인들의 속은 달랐다.

"처음엔 서로 제가 먼저 전화 받겠다고 난리를 치더니만, 요즘은 손주 놈들이 시들해. 게임인가 뭔가 하면서 대답도 건성으로 하고. 말 좀 붙일라 치면 자꾸 이놈 저놈 바꿔 줘서 당최 정신이 없어."

전화를 끊고 나면 어른들은 꼭 서운한 마음을 털어놓았다.

"애들이 오죽 바쁘겠어. 학교 가랴, 학원 가랴, 그래도 얼굴 한 번 본 걸로 됐지 뭐."

아무리 늙었어도 자식과 손주가 점점 멀어진다는 걸 눈치채지 못할 만큼 정신없는 노인은 없었다.

"내가 먼저 '끊어라, 끊어!' 그런당께!"

연결이 오히려 단절을 확인하는 일이 되었다. 어디 아픈 데는 없는지, 밥은 먹었는지 의례적인 문답을 주고받고 서둘러 통화를 끝내고 나면 차라리 목소리를 듣지 않은 날보다 더 쓸쓸해졌다. 사는 세상이 다르니 길게 나눌 말도 없었다. 그날따라 손바닥만 한 방은 더 휑했다. 그 방에서 자식들 키우던 시절을 떠올리면 허전함은 더 깊어지고 커졌다. 자식들 말고는 전화를 걸 사람도, 걸려올 곳도 없는 이들이었다. 연결이 될수록, 그들은 자신들이 여전히 남해 끝 외딴섬에 고립되어 살고 있음을 절절히 느꼈다.

"전화를 놓게 애들이 더 못 오네."

아무리 멀어도 해마다 한두 번은 찾아오던 자식들이, 이제는 전화 한 통으로 발길을 대신하기 일쑤였다.

＊

어느 날, 황씨 할머니가 예고도 없이 현우의 집 마당으로 들어섰다. 마루에 걸터앉아 한참 마당을 둘러보다가, 방 안도 기웃기웃 살피더니 현우에게 옆에 와 앉으라며 마루를 두어 번 손바닥으로 두드렸다.

"현우야!"

할머니는 불편한 왼손을 겨우 뻗어 현우의 어깨에 올려놓았다. 몇 해 전부터 할머니는 그 손을 제대로 쓰지 못했다. 손이 떨려 물건을 떨어뜨릴 때마다, 오른손으로 왼손을 툭툭 치며 혼잣말을 하곤 했다.

"괜찮아! 그때부터 못 썼어도 억울할 것 없어! 이제까지 잘 쓴 것만

208

도 감사하지!"

그때가 언제인지, 어떻게 다쳤는지는 아무도 몰랐다. 아무도 묻지 않았고, 할머니도 그 말 한마디로 입을 닫았다. 등대섬에서는 그저 황 씨 성을 가진 할머니로 살았다.

"현우야! 힘들지?"

사람들 앞에서는 '은지 아범'이라고 부르던 할머니가, 단둘이 있을 때면 꼭 이름을 불렀다.

"괜찮아요. 아직 몸이 마음을 못 따라가요. 모든 게 어설프고 서투르고요. 어른들은 어떻게 이렇게 힘든 일을 평생 하면서 사셨는지 모르겠어요. 아버지도, 하나 있는 아들 육지로 보내 놓고 날마다 바다에 나가셨으니…"

할머니 곁에만 있으면 현우는 언제나 아이가 되었다. 한 번도 어른이었던 적 없는 사람처럼, 어리광을 부리고 매달리고 싶은 마음이 솟았다. 어릴 적엔 할머니의 알쏭달쏭한 눈길과 마음 씀이 거북해 괜히 데면데면하게 굴기도 했다.

"아니야. 잘하고 있어. 처음엔 저 애가 얼마나 버티려나, 저러다 못 버티고 또 떠나면 어쩌나 했지. 그런데 벌써 3년이 넘었잖아!"

"예. 3년하고도 몇 달 됐어요."

할머니는 하고 싶은 얘기가 따로 있는 모양인데 선뜻 말을 꺼내지 못하고 빙빙 주변만 돌았다. 다니엘 학교생활을 묻고 은지의 재롱을 한참 늘어놓더니, 할머니는 마침내 현우의 얼굴을 빤히 쳐다보며 마음속에 간직했던 말을 꺼냈다.

"현우야, 이제 미숙이랑 살림을 합쳐 같이 살면 어떨까?"

현우는 대답하지 않았다. 때로는 침묵이 가장 확실한 거절이었다. 뻔히 알면서도 할머니는 끈질겼다.

"미숙이, 그 애가 참 불쌍해. 고약한 세상 사느라고, 내 눈에는 아직 어린애인데, 얼마나 아팠겠니. 이제 마음을 풀고 네가 좀 품어 줘라. 한집에서 부부로 살면서… 네 자식도 낳고."

할머니는 끝내 그 말을 꺼냈다. 그동안 삼켜 왔던 말이었다.

"자식을 낳아 보면 안다더라. 다니엘도 은지도 네 자식이지만, 내 핏줄 귀한 건 또 다르지 않니. 나는 평생 못 해본 일이지만, 네 아버지가 나이 마흔에 너를 낳고 얼마나 좋아하던지 지금도 눈에 선하다."

현우는 마음속으로 할머니의 부탁을 거절했다.

'할머니, 저는 그러고 싶지 않아요.'

미숙과 겪은 단 하룻밤의 일만으로도 그는 이미 가지 말아야 할 곳, 넘지 말아야 할 경계 저쪽에 발을 들인 기분이었다. 다시는 그 선을 넘지 않을 것을 아는 미숙도 말없이 그의 침묵을 따랐다.

현우에게 미숙은 어린 시절부터 꿈속을 서성이던 단발머리 여자애였다. 바다 물길을 따라 자박자박 걸어 다가오던 그 애의 얼굴에는 언제나 짙은 그림자가 드리워져 있었다. 피하고 싶었고, 이유 없이 그냥 싫었다. 팔랑거리던 미숙의 단발머리 기억은 언제나 아몬드 눈을 가진 은혜를 기억 저편에서 불러낸다. 아몬드 눈이든 단발머리든, 현우는 이제 자신의 삶 속에 누구도 더 깊이 끌어들이고 싶지 않았다. 감당할 수 없기 때문이었다.

사람 사이의 거리는 언제나 어려웠다. 너무 가까워지면 서로에게 침입이 되고 멀어지면 소외가 되었다. 적절한 거리를 가늠하는 일은,

세상살이에 서툰 그에게 항상 버거운 과제였다.

할머니는 말없이 앉아 있었다. 현우가 고개를 돌려 보니 할머니의 눈이 붉게 젖어 있었다.

"할머니…."

현우는 할머니의 마른 손등 위에 자신의 손을 포개 얹었다.

할머니는 반지를 끼고 있었다. 결혼반지 끼는 손가락에. 할머니가 결혼반지를 끼고 있다는 것을 그는 한 번도 눈여겨본 적 없었다. 마음 기울여 들여다보지 못했던 할머니의 낯선 삶이 반지에 얽혀 있는 것 같았다.

"안다! 안다, 얘야!"

할머니는 무엇을 안다고 말씀하시는 걸까. 떠도는 마음인가, 출렁이며 지나가는 시간인가, 섬을 둘러싼 바다인가. 선착장 옆 웅크린 검정소바위를 파도가 뛰어넘을 때인가.

그날 할머니와 손자가 되어, 아버지가 놓은 긴 마루 위에 두 사람은 오래도록 앉아 있었다. 생각은 등대섬을 맴돌기도 하고, 먼 곳을 따로따로 더듬기도 했다.

황씨 할머니와 이야기를 나누는 동안, 어디선가 아버지 음성이 들리는 것 같았다. 세상을 떠난 지 이미 10년이 넘었지만, 아들이 걱정스러울 때면 아버지는 어김없이 마음속으로 말을 걸어왔다.

"얘야, 현우야! 길이란…."

그 말투와 호흡이 너무도 생생했다. 할머니와 아버지 그리고 어린 현우까지 셋이 나란히 마루에 걸터앉았던 여름날의 기억이 되살아났다. 쏟아지는 장맛비가 마당을 가득 채우던 날, 할머니는 새색시를 얻으라며 아버지를 채근했다. 그때 두 사람은 서로 다른 눈빛으로 동시에 현우를 바라보았다. 어린 마음에도 그 눈길에 담긴 뜻이 서로 다르다는 것을 느낄 수 있었다.

지금 듣는 할머니 목소리에 그때 아버지 목소리가 겹쳐 들렸다.

"길이란 관계다. 마을과 마을, 섬과 섬을 연결하고, 이 세상과 저 세상을 잇는단다. 그중에서도 중요한 건 사람을 잇는 길이지. 그러니 현우야, 상대에게로 가는 길을 네가 먼저 끊지 마라!"

현우를 누구보다 잘 아는 사람이 아버지였다. 평생 등대섬 어부로 바다 밑바닥을 들여다보며 그물을 내리던 아버지는 잔잔하든 출렁이든 삶 속에서 무얼 먼저 건져 올려야 할지 깨우쳐 주었다.

'제가 지금 알아듣기에는 어려운 말씀이네요!'

현우가 어깃장을 놓자 아버지는 픽, 웃음을 터뜨렸다. 대화가 시작되었다는 것에 안도하는 미소였다.

"내가 '몫'에 대해 말했지? 몫은 정해진 분량이 아니란다. 내 옆에 누가 있느냐에 따라 크기가 달라지는 법이지. 사람 수대로 똑같이 나누는 게 아니란다. 길도 마찬가지다. 누구에게 가는 길이든, 누군가에게서 오는 길이든, 그건 사람의 일이야. 길이란 오고 가는 것이지, 누가 손해 보고 누가 이익 보는지 따지는 게 아니다. 그러니 현우야, 길 중간에 멈춰 서서 거리를 재며 따지지 마라!"

아버지는 손을 들어 북쪽 바다 끝 무인도를 가리켰다. 아버지는 갑자기 한 단계 껑충 뛰어오르는 말로 어디론가 아들을 데려갔다. 그럴 때는 아버지 말을 찬찬히 두고두고 생각해야 한다.

"저 섬이 우리에겐 큰섬으로 가는 길잡이지. 길잡이를 여럿 두고 있으면 길을 잃을 염려가 없단다. 이럴 땐 꼭 이래야 하고, 저럴 땐 꼭 저래야 하는 만고불변의 법이란 없다. 형편에 따라 사는 거지. 그러니 현우야, 길을 막지도 말고 끊지도 마라. 그저 오고 가기 좋게 닦아만 두렴."

"예."

할 수 없이 고개를 끄덕였지만, 그때는 무얼 어떻게 하라는 뜻인지 알아듣지 못했다. 미숙의 일인가, 은혜의 일인가. 어디에서부터 내가 길을 잃고 헤맸는가.

아버지가 말한 길은 단순한 물리적 거리가 아니었다. 그것은 관계였고 기독교식으로 말하면 사랑이었다.

'어쩌면 나는 사랑할 줄을 모르는 사람이었나. 한 번이라도 누군가에게 온전한 마음을 준 적이 있던가. 거리를 조절할 줄 몰라 아예 회피하며 살아온 건 아니었나.'

아버지가 바다에 나가면 현우는 혼자였다. 아버지가 차려 놓은 점심을 먹고, 베개를 끌어안고 누워 잠이 들었다가, 마당을 가득 채운 햇빛 너머로 바다를 바라보며 하루를 보냈다. 어린 현우에게 고립은 슬픔이 아니라, 그저 당연히 받아들여야 할 삶의 배경이었다.

현우가 아버지의 말을 되짚는 동안 할머니도 똑같이 아버지를 떠올린 모양이었다. 할머니는 불쑥 아버지 얘기를 꺼냈다.

"내가 네 아버지 얘기를 해 주마."

오랫동안 닫혀 있던 과거의 문이 슬쩍 열리는 듯했다. 할아버지 할머니는 어디에 살았는지, 등대섬에는 언제부터 살게 되었는지, 현우가 어려서부터 수없이 물었지만 아버지는 단 한 번도 입을 열지 않았다. 대신 부르르 몸을 떨며 붉게 충혈된 눈을 깜빡이고는 바다를 훑어보았다. 그 눈에는 과거로 이어진 깊은 동굴이 들어 있었다.

"알 것 없다. 다시 돌아볼 일도, 돌아갈 일도 없으니. 세상 살아가다 보면, 아는 것보다 모르는 게 나을 때도 있단다."

아버지의 눈빛을 떠올릴 때마다 그는 분명 무언가로부터 달아나고 있다는 느낌을 받았다. 아무리 멀리 달아나도 결코 벗어날 수 없는 과거를 아버지는 평생 등에 짊어진 채 살았다. 등대섬 주민치고 말 못할 사연 하나쯤 품지 않은 이는 없었다.

"어느 날, 스무 살도 안 된 새파란 젊은이가 큰섬에서 배를 타고 들어왔지. 눈이 벌겋게 충혈돼서…. 그게 네 아버지였다. 섬사람들은 죄 짓고 도망쳐 온 놈 같다며 내치자고 했지만, 내가 받아들이자고 했어! 그전까지는 주로 내가 사람들을 못 받아들였거든. 그런데 그 젊은이 눈 속 깊은 곳에 절망과 두려움이 들어 있더구나. 처음 이 섬에 들어왔을 때 내 모습도 그랬겠지."

할머니가 받아들여 주어서 아버지는 등대섬에 자리를 잡았다. 늦깎이로 큰섬 처녀와 결혼한 후 나이 마흔에 현우를 낳았다.

"아버지에게 무슨 일이 있었대요?"

"모르지. 네 아버지는 누구에게도 말 안 했을 거다. 한 마디도…. 나도 모른다. 다만 그 눈빛만 기억해. 네 아버지는 아무에게도 얘기할 기회가 없었을 거야. 그 사연은 네 아버지와 함께 무덤에 묻혔지. 나역시 내 사연을 가슴에 품고 죽을 테지만."

등대섬 사람들은 서로의 과거를 묻지 않는다. 언제, 왜, 어떻게 이 섬에 들어왔는지 아무도 캐묻지 않는다. 사람이 사는 곳의 끝자락을 찾아든 이들에게 단 하나의 공통점이 있다면, 아무도 과거의 삶을 끌고 오지 않는다는 것. 그들은 자기 몸 안에서 시간의 끝과 공간의 끝을 지켜보며 산다. 어쩌면 살아서 죽음 이후의 삶을 사는 일인지도 몰랐다. 이미 한 번 세상을 건너온 이들, 살아서 죽음을 통과한 사람들이었다.

그때 아버지의 말이 떠올랐다.

"여기 등대섬에서는 교회가 할 일이 없지…."

그제야 현우는 그 말의 뜻을 알 것 같았다.

두려움과 믿음이 동전의 양면이라는 말이 있다. 기독교가 죽음 이후의 좋은 세상을 보장해 주는 종교라면, 등대섬 사람들에게는 정말 아무 의미 없는 종교였을 것이다. 살아서 이미 죽음을 겪고 건너온 사람들에게 또 한 번의 죽음이 무슨 큰 두려움이 되겠는가. 내려놓고, 벗어 놓고, 훌쩍 뛰어넘어 온 그 과거로 다시 끌고 가는 종교라면, 돌아보고 싶지 않은 악몽을 끝없이 눈앞에 되살리는 고문일 뿐이었으리라.

현우는 문득 생각했다. 아버지의 마지막 밤을 곁에서 지켰더라면 가슴속에 묻어 놓고 살았던 말을 털어놓았을까.

그는 고개를 저었다. 마지막 숨을 거둘 때 털어놓으려고 꽁꽁 싸매 가슴 시렁에 매달아 놓았을 아버지가 아니었다. 입 밖에 낸다고 사라질 일이 아니니 그럴 수밖에…. 아픔과 고통, 회한과 원망은 도려낼 수 없이 스며들어 살이 되고 뼈가 되고, 매일 들이쉬고 내쉬는 숨이 되었을 것이다.

덜어낼 수 없으니 한 몸 안에 품고 살 수밖에. 인생의 어느 한 부분도 도려낼 수 없듯, 기억과 고통 역시 몸속에 함께 끓이며 살아가야 한다. 결국 사람이 할 수 있는 일이란, 그 아픔이 자기 한 몸 안에만 머물기를, 타인에게 번져가지 않기를 바라는 것뿐이다.

'아아!'

현우는 속으로 깊은 숨을 내쉬었다. 등대교회 목사로 지낼 때 마을 어른들의 아픔을 정말 함께 짊어졌던가. 한 사람의 몸속에 감춰진 아픔을 함께하려면 몸의 경계를 뚫고 들어가 살과 뼈로 엉겨 붙어야 가능한 일이었다. 피와 살로 맞닿지 않고서는, 결코 타인의 고통에 닿을 수 없다. 그제야 자신이 왜 등대교회 목사로서 실패했는지 분명하게 알 수 있게 됐다.

'아버지는 그 마지막 밤에 내가 옆에 있었어도, 입을 열지 않으셨겠지. 한평생 그 모든 걸 몸속에 가둬 놓고 살았는데, 아들에게 그 살과 뼈의 고통에 잇대거나 나눠 짊어지라고 말씀하실 분이 아니었지.'

할머니가 옛일을 들려준 것보다, 아버지 역시 저 바다를 건너온 사람이었다는 사실을 다시 깨달은 일이 훨씬 더 의미 있었다.

"할머니, 감사드려요. 이제야 아버지가 입으로 말하지 않았던 일을 어렴풋이 느끼게 되네요."

"그래, 너는 참 착한 아들이었지! 네 아버지가 늘 자랑스러워했어."

아버지의 이야기와 미숙의 남편으로 사는 일이 어떻게 이어지는지, 그때는 다 알지 못했다. 할머니가 말하지 않은 내용이 무엇인지도. 철학이라고 이름을 붙이든 사람 살아가는 일이라 이해하든, 그것은 사람이 사람으로, 몸으로만 관계를 맺지 말고 육체가, 살이 하나로 한 뼈에 엉겨 붙어 살라는 뜻이었다. 이해하고 공감하는 수준을 넘어 하나로 떨고 하나로 같이 아파하며 삶을 지탱하라는 얘기였다. 등대교회 목사로 지낼 때 놓쳤던 부분, 미숙에게 남자가 돼 줄 수 있는 유일한 사람으로 살라는 말. 아버지나 할머니는, 그 일을 오래전부터 '관계'라고 불렀다는 생각이 들었다.

뚜뚜뚜뚜ㅡ

'그동안 나는 전화기만 달아 놓고, 선을 연결하지 않았구나! 신호가 연결되지 않는다는 단절의 소리만 들으며 살았구나. 세상을 내 중심으로 그리면서….'

아버지도 황씨 할머니도 같은 말을 했다는 것을 깨달았다. 길이든 관계든 서로에게 닿는 선을 연결하라는 얘기였다.

현우는 등대섬에서, 세상과 뚝 떨어져 있는 외딴섬에서 더불어 세상을 살아가는 법을 뒤늦게 몸으로 배우고 있었다.

몇 해 사이 현우도 제법 농사꾼의 틀이 몸에 배었다. 일이 익숙해지니 논밭에 엎드려 하루 종일 혼자 일할 줄도 알았다.

가을걷이를 마치고 집에 돌아온 저녁이었다. 그날 미숙은 집안일이 밀렸다며 밭에 나오지 않았다. 현우는 외발수레에 실은 콩과 팥을 내려놓고, 목에 걸고 있던 수건으로 온몸을 탁탁 털어냈다. 마루에 털썩 걸터앉아 잠시 마당을 바라보다가 기둥 옆으로 옮겨 몸을 기댔다. 어딘가 몸을 기대면 쌀쌀한 한기와 점점 어둑어둑 가라앉는 시간도 견딜 만해진다.

손으로 마루를 쓰다듬다가, 문득 아버지와 나눴던 대화가 생각났다. 사람은 아무래도 기억과 함께 살아갈 수밖에 없었다.

중학교 여름방학 때였다.

"식구도 얼마 안 되는데, 왜 마루를 놓으셨어요?"

등대섬에 살면서 큰섬이나 육지에서 목재를 들여와 마루를 놓는다는 건 보통 일이 아니었다. 말없이 마루를 몇 번 훑어보던 아버지는 낮게 가라앉은 목소리로 입을 열었다.

"이쪽 끝에서 저쪽 끝까지 아들딸이 죽 걸터앉는 날이 올 줄 알았지…. 빨랫줄에 제비가 주르르 모여 앉아 지지배배 지저귀듯 말이다."

현우는 더 묻지 못했다. 참나무처럼 꿋꿋하던 아버지의 등 뒤에 커다란 동굴이 입을 벌리고 있었다. 아버지 옆에는 중학생 외아들 하나뿐. 그마저 공부한다고 육지에 나가면 아버지는 큰 마루에 혼자 덩그러니 앉아 아무도 없는 빈방을 들여다보고 열 명도 넘게 걸터앉을 수 있는 마루를 맥없이 쓰다듬었을 것이다.

아버지를 생각하면서 마루를 손으로 쓰다듬고 있으니 가슴이 먹먹했다.

날이 점점 어두워질수록 혼자 있는 사람은 더욱 외로워진다. 따뜻한 불빛이 그립고, 밥상에 둘러앉은 식구들이 그립고, 모락모락 김 오르는 냄새가 그립다.

'아버지 혼자 앉아 저녁 하늘을 말없이 바라보실 때….'

이제 그 집 마루에는 아버지 대신 현우 혼자 앉아 있다.

마당 어딘가에서 귀뚜라미가 울었다. 곧 사라질 생을 예감하는 듯, 처절하게 울어 젖혔다. 그건 한 생명이 다른 생명에게 전하는 말이었다. 알아듣는 사람은 알아듣고, 못 알아들어도 어쩔 수 없다. 어쩌면 어느 늦가을 저녁, 아버지도 마루에 앉아 귀뚜라미 우는 소리를 들으며 같은 생각을 했을 것이다.

＊

마루 저쪽 끝에 놓인 두툼한 서류 봉투가 눈에 띄었다. 누런 봉투 위에 희끗한 딱지가 큼직하게 붙어 있었다. 저녁 무렵, 배편으로 큰섬 우체부가 배달한 우편물이었다.

'Grace Park'

영어로 적힌 이름이 눈에 들어왔다. 그녀의 필체를 현우는 또렷이 기억했다. 'G'의 머리는 우스울 만큼 크고 동그랗게, 'k'의 꼬리 위에 다른 글자를 몇 개나 더 써넣어도 될 만큼 길게 빼는 글씨. 봉투를 열기 전부터 가슴이 울렁거렸다. 다시는 만날 수 없을 줄 알았던 그녀가 마당을 기웃거리며 들어오는 것 같았다. 서두르지 않고 손으로 몇 번이나 봉투를 천천히 어루만졌다. 그녀의 숨소리 말소리 옅은 화장 냄새까지 고스란히 되살아났다.

방으로 들어가 낮은 책상 앞에 앉았다. 봉투 안에는 두 통의 편지가 들어 있었다. 은혜는 메모 하나에도 먼저 날짜를 기록하는 습관이 있었다. 하나는 6년 전, 다른 하나는 불과 한 달 전 날짜였다. 헤어진 지 18년. 군대 다녀와 3학년 복학한 해 가을에 헤어졌으니 참 긴 시간이 흘렀다. 어느 편지부터 읽어야 할지 망설여졌다.

현우는 편지를 내려놓았다. 그럭저럭 자리 잡은 등대섬에서의 삶이 이 편지 몇 장에 통째로 흔들릴까 두려웠다. 습관처럼 벽에 기대앉았다. 마지막 날 건널목 앞에 망연히 서 있던 그녀. 버스 창밖으로 내다보았을 때, 눈이 마주치지 않은 것이 운명이었을까.

"아빠!"

은지가 문을 열고 얼굴을 디밀었다.

"아빠 뭐 해요? 몇 번이나 불렀는데…. 엄마가 저녁 드시래요."

"별 생각 없는데…."

"빨리요. 엄마가 닭볶음탕 했단 말이에요."

현우는 은지의 손을 잡고 미숙의 집으로 향했다. 은지도 어느새 내후년이면 큰섬 초등학교에 보내야 할 만큼 훌쩍 커 있었다.

방 안에는 이미 동네 어른들이 밥상 앞에 둘러앉아 있었다. 날이 으스스해진 뒤로는 마당 평상 대신 방에서 식사를 했다. 미숙은 불평 한마디 없이 노인들의 식사 수발을 도맡아 왔다. 그날도 미숙은 토종닭 대여섯 마리를 잡아 상을 차렸다. 누런 기름이 뜬 국물에 밥을 말아 살코기를 소금에 찍어 먹으며 어른들은 호강한다며 웃었다.

"현우, 아까 우체부가 집에 들르던데. 뭐 편지 왔어?"

미숙이 툭 던지듯 물었다.

"못 봤는데."

현우는 거짓말을 했다.

"마루 끝에 있을 거야."

미숙은 이미 그 봉투를 손바닥에 올려놓고 추썩추썩 무게를 재 보았을 것이다. 낯선 이름을 보며 그녀가 느꼈을 직감을 현우는 외면했다. 그는 맵지 않은 살코기를 떼어 은지 입에 넣어 주었다. 아이는 맵다며 손으로 부채질을 했고 미숙은 물 컵을 내밀었다. 그 틈을 타 현우가 일어났다.

"먼저 가 볼게요. 천천히들 드세요."

집으로 돌아오는 길, 눈 감고도 다닐 길인데 왠지 발이 더듬거렸다. 머릿속에는 온통 은혜 생각뿐이었다. 그녀는 현우가 가볼 수도 없는 나라 미국, 하늘 저쪽보다 더 먼 곳에 있었다.

첫 번째 편지가 훨씬 더 길었다. 현우는 그 편지부터 읽었다.

"현우야, 너를 찾아 등대섬까지 찾아갔었어. 하지만 너는 이미 섬을 떠난 뒤였지. 너를 잘 안다는 여자분이 말해 주더구나. 그분과 어린 아들 모습이 지금도 내 눈에 선해."

현우가 섬을 떠난 뒤, 은혜가 등대섬으로 찾아와 미숙과 다니엘을 만났다는 내용이었다. 그동안 왜 미숙은 단 한마디도 그 얘기를 꺼내지 않았을까. 묻지 않아도 알 것 같았다. 헛걸음을 했던 은혜도 안타깝지만, 이제까지 굳게 입을 닫은 미숙도 애처로웠다.

"지금은 네가 섬으로 돌아와 살고 있을 줄 믿어. 너는 섬을 떠나서는 살 수 없는 사람이었으니까. 네 눈은 항상 먼 바닷가를 더듬었고, 네 숨소리에는 바닷바람이 섞여 있었어. 그런 네가 섬을 떠났다는 말을 듣고 너무 가슴 아팠어. 오죽했으면 떠났을까? 어디 갈 데도 없는 사람이…."

은혜다웠다. 보지 않고도 섬을 떠날 수밖에 없었던 그의 마음을 헤아리고 있었다.

"내 눈길을 받고서도 고개를 돌린 채 끝내 섬만 생각하던 너…. 모래 위로 잘못 떠밀려 올라온 물고기처럼, 서울에서 너는 아프게 퍼덕이며 지냈어. 나는 너를 바다로 돌려보낼 수밖에 없었어. 등대섬이 너에게는 돌아가야 할 바다였으니까."

카페에 앉아 그녀의 얘기 소리를 듣는 것처럼, 편지는 조용조용 말을 건넸다.

"은혜야!"

현우는 이미 멀리 떠난 이름을 조용히 불러 보았다. '내 눈길을 받고서도' 그 한 줄을 몇 번이고 다시 읽었다. 수백 마디 말보다 절절했다. 눈길로 말을 건네는 여자와, 알아들으면서도 못 들은 척 고개를 돌려야 했던 청년. 왜 그때는 대놓고 말하지 못했던가.

"나는 너를 등대섬으로 끌고 갈 수 없어. 나도 그곳을 벗어나 여기 서울에 머무를 수 없는 사람이야."

그 말을 입 밖에 내지 못했던 이유가 무엇일까. 현우도 흔들렸기 때문이었을까.

"네가 그 여자분의 남자가 아니라는 것, 그 아이의 아버지가 아니라는 걸 나는 단번에 알았어. 그들의 표정만 보고도 알 수 있었거든. 그런데 현우야, 사람 마음은 어디서나 다르지 않아. 섬에서도 너에게 상처받는 사람이 있다면, 그래서 슬픈 사람이 있다면…. 이제는 네가 그 마음까지 헤아릴 수 있는 사람이 되어 있겠지?"

은혜가 6년이나 편지를 부치지 못한 이유를 알 것 같았다. 그녀는 상처 위에 딱지가 앉아 저절로 떨어지기를 기다리다가 이제 겨우 편지를 부쳤을 것이다.

"내 몸에서 떨어져 나간 아기는 자꾸 나에게 물어. 엄마는 정말 중

222

요한 게 뭔지 몰랐느냐고. 내가 너를 꼭 붙잡고 등대섬이든 어디든 함께 갔어야 했던 걸까. 그랬다면, 우리 삶은 달라졌을까?"

온몸에 전기가 흐르듯 저릿했다. 등대섬은 두 사람을 잇는 기억의 끈인 동시에 결코 건널 수 없는 깊고 넓은 강이었다.

현우는 등을 벽에 기댔다. 기댈 곳이 있다는 것이 큰 위안이 되는 순간이었다.

'등대섬이 나에게 그런 곳이었다는 걸, 너는 이미 알고 있었구나.'

그래서 아기를 지우고, 미국으로 떠난 걸까. 건너갈 수 없는 서로의 '저쪽'이었기에, 서로에게 기대어 버틸 벽이 되어 줄 수 없음을 그녀는 그때 이미 알고 있었던 것이다.

두 번째 편지는 훨씬 안정된 글씨였다. 마음의 변화가 묻어나는 문장이 이어졌다.

"네가 했던 말을 아직도 기억해. '기독교는 예수의 가르침이 이르게 될 필연은 아니었다.' 그 말을 듣고 처음엔 단지 멋지다고 생각했지만, 점점 내게 큰 울림이 되었어. 아버지가 물려주려던 길도, 더는 덤덤하게 받아들일 수 없게 됐어. 아버지는 세상이 무너진 듯 슬퍼하셨지만⋯."

현우도 기억했다. 당돌하게도 그때 자신조차 감당할 수 없는 말들을 은혜에게 쏟아 놓았었다.

'기독교는 예수의 가르침을 저수지에 가둬 놓고, 흘러내리지 못하게 막았다. 물은 아래로 흘러야 하는데, 언제까지 가둘 수 있겠는가.'

그 고백은 은혜의 삶에 지울 수 없는 파문을 남겼고, 그로 인해 큰 변화를 겪은 것처럼 느껴졌다.

"지금 너는 더 이상 목사가 아닐 거야. 저수지 안에서 헤엄치는 사람이 아니라, 이미 다른 흐름 속에 들어섰을 테지. 등대섬 현우는 섬을 지켜보다 섬이 되었겠지. 등대를 바라보다 등대가 되었겠지.

나는 내 길을 가고 있어. 가끔 너를 생각하지만, 더는 묻지 않을게. 우리 둘 다, 이제는 각자의 길을 걷고 있잖아!"

그녀는 더 이상 미련을 보이지도, 엇갈린 운명을 아쉬워하지도 않았다. 이미 자기 존재의 중심, 있어야 할 자리로 돌아가 있었다.

"이제 끝이야, 현우! 돌아갈 수 없는 길이야. 시간과 공간, 그때의 모든 순간들이 아직도 내 마음 어딘가에 겹쳐 남아 있지만… 이제는 그냥 거기 두기로 해. 찾아갈 일이 아니라 흘려보내야겠지."

현우는 마당에 나와 섰다. 어려서부터 드나들던 마당인데, 그날따라 처음 보는 곳처럼 낯설었다. 그가 마음속에 그어 놓고 살았던 어떤 선(線), 마침내 그 경계를 이제 확실하게 넘었다는 것을 알았다. 하늘 너머 어둠 속 어딘가에서 은혜도 그런 마음으로 편지를 썼을 것이다.

뚜뚜뚜 ― 뚝.

마지막 뚝 소리와 함께 모든 신호가 끊어졌다. 연결할 수 없다는 신호마저도. 은혜에게는 더 이상 가슴으로도 전화를 걸 수 없는 사이가 됐다. 결코 다시는 연결할 수 없는 혼자의 기억으로 남게 되었다.

작은 항아리

어른들이 점점 나이 들어가면서 교회 건물에 모여 마을 일을 상의하
던 일도 뜸해졌다. 대신 황씨 할머니 댁 느티나무 아래나 남 집사의
집이 회의장소가 되었다.

미숙이 식사를 책임지는 어른들 숫자가 늘어난 뒤로는 주로 그녀의
집으로 모였다. 어느덧 어른들과 미숙이 마을 운영의 주체가 됐고, 현
우는 큰섬이나 육지로 심부름을 다니거나 무거운 짐을 나르는 역할을
맡았다.

현우는 십자가를 등 뒤로 하고 강대상 앞에 서서 목사로 설교할 때
보다 훨씬 더 가슴이 부드러워졌다. 누군가를 설득하고 반응을 이끌
어 내야 한다는 부담이 사라졌기 때문이다.

"잠은 각자 자기 집에서 자는 게 옳지!"

어른들이 공동 식사를 하듯, 몇 군데 모여 함께 지내면 어떻겠냐고
현우가 제안했을 때 거의 모든 어른이 고개를 저었다.

"나는 잠꼬대가 심해서 말이야. 예전에 영감도 자다가 깜짝깜짝 놀라 깨곤 했어. 그냥 각자 집에서 자는 게 좋아. 아침에 밥 먹으러 안 오면 죽었나 살았나 들여다나 봐 주고."

미숙이 눈짓으로 어른들 의견을 따르라는 신호를 보냈다.

"그게 편하시면 그렇게 하고요."

동혁의 요양병원 계획을 떠올리고 현우가 낸 의견이었는데, 어른들 생각은 전혀 달랐다. 모임이 끝난 뒤, 미숙이 조용히 그에게 귀띔했다.

"잠꼬대… 그거, 그냥 하신 말씀 아니야."

현우가 의아한 표정을 짓자 그녀가 차근차근 설명했다.

"어른들은 두 사람 몫을 사시는 거야. 등대섬에서 지금을 살고, 쫓기고 몰리고 물어뜯겼던 옛날 속에서도 살고 계신 거라고. 잊으라 한들 잊히겠어? 밤마다 꿈속에서 당하는데. 그걸 누구에게 들키고 싶지 않으신 거야. 그 무서운 고통을 현실로 끌고 오고 싶지 않으신 거지. 나도 그래, 밤마다."

현우의 표정이 굳었다.

"자책하지 마! 그건 네 잘못 아니야!"

"나는 동혁이 형이 했던 말, '혼자 죽는 게 얼마나 두려운지 아느냐'던 그 말이 자꾸 생각나서…."

"나도 알아. 하지만 살던 대로 각자 살다가 돌아가시게 하는 게 더 좋을 것 같아."

단호한 말투였지만, 그 안에는 오랜 세월을 통과한 사람의 부드러움이 깃들어 있었다. 그것은 현우가 책에서 배운 신학보다 훨씬 깊은,

몸으로 겪어낸 생의 공부였다. 꿈속으로 불쑥불쑥 찾아드는 기억을 어찌 막을 수 있단 말인가? 기억에 쫓기며 살아야 하는 하루의 절반. 현우만 미처 몰랐던 등대섬의 밤이었다.

등대섬은 와르르 무너지는 곳이 아니었다. 소리 없이 소멸하는 장소였다. 마을 어른들이 하나둘 세상을 뜨고, 빈집이 늘자 저녁에 불 꺼진 집이 절반을 넘겼다. 사람이 살지 않으면 집은 금방 허물어진다. 쥐가 들끓고, 멀쩡하던 벽이 뚝뚝 떨어져 나가고, 돌담도 이유 없이 주저앉았다.

현우가 나선다고 막을 수 있는 일이 아니었다. 가늘어지는 팔다리를 보며 자신의 끝을 예감하는 어른들처럼, 마을을 한 바퀴 돌 때마다 현우는 코끝이 시큰했다.

저마다 다른 사연을 안고 섬에 들어와 살던 어른들은 이미 마지막 날을 담담하게 기다리고 있었다. 찾아서 온 게 아니라, 피해 흘러들어 온 사람들. 등대섬은 그들에게 피난처가 될 수 있었지만, 아픔을 풀어놓고 서로 위로할 수 있는 곳은 아니었다.

'사연을 묻지 않고, 털어놓지 않는다.'

그것은 문서로 적힌 규약은 아니었지만, 등대섬 사람들이 마음속으로 합의한 약속이었다. 이미 상흔(傷痕)이 된 고통을 다시 파헤칠 필요는 없었다.

등대섬에는 그 상처를 수습하고 지울 만한 힘이 없었다. 고통을 안고 살던 어른들이 한 명씩 사라질 때마다 등대섬은 그만큼씩 무너져 내렸다.

현우는 가끔 안방 벽에 기대앉아 어릴 적을 생각했다. 아버지도 벽에 기대앉는 것을 좋아했다. 아버지 역시 세상 어딘가 기댈 곳을 찾으며 살았던 걸 이제야 알 것 같았다.

어머니가 일찍 세상을 떠난 뒤, 혼자 아들을 키운 아버지는 벽에 등을 대고 버텼을 것이다. 지금 현우처럼….

"아버지, 어머니는 언제 오세요?"

"아직 멀었나 보다."

종일 마루에 앉아 바다를 내다보다가, 막 집에 들어서는 아버지에게 묻곤 했다. 그때만 해도 언젠가 어머니가 집으로 돌아올 거라 막연하게 믿고 현우는 그날을 기다렸다.

어느 날 밤, 이상한 기운에 잠에서 깼다. 자는 척 숨을 죽였다. 아버지가 조용히 몸을 떨며 울고 있었다. 현우를 끌어안은 채, 한 손으로 아들 머리칼을 쓰다듬으며 아버지는 홀로 밤을 견뎠다. 늘 좁다고 생각했던 방이 그 밤에는 너무 넓고 허전했다. 방 안으로 밀려들어 오는 파도 소리가 아버지를 괴롭히고 있었다.

현우는 슬그머니 아버지 가슴에 손을 넣었다. 따뜻했다. 손가락을 꼼지락거리며 그 온기를 더듬었더니 마음이 금세 편안해졌다. 아버지가 으스러지게 아들을 껴안았다.

"자라, 더 자라. 내가 재워 주마."

아버지는 낮은 목소리로 노래를 부르며 등을 다독였다.

"다 못 찬 굴 바구니 머리에 이고, 엄마는 모랫길을 달려옵니다."

한 번도 본 적 없는 어머니는 허둥지둥 집으로 달려오고 있었다. 모래 위에 깊게 파인 어머니 발자국을 파도가 쓱 밀려와 지워 버릴 때면 현우는 꿈속에서도 아쉽고 안타까웠다.

등을 벽에 기대고 앉아 있으면 마치 아버지가 아랫목에 누워 있는 것 같다. 아버지 숨소리는 현우를 등대섬에 붙잡아 두는 방패연 줄이었다. 바람을 타고 하늘을 날던 연은 줄을 당기면 어김없이 섬으로 내려와 벽에 기대앉았다. 현우는 한참 그렇게 앉아 있다가 지게를 지고 밭으로 올라갔다.

사람들이 사라진 곳을 여전히 마을이라고 부를 수 있을까. 집과 논밭이 그대로 있고, 샘물이 도랑을 따라 바다로 흘러가더라도 사람 없는 마을은 존재할 수 없다.

갈매기가 나무 위에 날개를 접고, 해풍쑥이 파랗게 자란다 해도, 사람이 남지 않은 섬은 그저 풍경일 뿐이다. 소멸해 가는 섬의 운명은 현우가 어찌할 수 없었다. 결과를 미리 안다고 해도 뾰족한 수가 있는 건 아니었다.

어느 날, 현우는 미숙을 찾아갔다.

"잘 왔네. 곧 저녁 준비해야 하는데."

"잠깐, 할 얘기가 있어서…."

미숙은 곁에 와 앉으며 눈을 반짝였다. 현우는 괜히 미안함에 시선을 피했다. 그녀가 무슨 말을 기다리는지 알기 때문이었다.

"어른들이 한 분 두 분 세상을 뜨는데… 그냥 보내드리지 말고 가시는 길을 좀 보듬어 드리면 어떨까 해서."

"목사님 노릇을 다시 하겠다는 건 아니지?"

"그건 아니고. 가슴에 맺힌 고통이라도 좀 내려놓고 가셨으면 해서."

미숙은 선뜻 대답하지 않고 부엌 안팎을 바쁘게 오갔다. 현우는 그녀의 뒤를 따라다니며 말을 이었다. 쌀을 석석 씻고, 삶은 보리와 쌀을 솥에 안치며 그녀는 현우의 얘기에 귀를 기울였다.

"어려울 일 없네! 그냥 그렇게 하면 되겠네. 그게 우리 두 사람이 끝까지 남아서 할 일이지."

미숙은 명쾌했다. 해풍쑥을 기르며 섬 살림을 책임지던 때처럼 여전히 씩씩했다.

두 사람은 이제 어른들의 임종을 지키는 역할까지 나누어 맡기로 했다. 단순히 흙에 묻는 것이 아니라, 상처를 다독여 보내드리는 일이었다.

지난 몇 해 동안 어른들의 죽음을 지켜보며 현우는 종종 서울의 부목사 시절을 떠올렸다. 그때는 차라리 마음이 편했다. 임종기도를 할 때마다 '하느님이 영혼을 받아 편히 쉬게 할' 것이라고 별다른 고민 없이도 말할 수 있었고, 유족들도 그 위로를 의심치 않았다. 등대섬에서도 그럴 수 있다면 얼마나 좋을까. 숨을 거두는 어른들에게 어디로 가야 할지 목적지가 있는 여객선 표 한 장 쥐어드릴 수 있다면. 갈 곳이 있다는 확신은 이 섬 어른들에게 무엇보다 커다란 축복일 것이었다.

'그렇게라도 해야 하는 걸까?'

목사였다는 사실이 여전히 내려놓을 수 없는 무거운 짐이었다.

늘 씩씩하고 단정해 좀처럼 허물어질 것 같지 않던 황씨 할머니도 세상을 떠날 때가 가까워 보였다. 할머니 본인도, 마을 어른들도, 미숙과 현우도 그날이 멀지 않았다는 것을 느꼈다. 한 번도 쓰러진 적 없는 사람처럼 90년 넘는 세월을 견디며 살았던 분이 이제는 꼭 붙잡고 있던 생의 끈을 놓으려는 모양이었다.

마지막 열흘 동안 현우와 미숙이 번갈아 할머니를 간호했다. 할머니가 방 안을 둘레둘레 둘러보며 여기가 어디인지 가늠하려 애쓰는 모습이 안타까웠다. 어떤 날은 정신이 초롱초롱했지만, 대개는 한 시간도 못 버틸 것처럼 축 늘어졌다.

현우 혼자 황씨 할머니 곁을 지킬 때였다. 둘둘 만 이불에 등을 기대고 비스듬히 누워 할머니는 숨을 고르고 있었다. 그날은 눈동자가 평소보다 또렷했고, 그를 부르는 목소리도 밝았다.

"현우야!"

어느 시공간을 헤매다가 돌아와 모든 것을 정리한 음성이었다.

"나도… 이름이 있어! 현숙이…. 동무들이 다 내 이름 부러워했어. 촌스럽지 않다고."

"예, 할머니. 이제 황현숙 할머니라고 부를게요."

할머니는 그 이름을 몇 번이고 되뇌다 눈을 끔벅거리더니 이내 눈물을 흘렸다. 아흔의 노인이 임종을 앞두고 자기 이름을 꺼낸 것은 깊이 묻어둔 그날 밤으로 돌아가려는 신호였다.

"보름달이 훤하게 밝은 밤이었어!"

할머니는 부르르 몸을 떨었다. 감은 눈꺼풀이 파르르 떨리고, 허공을 향해 무엇을 움켜쥐려는 듯 손을 허우적거렸다.

"개들이 미친 듯 컹컹 짖더니…."

할머니는 개 짖는 소리를 따라 이미 그 밤으로 돌아가 있었다. 6·25 전쟁이 끝나갈 무렵, 지리산 자락의 마을이었다. 군인들과 마을 장정들이 몰려와 현숙을 다그쳤다. 앞장선 사람은 여고 시절부터 그녀를 끈질기게 따라다니던 남자였다.

"황현숙, 네 빨갱이 남편 어디 숨겼어?"

군홧발로 안방과 윗방, 건넌방을 짓밟고, 시아버지가 기거하던 사랑방까지 샅샅이 뒤졌다. 자다 끌려 나온 시어머니는 마당에 꿇어 엎드린 채 말도 못 하고 벌벌 떨었다. 군인은 정말로 방아쇠를 당길 듯 시어머니의 머리에 총구를 겨누었다.

"바른대로 대! 안 그러면 이 늙은이부터 없애버리겠다!"

현숙은 눈앞이 캄캄했다. 이웃끼리 서로를 고발하고 쏘아 죽이는 광기가 마을을 뒤덮을 때였으니 시어머니 생명이 위태로웠다. 실제로 그렇게 생명을 잃은 사람들 소문이 수없이 떠돌던 때였다. 현숙은 다급하게 입을 열었다.

"저기… 뒷산 참나무 뒤, 방공호에…."

며느리의 말이 채 끝나기도 전에 시어머니가 비명을 질렀다.

"이년아! 차라리 내가 죽어야지, 어찌…."

그 밤, 숨어 지내던 남편과 시아버지가 포승줄에 묶여 끌려갔다. 누군가 그들을 빨갱이라 몰았으니 변명은 소용이 없었다. 그 꼬리표는 한번 붙으면 떼어 낼 수 없었다. 젊은 시절 그녀를 끈질기게 따라다니던 남자의 흉계인지, 남편을 시기하던 이웃의 짓인지 알 길이 없었다. 증오는 한번 불이 붙으면 꺼질 줄 몰랐다. 대부분 눈이 벌게진 남자들이 저지른 일이었다.

며칠 후, 현숙은 시신이 가득 찬 구덩이 속에서 두 사람을 찾아냈다. 시커먼 파리 떼가 들끓는 시신들 사이에서, 며느리는 밀어 올리고 시어머니는 끌어당기며 남편과 시아버지 시신을 꺼냈다. 시체 썩는 냄새조차 맡지 못할 만큼 정신이 나간 채로, 멀리 갈 힘이 없어 인근 평평한 땅을 골라 그들을 묻었다.

한 달 뒤, 시어머니는 집과 논밭을 헐값에 정리한 돈을 며느리 손에 쥐어 주며 떠나라고 했다.

"멀리 가서 팔자 고쳐 살라. 네 잘못 아니다."

하지만 갈 곳이 없었다. 시아버지와 남편을 고자질해서 잡아먹은 여자라고 소문이 돌고 있었다. 친정 오빠마저 누이를 매정하게 내쳤다. 어디에도 발붙일 데가 없던 현숙은 다시는 육지에 오르지 않겠다고 작정하고 등대섬으로 흘러들어 왔다. 남편의 기억을 쑥 빼내 버릴 수 없었기에, 결혼반지는 평생 끼고 살았다.

현숙은 섬에서 땅을 사들였다. 자식들을 따라 뭍으로 나가려던 노부부가 내놓은 땅을 모두 거저 넘겨받다시피 하며 터를 잡았다.

'내 땅이라고 생각하면 못 쓰지. 재산 불리려 산 것도 아니고….'

그녀는 땅이 필요한 사람이라면 누구나 집을 짓든, 밭을 일구든 마음껏 쓰도록 허락했다.

삼사십 명에 불과하던 주민 수는 금세 백 명 가까이로 늘어났다. '굶는 사람이 없는 섬'이라고 소문이 났다. 지리산 자락에서 모든 걸

잃었던 희생자가 약한 사람들만 모여 사는 등대섬에서 어느새 강자가 되었다. 그녀의 기세 때문에 등대섬 여자들 목소리가 남자보다 커졌다는 우스갯소리가 돌기도 했다.

그러는 사이 현숙에게는 섬에 들어올 사람을 고를 수 있는 힘이 생겼다. 처음 그녀가 섬에 들어올 때 아무도 사연을 묻지 않고 받아 주었던 것과 달리, 등대섬에 자리 잡은 현숙은 섬에 입주할 사람을 선택하거나 거부했다. 지리산에서 겪은 비극을 되풀이하지 않겠다는 생각 때문이었다.

한번 고집을 세우자 사람들은 그것을 당연한 일로 받아들였고 그녀의 말은 섬 안에서 점차 권위를 얻어 갔다. 그것이 땅의 힘인지, 그 시절에는 드물었던 여고 졸업 학력이나 말솜씨 때문인지 알 수 없었다.

어쩌면 현숙은 등대섬이 스스로를 지키기 위해 만든 면역체 같은 존재였을지 모른다. 거절당한 사람이 어깨를 늘어뜨린 채 큰섬으로 돌아가는 배를 탈 때, 그녀는 혼잣말을 했다.

"사실 내가 이러면 안 되지. 빨갱이 며느리, 빨갱이 마누라라고 손가락질받던 나를 묻지도 않고 받아준 섬인데. 내가 누굴 가로막으면 안 되는 건데. 하지만 어쩔 수 없어. 지금 세상에서는 그럴 수밖에 없어!"

이념이든 사상이든, 등대섬 사람들을 이리저리 나누고 갈라놓을 기미가 보이면 그녀는 앞장서서 막았다. 사람이 늘어나면 누군가는 반드시 섬을 흔들 것이라 믿었기 때문에 그녀는 스스로 그 역할을 맡았다. 이민수라는 젊은이가 섬에 들어오기 전까지는.

"현우야!"

정신을 차리고 보니 눈앞에 민수의 아들 현우가 앉아 있다. 그녀가 들려주는 지난날의 이야기를 듣고 있었다.

언젠가 그녀가 앓아누웠을 때, 젊은 민수가 지금의 현우처럼 그녀를 간호한 적이 있었다. 물수건을 적셔 이마를 짚어 주고 땀이 흐르면 얼굴과 목덜미를 닦아 주던 손길.

"내가 네 아버지를 아들로 삼고 싶었는데, 그만뒀다."

"왜 그만두셨어요?"

"네 아버지만 아끼고 사랑할까 봐. 이 섬에서는 그러면 안 되지."

현우의 얼굴을 보고 있으면, 민수가 겹쳐 보였다.

"네 아버지를 아들로 삼았으면, 현우 너는 내 손자가 됐을 텐데…."

"지금도 손자로 생각하시잖아요."

"그래, 손자지. 다니엘 은지는 증손주고… 미숙이는 손녀도 되고 손자며느리도 되고…. 네 아버지 말이다. 내가 큰섬댁을 앞세워서 색시 얻어준 거 애기했나?"

"예, 할머니."

정신을 추스르려고 해도 자꾸 주르르 흘러내렸다. 이러다가는 정신을 놓고 몸만 떠나든가 몸만 놓고 정신이 떠날까 봐 걱정이 됐다. 때로는 옛일과 지금 일이 섞이고, 슬쩍 현실 속으로 끼어든 과거가 떠날 줄 모르고 휘젓고 돌아다녔다.

"그집 김씨 아들 동혁이, 나쁜 마음만 먹고 그런 거 아니라더라. 섬 어른들 생각해서 그런 게 더 컸다고. 저희 아버지 어머니도 늙었승게."

"예, 저도 그렇게 알고 있어요."

"동혁이가 요양병원인가 뭔가 세운다 할 때, 큰섬교회 허락을 받았네 어쩌네 했잖아? 그때 내가 막았어, 절대 안 된다고."

"그때는 잘 몰랐지만, 나중에는 다 알았습니다."

"이 섬에 사는 모든 사람들 터전으로 삼으라고 내놓은 땅이었으니까. 네가 목사로 와서 교회 맡았을 때 내가 얼마나 기뻤는데…."

"죄송해요, 할머니. 제가 실망시켜 드려서…."

현숙은 입을 닫고 한참 동안 현우를 빤히 쳐다보았다.

"나는 걱정하지 않는다. 이렇게라도 살아온 게 얼마나 고마운지…. 민수 아들 현우가 내 옆에 앉아 있고, 네가 이 섬 늙은이들을 다 품는 걸 보닝께 '그 애비에 그 아들이구나' 싶더구나. 네 아버지가 입버릇처럼 했던 말이 있지. '이 섬에서 교회가 할 일은 없다'고. 속으로는 고얀 놈이라고 했는데, 맞는 말이야. 교회가 할 일이 없더라도 등대섬 젊은이 현우가 할 일을 찾았으니 말이야."

"예, 아버지가 그러셨어요."

"아들이 교회 목사로 돌아올 줄 알았으면 그런 말을 했을까?"

갑자기 숨이 가빠졌다. 그녀는 마지막 힘을 모아 흩어지는 정신을 끌어모았다. 남은 시간이 눈에 뜨이게 줄어들고 있었다.

"죽음이란 게…."

해주고 싶은 말이 많았다. 대학도 나오고, 등대교회 목사였고, 지금은 등대섬의 젊은 일꾼이 된 현우에게, 시간이 걸려야만 알 수 있는 말을 전해 주고 싶었다. 특히 죽음에 대해서는 더 그랬다. 아직 먼 일이라 여기는 사람과 한 시간 뒤일지 하루 뒤일지 모를 죽음을 눈앞에 둔 사람의 생각은 다를 수밖에 없었다.

"죽는다는 거, 별거 아니야. 생명이 죽음으로 바뀌는 일. 몸속에 생명으로 담겨 있다가 때가 되니 죽음이 된 거겠지. 내 몸뚱이 밖 어디로 생명은 홀쩍 떠나고, 몸에는 죽음만 남아 있겠어?"

총 맞은 남편과 시아버지 시신을 구덩이에서 끌어내 장사 지냈을 때부터 그렇게 믿어야만 세상을 버틸 수 있었다. 남겨둔 것이 있다고 생각하면 살아갈 수 없었다. 슬픔도 고통도 한도, 죽음으로 넘어가는 그 순간에는 모두 내려놓고 풀어놓는다고 여겼다. 살아 있든 죽었든 몸과 함께한다고 생각하며 다 내려놓았지만, 결혼반지 하나만은 손가락에서 뺄 수 없었다.

"애야, 손 좀 줘 봐!"

현우가 손을 내밀었다. 그의 손도 예전 민수의 손처럼 거칠거칠해져 있었다. 사람이 먹고사는 일이 어디서나 다르지 않다는 증거 같았다.

"내가 치매 안 걸려서 다행이야. 혼자 죽는 것보다 치매로 살다 죽는 게 나는 더 무서웠어. 근데, 치매면 세상 다 내려놓고, 평안할라나?"

현우는 한 마디도 놓치지 않으려는 듯 귀를 기울였다.

그녀는 숨을 고르며 말을 이었다.

"사람은 태어나면서 응애응애 첫 울음을 울면서 숨을 들이쉬고, 마지막 숨을 내쉬면서 죽는데… 치매에 걸려 정신인지 영혼인지, 그게 몸을 떠나 어딘가 먼 곳을 떠돈다면 얼마나 슬프겠냐."

치매가 병이라기보다, 삶의 한 부분이 뭉텅 잘라나가는 일처럼 느껴졌다.

"나는… 그렇게 허무하게 내 기억을 풀어놓을 수 없어. 제멋대로 날뛰게 풀어둘 수도 없고, 지리산 자락 아침 안개처럼 슬그머니 사라지게 놔둘 수 없어서 고삐를 꽉 잡고 살았어. 이제 네게 들려주고 갈 수 있어서 다행이다. 어떻게 할지는… 너 하기 나름이지.”

현우가 그녀의 손바닥을 쓸어 주며 말했다.

“할머니, 저는 정말 몰랐어요. 그 무거운 짐을 혼자 다 지고 계신 줄은…. 할머니 이름, 제가 꼭 기억할게요.”

등대섬 어른들은 자기 살아온 삶의 굴곡을 좀처럼 풀어놓지 않았다. 그저 쭈글쭈글 늙고 햇볕에 까맣게 탄 평범한 노인들로 보였으나, 그들 속에는 한 세상이 들어 있었다. 웅크린 채 숨어 있는 또 다른 어른이 몸속에 들어 있었다.

‘할머니 한 분만 그런 것이 아니겠지….’

어디에서 어떻게 살았든, 섬에 들어온 이후로는 모두 등대섬 사람으로 살았다. 등대섬 사람이란 무엇일까. 모두 내려놓고 떠나왔으면서도, 하나도 잊지 못하고 가슴속에 묻고 살아온 어른들이었다.

황현숙 할머니는 이름처럼 현명하고 맑았고, 단정하고 우아한 모습을 끝내 잃지 않은 분이다. 끔찍한 기억을 잊지도, 놓아 버리지도 않은 채 삶의 깊은 곳에 간직하고 살아온 어른이었다.

자신의 아픔이 깊었으니 다른 사람의 허물을 덮어줄 수 있었고, 감추고 사는 아픔을 헤아릴 수 있었을 것이다. 숨을 헐떡이다가 몸을 뒤척이고, 그렁거리는 가래를 조금 뱉어 내더니 할머니는 다시 말을 이었다.

“친정에 할머니가 계셨어! 내가 아주 어릴 때 그러셨지. ‘사람은 누구나 아주 조그만 항아리 하나씩 안고 산다. 힘든 일을 겪거든 항아리에 담아 두고, 꼭꼭 눌러 담고, 때때로 흔들어 보고 두드려 보고 살짝 열어 보면서 살아라. 기억을 몽땅 잃으면 슬프단다.' 그러시고는 이렇게 말씀하셨어. '항아리를 열어 놓고 살면, 그 고약한 놈이 제멋대로 들락날락하면서 날뛴단다. 그렇게 놔두면 못 써!' 그러고 돌아가셨어."

조그만 항아리, 그 말이 자꾸 현우의 머릿속에서 맴돌았다.

할머니는 처절한 기억을 잊지도, 그 기억에 짓눌려 살지도 않았다. 조그만 항아리에 담아 두고, 고통을 다스리며 살아왔다는 이야기였다. 누군가는 그 기억을 간직하고 아파해야 같은 일이 되풀이되지 않는다. 치매를 두려워한 것도 항아리 뚜껑이 열리고 더 이상 다스릴 수 없는 기억이 제멋대로 날뛰며 돌아다니는 상황을 경계했기 때문일 것이다.

현우는 쉽게 떨칠 수 없는 질문 하나를 떠안았다.

'그런데 왜 이 항아리를 나에게 안겨 주시는가.'

스스로 파묻지 못하니 내게 처리해 달라는 부탁일까. 아니면 그녀가 겪은 일을 잊지 말라는 뜻인가.

할머니는 현우의 마음을 읽은 듯 그의 손을 가만히 흔들었다.

"이 마을 사람들이 다 그래. 나 혼자만 그런 게 아니고…. 동혁 아범 김 씨는 달랐지. 한쪽 다리 절뚝거리는 걸 사람들 눈에 다 보이며 살았지. 다른 사람들은 모두 속으로 끌어안고 살았어. 등대섬 사람들은 육지 끝까지 밀려왔다가 또 밀리고 밀려 여기까지 들어왔잖아, 그런데…."

할머니는 말을 이었다. 세상에 마지막 남기고 싶은 말이었다. 마지막 말을 귀 기울여 듣는 사람이 한 사람이라도 있다면, 그건 축복일 것이다.

아무 말도 남기지 못하고, 마지막 표정마저 보여 주지 못하고 떠난 아버지 생각이 났다.

"이 섬이 그런대로 지내 온 이유는, 그냥 옆에 받아들이고 함께 사는 거야. 자꾸 묻고 너무 가까이 가지 않고, 간섭하지 않고, 강제로 끼어들지 않고, 적당하게 서로 거리를 떼어 놓고 살면서도 필요할 때는 그 거리를 없애면 돼! 네 아버지가 섬에 들어왔을 때, 내가 깨달았어. 아들 삼고 싶은 마음이 들어서 그걸 누르느라고 그랬는지…."

거리를 두고 살면서도 거리를 없앤다는 말. 쉬운 일은 아니었다. 등대섬은 그런 아슬아슬한 균형 위에서 어려운 관계를 유지해 온 곳이었다.

"예. 할머니. 제가 이 섬에 몸 붙이고 있는 한, 할머니의 가르침을 지키겠습니다."

"또 떠날지도 모른다고 말하는 거 같다."

"그런 뜻은 아니었어요."

"안다, 안다. 너는 섬으로 돌아오고 또 돌아올 사람이야. 내가 보면, 너는 그래."

누군가에게는 저주처럼 들릴지 몰라도 현우에게는 돌아갈 곳이 있다는 축복의 말이었다.

평생 가슴에 묻고 살았던 이야기를 풀어놓고, 이름까지 남겨 준 황현숙 할머니는 그 후 열흘을 넘기지 못하고 숨을 거두었다.

현우는 곁에 앉아 마지막 날들을 함께 보내며, 밖으로 흘러나오고 튀어 오르는 기억을 항아리에 담아 두려 애쓰는 할머니의 모습을 보았다. 의식이 남아 있는 내내, 할머니는 끝까지 기억과 싸우고 있었다. 가끔 몸을 떨고 '으으' 신음 소리를 내며 지리산 자락을 걸어 나오고 있었다.

그것은 기억을 전해 받는 하나의 의식(儀式)이었다. 할머니의 기억은 이제 현우의 것이 되었고 등대섬 마을이 공동으로 간직하는 경험의 일부가 되었다.

역사는 다른 사람의 이야기이지만, 경험은 내가 겪은 일의 기억이다. 등대섬 마을은 커다란 항아리에 작은 기억의 항아리들이 차곡차곡 담겨 있는 곳이었다.

등대섬에서 늘 하던 대로 장례식을 치렀다.

＊

"세월을 이길 장사가 있나!"

힘으로도, 간절한 기도로도 시간을 거스를 수는 없었다.

한때 백여 명에 달하던 어른들 숫자가 반으로 줄고, 다시 반으로, 또 한 번 반으로 줄어든 시간을 따져 보면 겨우 20년, 30년 짧은 기간이었다.

"이번에는 내 차례가 됐네!"

어른들은 죽음을 담담하게 받아들였다. 공포에 떨지도 않고, 두려워하지도 않았다. 마치 제비를 뽑아 순서를 받아든 사람처럼 자기 차례를 기다렸다.

"나는 섬에 들어오기 전에, 이미 열 번은 더 죽은 사람이었어."

죽음에 비길 만한 고통을 숱하게 겪어낸 어른들이었다. 그들의 마지막을 곁에서 지키는 것은 한 권의 역사책을 덮는 것만큼 가슴 저릿한 일이었다.

아무리 병세가 깊어져도 어른들은 섬을 떠나려 하지 않았다. 자식들이 육지의 큰 병원으로 모셔 가려 찾아오면 온 힘을 다해 뿌리쳤다. 어떤 집에서는 담장 너머로 자식과 말다툼하는 소리가 새어 나오기도 했다.

"돌아가. 나는 여기서 죽을 테니까. 나 죽으면 꽁꽁 싸다 묻어 줄 사람이 섬에 줄 서 있어!"

아는 사람이 아무도 없는 병원에서 하얀 벽을 바라보며 남은 시간을 세고 싶지 않았다. 섬 밖에서 숨을 거두면 어느 낯선 곳에 묻히거나 화장돼서 재로 뿌려질 텐데, 얼마나 끔찍하냐며 손사래 치는 어른도 있었다. 평생 내몰림 당한 사람들이어서, 더 이상 어디로든 떠나고 싶지 않은 것이다.

어른들 대부분은 자기 묻힐 자리를 생전에 한두 곳 점찍어 두고 있었다. 그곳이 그들에게는 세상 끝, 마지막 자리였다.

남자 어른들은 대개 현우에게, 여자 어른들은 미숙에게 마지막 말을 남겼다. 살아오며 슬펐던 일, 마음 아팠던 일, 가슴에 묻고 살아온 날들을 털어놓았다. 현우와 미숙은 사제처럼 한 생을 마감하는 경건한 의식을 치렀다.

황씨 할머니의 말처럼, 등대섬 사람들은 저마다 가슴에 작은 항아리 하나씩 안고 살았다.

"이거 내가 처음 하는 말인데, 절대 다른 사람에게 얘기하지 마!"

어른들은 짧게는 한두 시간, 길게는 하루 종일 숨을 내쉬고 들이쉬고, 쉬엄쉬엄 가슴속 이야기를 털어놓았다. 현우와 미숙은 그렇게 들은 이야기를 오직 자기 한 사람 가슴속에 묻었다. 수많은 항아리가 기억이 되어, 경험으로 남아 있게 됐다.

늘 얼굴을 마주하며 살던 어른들에게 그런 아픈 사연이 숨어 있었다는 일이 참 놀라웠다. 아무 일도 없었다는 듯 살아온 그들이 안쓰러우면서도 존경스러웠다. 그 무거운 짐을 지고 살아온 어른의 삶에 깊게 들어가 본 적 없다는 것이 현우는 부끄러웠다. 그분들이 남몰래 깊은 한숨을 내쉴 때, 말없이 허공을 응시하거나 먼바다를 지긋이 바라보고 있을 때, 속으로 철철 피를 흘리면서 자기를 다스리고 있었다는 사실을 눈치채지 못했다. 하기야 눈치를 챘더라도 등대섬에서는 특별히 할 수 있는 일이 없었다. 그저 곁에서 말없이 지켜보는 일이 전부였다.

어른들의 마지막 이야기를 들으며 현우는 아버지에게 죄송했다. 아버지 역시 그렇게 살았음을 그제야 절절히 깨달았다.

'아버지에게도 이렇게 했어야 하는데…. 아무 말도 남기지 못하고, 마지막 표정마저도 보여 주지 못하고 돌아가셨으니….'

그래서 아버지는 지금까지 시시때때로 찾아와 아들에게 말을 거는지도 몰랐다. 기억을 불러내기도 하고, 겪어 보지 못한 일에는 지켜보다가 슬쩍 한마디 거들기도 하면서. 무엇이 될지 어떤 사람이 될지 몰랐지만, 아들이 있다는 것 하나에 의지해 살았던 아버지였다.

김씨 아저씨가 스스로 목숨을 끊은 이후에도 큰섬댁은 친정이 있는 큰섬으로 돌아가지 않고 등대섬에 남았다. 아들딸도 찾아오지 않는 섬, 남편의 기억이 여기저기 걸려 있는 섬에 그대로 눌러 살았다.

여름에 접어들 때부터 큰섬댁 목구멍에서 그르렁그르렁 가래 끓는 소리가 유난히 심해졌다.

기침이 한번 터지면 발작적으로 쿨룩거리고 컹컹대다가, 겨우 가라앉는가 싶으면 다시 심하게 일어났다. 마지막 무렵에는 물이나 미음 한 모금조차 거부하며 한사코 도리질을 쳤다.

때가 가까워진 것을 안 미숙이 대구에 사는 아들 동혁에게 기별했지만, 그는 돌아오지 않았다.

"그냥 놔둬. 이제 갈 수 있게 나 좀 그냥 놔둬."

큰섬댁은 누가 붙잡는다고 생각한 것일까. 쉽게 넘을 수 없는 고개 앞에 망연히 서서 혼잣말을 한 것일까. 아니면 먼저 세상을 뜬 남편이 아직도 섬에 남아 그녀를 들볶고 있는 걸까? 어쩌면 다시는 섬을 찾지 않는 자식들에 대한 미련이 '조금만 더 기다려 봐'라며 그녀의 치마꼬리를 붙잡고 늘어지는지도 몰랐다.

미숙은 노인을 돌보고 간병하는 일에 능숙했다. 목이 그렁그렁할 때 등을 쓰다듬고 탁탁 치면 가래가 나오며 금방 숨이 고르게 가라앉았다. 현우가 할 수 있는 일이라곤 샘에서 물을 길어 오거나 데워서 방에 들이는 것이 다였다.

"곧 떠나실 것 같아."

미숙이 착 가라앉은 목소리로 말했다.

그날따라 큰섬댁이 아침에 미음도 몇 숟갈 받아먹고 눈에도 총기가

244

살아 있었다. 마지막 촛불이 더 밝듯, 임종이 가까워 오면서 정신이 맑아졌다.

"은지 에미야, 방문 좀 열어 줘! 밖이 훤히 보이게."

미숙이 방문을 열었다.

"마당에서 우리 애들 뛰어노는 소리가 들리네!"

육지로 나간 자식들, 큰섬댁 가슴속에는 아들딸들이 아직도 어린 아이로 깔깔 웃으며 마당을 뛰어다니는 모양이었다.

"문 닫지 마. 애들이 마당에 들어서는 거 못 보고 죽을 수도 있어."

그 말에 현우는 가슴이 턱 막혔다. 아닌 척 애써 감춰왔어도, 그녀는 마지막 순간까지 자식들을 기다리고 있었다.

"현우, 자리 좀 비켜 줘."

미숙에게 남길 말이 있는 듯했다.

현우는 마당으로 물러나왔다. 우두커니 서 있다가 집 뒤편으로 돌아가 보았다. 처마 안쪽에 사람 허리 높이만 한 낡은 나무장이 놓여 있었다. 허름하게 삭은 장을 열었더니 아기 때부터 꽤 컸을 때까지 자식들이 신던 신발들이 칸칸이 차곡차곡 정리되어 있었다.

'자식이 어찌 부모의 마음을 다 알 수 있을까.'

낡은 신발들을 보고 있으니 아버지의 말씀이 떠올랐다. 어린 현우가 얼른 커서 효도하겠다고 했을 때, 아버지는 웃으며 고개를 저었다. 효도란 아래 논에서 위 논으로 물을 퍼 올리는 것만큼이나 힘든 일이니, 차라리 그 물꼬를 자식과 아내에게나 잘 흘려보내라고 하셨다. 아버지 역시 큰섬댁처럼 아들이 커가는 모습 하나하나를 가슴에 차곡차곡 간직하며 살았을 것이다.

얼마 만에 미숙이 방에서 나왔다. 눈물을 쏟으며 부엌으로 들어가더니 한참을 펑펑 울었다. 현우는 묻지 않아도 큰섬댁이 이미 숨을 거두었음을 알았다.

미숙의 딸 은지가 태어났을 때부터 큰섬댁은 유난히 아기를 어르며 들여다보곤 했다. 하루에 한두 번 꼬박꼬박 미숙의 집을 찾던 그 모습을 현우는 기억했다. 그 사연을 등대섬 사람들 모두가 알았지만, 아무도 왜 그러는지 묻지 않았다.

큰섬댁의 딸과 두 아들 중, 대구에서 택시 운전하는 작은아들 동혁만 하루 다녀갔다. 장례식 전날 밤에 도착했다가 장례 치르고 그날 저녁 배로 떠났다. 그에게는 등대섬을 다시 찾을 이유가 이제 완전히 사라지는 순간이었다.

장례식 내내 그는 무덤덤한 표정이었다. 말없이 허리 굽히고 고개 숙여 인사하는 것으로 동네 어른들을 대했고, 미숙은 물론 방학이라 섬에 들어와 있던 초등학생 은지에게도 말을 건네지 않았다. 산소에서 봉분을 만들고 떼를 입힐 때, 낯선 남자 어른이 어깨에 손을 대자 은지는 깜짝 놀라 몸을 뺐다. 현우와 미숙과 동혁의 눈길이 그때 잠시 교차했을 뿐이다.

저무는 시간

2020년 초, 세상을 뒤흔든 뉴스가 등대섬에도 퍼졌다. 먼바다에 뚝 떨어진 외딴섬도 예외일 수는 없었다.

눈이 펑펑 쏟아지던 날, 미숙의 집 좁은 방에 마을 어른들이 모였다. 늘 가운데 자리를 비워 놓고 모두 벽에 등을 바짝 기대앉는다. 그렇게 앉으면 등대섬 주민 8명이 모두 앉고서도 방 가운데 꽤 널찍한 공간이 생긴다.

아무도 먼저 입을 떼지 않았다.

등대섬에서 제일 나이가 많은 박씨 노인이 헛기침을 하며 침묵을 깼다.

"웬 눈이 이렇게 많이 쏟아지는지…. 이러다 집 다 무너지겠어."

"마을에 빈집 쌨부렀는디 뭐 그렁 걸 다 걱정하신다요?"

평소라면 실없는 농담이 꼬리를 물겠지만 그날은 그뿐이었다. 어른들을 오시라고 모신 사람이 미숙이었으니 다들 그녀가 먼저 말 꺼내기를 기다렸다. 곁에 앉은 현우도 마찬가지였다.

"예상대로 배도 끊겼어요. 이제 일주일에 딱 하루만 들어온대요. 말 그대로 격리지요."

그녀가 입을 열자 박씨 노인이 씁쓸하게 말을 받았다.

"이제 여기 우리만 남았네. 모르긴 몰라도, 저 사람들은 아예 배편을 싹 없애고 싶었을지도 몰라. 이참에 잘됐다 하고."

처절한 말이었다. 세상이 그들을 어떻게 대하는지 알아도 너무 잘 알았다. 격리가 됐든 봉쇄를 하든 언제나 밀려나며 살아온 사람들이기 때문이었다.

"다음 배가 들어오면, 혹 떠나고 싶은 어르신은 그 배편으로⋯. 섬을 나가시는 것이⋯."

겨우 꺼낸 말을 끝내지도 못하고 미숙이 고개를 푹 숙였다. 그나마, 바짝 귀를 기울이지 않았으면 한마디도 못 알아들었을 만큼 낮은 목소리였다.

마당에는 눈이 쌓이고, 방 안에는 침묵이 무거웠다. 박씨 노인이 한참 만에 입을 열었다. 몰라서 묻는 말이 아니었다.

"은지 엄마! 그게 뭔 소리?"

"쉽지 않을 것 같아서요!"

"뭐, 죽기밖에 더하겠어? 난 안 나가! 여기서 죽을 팅게. 다른 사람들은 몰라도."

노인의 목소리는 단호했다. 남 집사가 그 말을 받았다.

"저도 여기서 그냥 죽을게요. 배가 완전히 끊어지면, 코로나 아니라 코로나 할애비라도 못 들어올 거 아니에요? 사람끼리 전염된다면서요?"

길게 설명하지 않아도, 미숙이 왜 떠나라고 하는지, 또 노인들이 왜 남겠다고 고집하는지 서로 잘 알았다.

누군가는 고개를 끄덕이고, 어떤 어른은 한숨을 내쉬었다. 가끔 방문을 열고 소리 없이 눈이 쌓이는 마당을 내다보기도 했다. 바다는 내리는 눈을 모두 받아들이지만, 돌담이며 마당이며 나무에는 그저 내리는 대로 쌓일 뿐이었다. 미숙이 내온 찐 고구마로 저녁을 대신했다.

장딴지까지 빠질 만큼 허옇게 쌓인 눈길을 걸어 어른들은 각자 집으로 흩어졌다.

미숙이 현우에게 걱정스러운 표정으로 물었다.

"은지하고 다니엘은 괜찮겠지?"

은지는 이번 봄에 초등학교 6학년으로 올라간다. 큰섬에 사는 현우 외사촌 집에서 학교를 다니고 있었다. 다니엘은 광주에 있는 고등학교 학생이었다. 현우는 미숙을 안심시켰다.

"내 생각으로는, 다니엘하고 은지는 학생이니까 학교에서 잘 대책을 세워 줄 거야. 기관에서도 특별히 신경 쓰며 관리할 것 같은데? 이 섬 어른들이 걱정이지. 어떤 경로로든 그 바이러스가 여기도 들어올 텐데…."

"어른들도 어른들이지만, 이러다 배가 아주 끊어지면 우리 애들 어쩌나 속으로 어찌나 걱정이 되는지. 은지는 이제 겨우 초등학생인데."

겉으로 표를 내지 않아서 그렇지, 미숙도 분명 애 엄마였다. 그녀가 자연스럽게 '우리 애들'이라는 말을 쓰자 현우는 속으로 고개를 끄덕였다. 아이들이 '아빠, 아빠' 부를 때마다 가슴이 울렁거리던 일이 떠올랐다.

"어른들이 문제야, 연세가 많으셔서. 무슨 일이 생기든 모두 여기서 견디겠다고들 하시니. 하기야 이제 와서 어디로 가시겠어. 여러 경우를 각오해야 할 것 같아! 그래도 현우가 옆에 있어서 그런지 겁은 덜 나."

미숙이 무슨 뜻을 담뿍 담은 눈으로 현우를 바라보았다. 무엇을 원하는 눈인지 언뜻 어떤 느낌이 들어 외면하느라고 각오해야 한다는 말도 흘려들었다.

배가 들어오는 날, 큰섬 보건지소에서 마스크와 자가 진단키트를 보내왔다. 간호사 자격증이 있는 미숙이 코로나 예방과 진단 보고 활동을 도맡았다. 큰섬 보건지소와 육지 보건소 등 관련 기관에서는 정기적으로 상황을 보고하라고 독촉했다.

"전화기에 빨간불이 깜빡거리면 심장이 철렁해."

불안하기는 현우나 남 집사도 마찬가지였다. 환자가 발생하면 신속하게 이송하겠다는 약속이야 받았지만, 의료인도, 의료시설도 없는 섬에서도 실제 그렇게 이뤄지리라 믿을 수는 없었다. 게다가 등대섬에서는 의심스러운 환자가 생겨도 육지 지정병원까지 실어 나를 교통수단조차 없었다. 오로지 밖에서 조치해 줄 때까지 섬사람들은 속수무책으로 기다릴 수밖에 없을 것이다.

"육지 사람 다 돌보고, 인구가 많은 섬들 챙긴 다음에야, 이 외딴섬에도 신경을 쓰겠지."

미숙의 걱정 섞인 말을 듣고 현우가 안심시키려고 나섰다.

"아닐 걸? 국민은 다 똑같고, 생명은 다 귀중한데. 내가 그전에 군청 갔을 때 보니까 등대섬 어른들 인적사항이 컴퓨터에 주르륵 다 들어 있더라고."

"이현우 씨! 그건 관리하려는 통계지 돌보자는 게 아니에요. 돌보는 건 언제나 정해둔 우선순위에 따라 이뤄진다고."

"그러니까! 힘없고 약한 사람들을 우선 살피겠지."

"누가 그 우선순위를 정하는데?"

미숙의 반문에 현우는 가슴이 답답해졌다. 미숙은 신랄하게 말을 이어갔다.

"지금은 백신도 치료약도 없어서 이 사람 저 사람 차이가 없어 보이지만, 그런 게 나오면 완전히 달라져! 생각해 봐. 부자 나라가 먼저 쓸어가고, 남는 것이 있으면 우리나라에도 차례가 오겠지만, 그러는 사이 가난한 나라 사람들은 그냥 죽어 나가겠지."

한번 말문이 열리자 그녀는 미리 준비한 사람처럼 쏟아냈다.

"우리나라만 해도 그렇지. 약이 들어와 봐. 어디부터 풀겠어? 목소리 큰 사람들, 돈 많고 힘 있는 사람들이 먼저지. 예전 사스 때 타미플루 생각 안 나? 그건 치료제였는데 미리 예방약으로 타 가려고 별의별 수단 다 쓰며 덤벼드는 사람들, 내 눈으로 똑똑히 봤어."

얼마 지나지 않아 정말 이동이 제한되고, 격리는 일상이 되었다.

한두 달 쉬어도 먹고사는 데 지장 없는 사람들과 하루 벌어 하루 먹는 사람들의 처지가 같을 수 없었다. 고통은 같은 종류였지만, 겪어내기는 사람마다 달랐다.

코로나바이러스 폐렴으로 죽으나 굶어 죽으나 매한가지인 사람들은 행정명령과 규정을 위반하면서까지 밖으로 나돌며 일을 계속할 수밖에 없었다. 그런 사람들이 사회적 비난을 받는 표적이 되었다. 부도덕하고 이기적인 사람, 사회 안전을 위해 어디 가두기라도 해야 할 사람으로 취급받았다.

"내가 병원에서 일할 때 보니까 의료에도 우선순위가 있더라고. 아마 이번에도 그럴 거야. 살리는 순서, 죽도록 내버려 두는 순서. 그게 그거야."

"순서?"

"내가 배운 건 아픈 사람 모두 다 똑같이 돌봐 주고 처치하는 일이었는데. 그런데, 한번 '순서'라는 말을 듣고 난 후부터 그 단어가 머릿속을 떠나지 않아."

병원에 근무하면서 아픈 사람 상처를 소독하고 약 바르고 붕대로 감싸 주며 돌보는 일이 그녀의 임무였다. 한 번으로 끝내지 않고 주기적으로 계속 소독하고 약을 바르고 다시 꼼꼼하게 붕대로 감싸 주는 일이 처치였다. 아픈 사람의 고통을 덜어 주기 위해 애쓰면서 생명을 다루는 일, 그녀가 학교에서 배우고 병원에서 맡았던 일이었다.

등대섬에서도 해야 할 일은 많은데 실제로 할 수 있는 일이 별로 없다는 무력감이 그녀를 짓눌렀다. 두려운 일이 벌어지고 말 것이 분명해서 미숙은 속으로 떨고 있었다.

남 집사가 식사 자리에 나타나지 않았다. 평소라면 있을 수 없는 일이었다. 현우가 집으로 찾아가자, 남 집사는 이불을 뒤집어쓴 채 힘겨운 목소리로 답했다.

"몸 상태가 안 좋아서 그래. 누워 있으면 괜찮을 테니 걱정 말게. 그냥 감기 같아!"

미숙이 싸 준 저녁과 아침 식사를 방에 남겨 놓고 나왔다. 방바닥을 만져 보니 그런대로 뜨뜻했다.

"감기 같아서 내가 아까 불 좀 넣었어! 걱정 말라고. 알아서 할게. 밥도 내가 끓여 먹을 테니."

재촉하는 소리에 현우는 집으로 돌아왔지만, 왠지 마음이 놓이지 않았다.

다음 날도, 그다음 날도 남 집사는 미숙의 집에 오지 않았다.

"감기 몸살이 심한 모양이에요. 음식과 약을 챙겨다 드렸으니 걱정들 마세요."

미숙이 하는 말을 듣고 현우는 그러려니 생각했다. 별일 아니니 찾아가 귀찮게 하지 말라고 그녀는 일부러 현우에게 일러두었다.

얼마 지나지 않아 박씨 노인도 식사 자리에 빠졌다. 미숙은 그 어른 역시 지독한 감기 몸살이라며 다른 사람들을 안심시켰다.

"이제부터 어른들께서는 걱정 마시고 저에게 맡겨 주세요. 아무래도 간호사였던 제가 맡는 게 맞겠지요."

그때부터 미숙은 조그만 가방을 챙겨 두 노인의 집을 혼자 드나들었다. 미숙은 현우가 근처에 얼씬도 못 하도록 엄하게 단속했다.

노인의 집에서 나올 때면 그녀는 알코올 분무기로 옷과 몸을 소독했다. 사용한 장갑은 비닐봉지에 담아 꽁꽁 묶은 뒤 마당 한구석에서 따로 불태웠다. 그 모습을 보고 현우가 무슨 일인지 물으면, 미숙은 언제나 별일 없다고 말을 잘랐다.

남 집사는 얼마 지나지 않아 회복했지만, 박씨 노인은 점점 악화됐다. 다른 어른들이 물을 때마다 미숙은 그저 노환이라고 대답했다. 그러면 그들은 더 묻지 않았다.

결국 일이 터진 것은 노인이 자리에 누운 지 일주일째 되던 날이었다. 벌건 눈에 눈물을 가득 담은 채 미숙이 마을 어른들에게 박씨 노인의 죽음을 알렸다.

"돌아가셨어요."

그동안 미숙의 말에 따라 그 집을 찾지 않고 기다리던 어른들 모두 고개를 꺾었다.

"노인이라⋯. 그런데 혼자 돌아가셨군. 들여다보지도 못했는데⋯."

"남 집사님과 현우하고 저희들끼리 장례를 모실게요."

마을 어른들은 웬일인지 순순히 미숙의 말을 따랐다. 박씨 노인은 연고도 없고 교회를 다닌 분이 아니어서 특별히 기독교식 장례를 치르지 않고 간소하게 매장하는 것에 남 집사도 동의했다.

미숙은 박씨 노인의 시신을 자신이 입던 하얀색 비닐 가운으로 몇 겹이나 칭칭 감았다. 현우가 시신을 수습하려 손을 뻗자 남 집사가 얼른 앞을 막아서며 그를 밀어냈다.

"자넨 뒤로 물러나 있게."

시신에 손을 대는 것은 오직 남 집사뿐이었다. 미숙이 나눠준 마스크를 쓰고, 비닐장갑을 낀 채 묵묵히 박씨 노인의 장례를 치렀다. 일가친척 하나 없는 노인의 죽음을 멀리 알릴 곳도 없었다. 장례는 문상객 한 명 없이 끝났다.

미숙은 박씨 노인의 주민등록 사항을 이미 알고 있었다. 그녀가 건네준 메모대로 현우가 면사무소에 전화로 신고했다. 정식 신고는 다음 배가 들어올 때 나가서 하기로 했다.

"빨리 백신이 나와야 할 텐데…."

그날 이후, 온종일 뉴스를 검색하는 일에 매달렸던 미숙이 큰 목소리로 어디론가 전화를 걸었다.

"접종대상에서 빠진 사람이 한 명 있어요. 여기서 궂은일 다 하는 사람이에요. 희석해서 한 명만 더 맞히겠다는데 그게 왜 안 됩니까!"

미숙은 매달리듯 사정하듯 조곤조곤 설명하다가 이내 목소리를 높여 따졌다. 한참 후에 결국 힘없이 전화기를 내려놓았다.

"백신을 보내 준다는데, 현우는 접종 대상자가 아니라서 못 준대."

"미숙은?"

"나는 간호사 자격증 때문에 2순위래. 등대섬에 보내주는 백신은 한 병을 희석해서 여섯 명이 맞도록 돼 있는데, 조금 더 희석해서 일곱 명이 맞겠다니까 절대 안 된대요, 내 참!"

"잘 됐네. 미숙이라도 맞으니 안심이야."

"그런 소리 하지도 마. 남 속 타는 줄도 모르고."

드디어 백신이 도착했다. 우편 배달원이 상자를 들고 미숙의 집으로 숨 가쁘게 뛰어왔다. 백신은 바로 냉장 보관해야 한다고 전했다. 한 병을 개봉하면 희석해서 6시간 내에 다 사용해야 했다.

미숙은 현우에게 서둘러 어른들을 모셔 오라고 했다.

"그냥 주사 놔도 돼?"

"내가 어저께 원격으로 교육받았어. 원래 의사가 예진을 해야 하는데, 여기선 할 수 없으니 내가 배운 대로 할 거야."

모여든 어른들은 현우가 빠졌다는 소리에 모두 분개했다.

"우리만 맞는다고? 우리 약 조금씩 덜 넣고 현우까지 놔 줘! 우리만 살고 현우는 죽으라고?"

미숙이 한참 설명해 어른들을 달랬다. 접종을 마친 뒤 사람마다 해열제 네 알씩을 나눠 주고 삼십 분 동안 부작용이 있는지 지켜보았다. 모두 이상 없음을 확인한 뒤에야 미숙은 자기 어깨에 스스로 주사를 놨다. 현우는 자기가 놔 주겠다는 말을 차마 꺼내지 못한 채 그 마른 어깨를 지켜보았다.

"그런데 우선순위 같은 건 어떻게 다 알았어?"

현우의 물음에 미숙은 대답하지 않고 그저 웃기만 했다. 누나가 남동생을, 어머니가 아들을 바라보는 듯한 미소였다.

"국가가 하는 일이니까!"

현우는 모르겠다는 듯 고개를 갸웃거렸다. 매일 두 번씩 위성통신으로 코로나바이러스 관련 보고를 할 때 미숙은 늘 똑같은 말만 했다.

"오늘도 등대섬에는 이상 없습니다."

처음 1년은 버티기 힘든 시간이었다.

일주일에 하루 오가던 배가 열흘에 한 번꼴로 운행 횟수가 줄었다. 아침 배로 등대섬에서 큰섬으로 나가는 사람이 있으면, 그날은 저녁에 돌아올 수 있도록 배가 한 차례 더 배정되는 게 고작이었다.

열흘 만에 닿는 배편으로 우편물도 함께 들어 왔다. 다니엘의 편지나 동혁이 미숙에게 보내는 두툼한 소포가 그나마 바깥세상과 아직 끈이 연결돼 있다는 신호였다.

한 번 크게 앓고 난 뒤로, 남 집사는 큰섬에 다녀오는 일이라면 모두 현우에게 맡겼다.

큰섬에 다녀온 지 삼사일 뒤, 현우는 몸에 이상이 있음을 느꼈다. 미숙은 마스크를 쓰고 장갑까지 낀 채 현우를 찾아왔다. 그녀는 면봉을 현우의 콧구멍 깊숙이 찔러 넣어 자가 진단키트로 검사했다. 산소포화도 측정기를 현우 손가락에 끼우더니 측정한 숫자를 공책에 옮겨 적었다.

"왜 그래? 뭐 이상해? 왜 뒤로 돌아앉아서 기록해?"

"아냐, 감기 증상이야. 안정을 취하면 괜찮아질 거야!"

그녀는 마치 의사처럼 안정이라는 말까지 써 가며 단호하게 말했다.

"그냥 집에서 며칠 쉬어! 돌아다니지 말고. 정 힘들면 보급받은 링거랑 산소 캔도 쓸 테니까."

닷새 동안 현우는 지독한 고열과 마른기침에 시달렸다. 숨이 가쁘고, 온몸이 쑤시는 통에 일어나 앉을 기운조차 없었다. 미숙이 끓여 오는 미음은 입에도 대지 못했다. 목구멍은 타는 듯 따가웠고, 어떤 음식을 먹어도 아무런 맛이나 냄새를 느낄 수 없었다. 머릿속에는 온통 뿌연 안개가 가득 찬 것 같았다.

미숙은 아침, 점심, 저녁으로 들러 현우의 상태를 확인하고 기록했다. 그녀 얼굴이 조금씩 밝아지는 걸 보며 현우도 자신이 낫고 있다는 걸 알았다.

미숙은 현우를 돌보는 틈틈이 섬 안의 다른 어른들까지 홀로 살피고 있었다. 그녀의 얼굴에 짙은 피로가 묻어나기 시작할 무렵, 현우는 거의 회복되었다.

"이제 나 괜찮은 것 같아. 내일부터는 어르신들 함께 돌볼 수 있어. 미숙이 혼자 너무 애썼어."

"아직 아니야."

"나는 정말 괜찮다니까."

"그런 거 아니야. 말 좀 들어. 애들같이."

옛날에는 '남자가 돼 가지고'라는 말을 입에 달고 살더니, 이제는 '애들 같다'는 말을 자주 쓴다. 한참 뒤에야 현우는 미숙에게서 사실 얘기를 들었다. 현우가 심하게 앓은 것은 코로나바이러스 감염 때문이었다.

"다른 대책이 없었어. 내가 얼마나 마음 졸였는지 알아?"

"고마워. 혼자 고생 많았네."

"아프기는 자기가 다 아팠지. 원래 확진 판정은 국가가 PCR 검사로 해야 하는데, 등대섬에선 방법이 없잖아. 현우를 데리고 큰섬이나 육지로 나갈 수도 없고, 검체를 보낼 길도 없고. 우린 그냥 그렇게 견뎌야 하는 사람들이야."

"그러다가 죽으면?"

"원래 감염자 시신은 국가가 화장해야 해. 그런데 등대섬에 화장장이 어디 있어? 나라가 여기까지 와서 시신을 실어갈 리도 없지. 그냥 섬만 봉쇄하겠지. 섬 안에서 살 사람은 살고, 죽을 사람은 죽으라는 식으로."

코로나바이러스가 기승을 부리던 몇 년 사이, 섬에서 어른 세 분이

258

더 세상을 떴다. 그때마다 바이러스 감염이 아니라 노환 때문이라고 미숙이 말했다. 현우는 더 묻지 못했다. 그녀가 달리 할 말이 없다는 걸 이미 알고 있었다.

어른들이 운명하기 전까지 현우와 미숙은 곁을 지키며 간호에 매달렸다. 처음에는 미숙이 현우를 떼어 놓으려 했지만, 현우가 고집을 꺾지 않았다. 결국 미숙은 현우가 교대로 어른들을 돌보는 것을 허락했다. 장례는 생전에 어른들이 점찍어 둔 자리에 매장하는 방식으로 치렀다.

코로나 팬데믹은 인류가 더 이상 예전처럼, 아무 일도 없었다는 듯 살아갈 수 없다는 징조였다.

사람의 몸은 오로지 사람이 주인이라고 혼자 다스리는 영토가 아니었다. 사람 몸무게의 0.3%를 차지하는 미생물들, 숫자로 치면 사람 세포 수 전체와 맞먹는 작은 생명체들이 한 사람 몸에 붙어 함께 산다. 사람은 모든 생명이 엉겨 붙은 전체 생명체계에서 특별하거나 예외적인 존재가 아니다. 생명이라는 거대한 나무의 가지 끝에 잠시 매달려 있다가, 때가 되면 다음 생명에게 자리를 내어 주고 떠나는 존재일 뿐이다.

새로 나타났다고 호들갑을 떨었던 바이러스도 침입자라기보다 오래전부터 사람과 생명을 공유해 왔다. 엄밀한 의미에서는 인간의 이웃이라고 부를 수 있다. 더불어 살아갈 수밖에 없는 생명이다.

바이러스는 숙주를 통해 생명나무의 이 가지에서 저 가지로 옮겨 다니며 유전체를 주고받는다. 인간이라는 새로운 숙주 안에 처음 들어온 바이러스가 무엇으로 변했을지, 오래전부터 사람 몸속에 터 잡고 살아오던 다른 미생물들과 앞으로 어떤 상호작용을 일으킬지 누구도 예측할 수 없다.

코로나바이러스의 출현에 국가와 세계보건기구는 봉쇄와 격리를 전략으로, 급히 개발한 백신을 전술무기로 내세웠다. 그러나 생명을 공유한 존재를 어떻게 영원히 격리할 수 있겠는가? 인류는 백신을 내세워 면역이라는 경계를 세운 뒤 코로나바이러스를 상대로 한 1차 전쟁에서 승리했다고 서둘러 선언했을 뿐이다. 그 틈에서 다국적 거대 제약회사는 막대한 이익을 쌓았고, 그 너머의 진실은 사람들의 관심에서 멀어졌다. 인류는 정말 승리했을까. 아홉 사람을 경계 밖으로 밀어내고 단 한 사람의 손만 붙잡은 결과라면, 그것을 승리라 부를 수 있을까.

파도는 끝없이 철썩이며 등대섬으로 몰려온다. 한 파도를 넘기면 다음 파도가 하얀 거품을 일으키며 검정소바위를 뛰어넘고, 등대 아래 가파른 비탈을 두드린다. 파도가 늘 그러하듯 코로나바이러스도 등대섬에 이르렀고, 섬사람들은 그들의 방식으로 살아낸 셈이었다.

이미 여러 차례 삶의 자리를 잃고, 경계 밖으로 밀려나 본 등대섬 사람들은 국가에 아무것도 기대하지 않았다. 그들에게 생명이란 서로 기대지 않으면 곧 무너질 수밖에 없는 위태로운 현실이었다. 생명은 관리할 대상이 아니라, 함께 감당해야 할 몫이었다.

봉쇄와 격리의 면역체계 밖으로, 잔혹한 생명정치의 현장에서 밀려나는 이웃의 얼굴을 끝까지 지켜보았다. 세상 끝이었기에 스스로 삶의 길을 찾아야만 했다. 누구를 밀어내고 살아남을 것인가보다, 누구의 곁에 끝까지 남을 것인가를 먼저 생각했다.

등대섬에서는 아무도 전염병에 대한 승리를 말하지 않았다. 세상의 균형이 무너졌을 때에도 등대섬만은 서로 껴안고 살아가기를 지켰다. 살릴 사람만 살리는 면역의 논리는 이곳에서는 통하지 않았다.

*

코로나바이러스가 지나가고 잠시 한숨을 돌린 어느 날이었다. 남 집사와 현우가 미숙네 평상에 나란히 앉아 이야기를 나눴다.

오래전, 등대교회가 더 이상 예배를 드리지 못하게 됐을 때부터 현우는 남 집사를 삼촌이라고 불렀다. 그동안 다른 어른들은 모두 세상을 떠났고, 이제 남 집사가 등대섬에 남은 마지막 어른이었다.

"나마저 죽고 나면, 자네는 이 섬을 뜨겠지?"

현우는 선뜻 대답하지 못했다. 남 집사가 이미 다 알고 묻는 말이었다.

"떠날 때 떠나더라도 자네 아버지에게서 들은 얘기는 내가 전해야겠네. 처음 섬에 들어왔을 때만 해도 내가 성격이 불같았거든. 누구든 걸리기만 하면 실컷 두드려 패고 분풀이를 하고 싶었어. 겪은 일이 너무 분하고 억울해서. 제주에서 아버지 어머니가 당한 일을 생각하면 누구에게든 되갚아 주고 싶었지."

남 집사는 사람들이 제주도 4·3 사건이라고 부르는 그 비극을 차근차근 들려주었다. 그의 부모와 형이 그때 희생되었다.

"어느 날 자네 아버지가 나를 조용히 불러 그러더군. '이 사람아, 여기서는 누구도 희생자로 삼지 않고 산다네. 한 사람 한 사람 다 희생자인데, 이 중에서 누굴 골라 어쩌겠나? 세상이 잘못되어 그런 걸.' 그 말을 듣는데 내 얼굴이 화끈거리더라고."

처음 듣는 이야기였다.

"알고 보니 자네 아버지가 스무 살도 되기 전 섬에 들어왔을 때 황씨 할머니에게 들었던 말씀이라더군. 나중에 꼭 전해야 할 사람이 나타나면 잊지 말고 이르라는 부탁과 함께. 자네 아버지에게는 내가 그 사람으로 보였던 게지."

"삼촌, 그래서 이제 저에게 전하시는 거예요?"

"이제 내 몫은 다한 거지."

그 무거운 몫이 이제 현우에게로 넘어왔다. 앞으로 등대섬에서 현우는 누구에게 이 몫을 전할 것인가.

'희생자를 찾지 마라. 누구도 희생자로 삼지 마라!'

자기들이야말로 바로 희생자인 사람들이었다. 당연히 증오와 복수심을 품고 살 수밖에 없었던 어른들이, 다른 사람을 희생자로 만들지 않겠다고 스스로 다짐하면서 가슴 깊이 숨어 있는 두려움을 해소한 놀라운 윤리적 결단이었다. 사람이 함께 살아가는 세상이라면 어디에서든 지켜야 할 가르침이었다.

현우는 오래전 등대교회에서 했던 설교를 떠올렸다. 아브라함이 아들 이삭을 번제물(燔祭物)로 바치려 했다는 이야기를 듣던 어른들은 납득할 수 없다는 표정이었다. 자식 대신 자신을 내놓는 것이 부모의 도리이지, 아무리 하느님이 두렵기로 자식의 목에 칼을 들이대는 것은 천륜을 거스르는 일이라 여겼다.

서양의 철학이 두려움을 달래기 위해 희생 제물을 찾았다면, 등대섬은 처음부터 희생자를 지목하는 걸 거부했다. 희생자를 찾지 말라는 가르침은 두려움에 굴복하지 말라는 말이었고, 서로를 있는 그대로 받아들이겠다는 다짐이었다. 등대섬까지 밀려온 사람들을 다시 어디로 밀어낸단 말인가.

믿음과 두려움이 동전의 양면이라는 서양 철학이 맞는다면, 아무것도 더 이상 두렵지 않은 사람들이 사는 등대섬은 처음부터 삶에서 믿음을 밀어낸 장소였다.

"할머니는 어째서 그런 생각을 하셨대요?"

그렇게 물으면서도, 현우는 할머니라면 충분히 그러고도 남았을 거라 생각했다. 할머니가 남긴 '작은 항아리'는 사실 세상의 온갖 사연을 다 담을 수 있을 만큼 크고 깊은 것이었다.

항아리는 고통을 가두는 그릇일 뿐만 아니라, 그 안에서 모든 것이 조용히 변화하는 공간이다. 독한 맛이 삭아 순해지듯, 육지에서의 비참했던 삶은 등대섬의 항아리 안에서 서로를 살리는 두 번째 생명으로 익어갔다. 자기를 꼿꼿이 세우기보다 상대에게 다가가 손을 잡는 관계의 삶으로 변모한 것이다.

"섬을 떠날 거지?"

남 집사의 거듭된 물음은 이제 다른 의미로 들렸다. 어디로 가든 섬에서 배운 이 가르침을 간직하고 살라는 당부이거나, 현우에게 건네진 몫을 끝까지 지키라는 말 같았다. 현우는 다시 스스로에게 물었다.

"나는 누구에게 이 몫을 전해야 하나?"

남 집사의 행동이 눈에 띄게 굼떠졌다. 몇 달 만에 상태가 부쩍 나빠지더니 나중에는 하루가 다르게 쇠약해졌다. 애써 자신을 버텨 세우던 기운이 어느 날 쑥 빠져나가고 빈껍데기만 남은 사람처럼 헐렁해 보였다. 현우도 그의 끝날이 가까워졌다는 걸 알 수 있었다.

"삼촌, 제가 모시고 나갈 테니 병원에 가서 주사라도 맞으시지요. 훨씬 좋아질 거예요. 꼭 제가 다시 모시고 들어올게요!"

"나, 여기서 죽게 해 줘! 섬에서 살았으니 여기 묻히고 싶어. 며칠만 더 곁에 있어 주게. 머지않았어. 끝이 이미 다 보여. 섬을 벗어나서 죽으면, 사람들은 쓰레기 치우듯 나를 처리하겠지. 수거해서 끌고 가 소각하겠지."

그의 눈꺼풀이 파르르 떨렸다. 말을 잇지는 못했지만, 꼭 해야 할 말이 남았다는 표정이었다. 현우는 그 표정만 보고도 그가 무슨 말을 하려는지 짐작할 수 있었다. 평상시 별 말이 없던 어른들도 숨을 거두기 전 말문이 터지면, 쉬엄쉬엄 기억의 언덕 저쪽을 몇 번이고 넘겨보며 아파하고 아쉬워하고 결국 눈물을 주르르 흘렸다.

"나는 말이야, 언제부터인지 하느님을 원망하거나 불평하지 않게 됐어. 하느님은 보고 계시겠지, 언젠가는 나를 품어 안아 주시겠지, 그렇게 믿고 살았어! 자네도 예전에는 목사였으니 잘 알 거야."

집사라고 불리며 오랫동안 교회에 헌신했던 사람이니, 예배당에 걸어 놓았던 십자가를 떼어 자기 집에 모신 사람이니, 분명 그런 마음으로 살았을 것이다. 그는 등대섬 마지막 기독교인이었다.

"언제적인지 아주 오래 전에 등대가 고장 났어. 칠흑같이 어두운 밤인데 등댓불이 안 들어오는 거야. 마을 어른들이 난리가 났지."

무인등대로 전환된 뒤 등대는 가끔 고장이 났다고 했다. 등댓불은 바닷길의 신호인 동시에 섬을 지키던 마지막 경계였다. 등대가 고장 나면 마을 어른들도 불안한 마음에 사로잡혔다. 밤바다 뱃길도 걱정 이지만, 섬을 한 바퀴 휘돌며 지켜 주던 보호막이 걷혔다고 느꼈기 때 문이다. 마을 어른들은 등대에 그분들만의 의미를 부여하면서 삶을 붙잡고 있었다.

남 집사는 잠을 이루지 못한 채 마당에 서서 몇 번이나 등대 언덕을 올려다보았다고 했다. 캄캄한 어둠 너머에서 불운이 노려보는 듯했 고, 아무것도 보이지 않는 밤에 길을 잃고 헤매던 옛 기억들이 되살아 났다고 했다.

"수리 기사가 올 때까지 기다릴 수가 없어서 내가 나섰지. 등탑에 올라가 들여다보고 또 들여다보니 알겠더라고. 부속 상자를 다 뒤져 서 내가 고쳤어. 그날 밤 다시 불이 들어오니까 교회 마당에 모여 있 던 어른들이 손뼉을 치고, 나를 껴안고, 등을 두드려 줬어."

어른들은 밤새 마을 위를 휙휙 지나가는 등댓불을 보면서 있어야 할 것이 제대로 있다는 사실에 안도하고 그제야 잠자리에 들었을 것 이다. 세상 모든 기준이 뒤집히고 무너지고, 어떤 제도도 그들을 끌어 안지 않아서 등대섬까지 밀려왔는데, 등대 불빛마저 사라진다면, 그 분들은 다시 어둠 속에 내몰려 끝없이 덜덜 떨었을 것이다.

"등대를 맡아 관리하는 일, 교회에서 내가 할 일을 찾아 섬기는 일, 그게 내 일이었어. 저번에 교회 언덕에 데려다 달라고 부탁했지? 교 회에도 들어가 보고 등대도 올라가 보고, 거기서 바다도 바라보고. 이 제 내 일은 끝낸 셈이지. 그날 다 인사하고 내려왔어."

며칠 전 수레에 남 집사를 태우고 미숙과 언덕을 오른 일이 있었다. 등탑 꼭대기에는 현우가 그를 업고 올라갔다. 남 집사에게 등대가 교회였고, 교회가 등대였다는 것을 현우는 알고 있었다.

"내 갈비뼈가 몇 개 온전하지 않아."

숨을 들이쉬는 것마저 고통스러워 보였다. 내색하지 않고 버텨온 시간이 길었던 모양이다. 한참 숨을 고른 뒤 그는 현우가 한 번도 생각한 적 없는 말을 꺼냈다.

"서운하다고 할까, 안타깝다고 할까. 이 섬에서는 하느님이 제대로 대접받지 못했어!"

"삼촌, 그게 무슨 말씀이셔요?"

"하느님이 무시당했다는 말이지. 예수님도 그렇고. 그게 아마 자네가 목사를 계속할 수 없었던 이유겠지만…."

당혹스러웠지만, 설명하려다가 그만두었다. 다른 신을 섬기기 위해 하느님을 거부한 일은 있어도 하느님이 무시당했다니 뜻밖이었다. 현우의 표정을 살피던 남 집사가 말을 이었다.

"자네가 그랬다는 뜻은 아니야. 등대섬이 그랬다는 말이지! 하느님이 하실 일은 없다며? 등대섬에서는…."

현우는 고개를 끄덕였다. 그 말이 자꾸 가슴속에서 맴돌았다.

"하느님이 무시당했다."

등대섬에서만 그런 것이 아니고, 세상 어디에서나 마찬가지일 것 같았다. 입으로 하는 고백과 몸으로 살아내는 일이 일치하지 않기는 등대섬만 그런 것이 아니었다.

숨을 거두기 이틀 전, 남 집사의 방에는 말로 설명할 수 없는 기운이 감돌았다.

'죽음의 냄새다.'

죽음은 언제나 냄새로 먼저 다가온다. 사람마다 다르지만, 끝이 가까워지면 몸이 먼저 그 신호를 보낸다. 현우는 방에 들어서며 그 서늘한 냄새를 맡았다.

남 집사의 목에서는 꼬르륵꼬르륵 소리가 끊이지 않았다. 그럴 때마다 툭 튀어 오른 목울대가 심하게 떨리며 불룩거렸다. 현우는 그의 뒤에 앉아 등을 받쳐 안았고, 미숙은 끓여 온 미음을 한 숟갈씩 그의 입에 조심스레 흘려 넣어주었다.

"여기 등대섬에서 종신징역을 살고 있다고 했더니…."

잠시 정신이 맑아졌을 때 남 집사가 꺼낸 말은 아버지 이야기였다.

"자네 아버지가 그러셨어. 태어나서 죽을 때까지 사는 일도 어차피 종신징역이라고 친다면, 등대섬에서 못 살 이유가 뭐 있겠느냐고. 그 말을 듣고 내가 맞아, 맞아 했지. 그래도 형님은 희망이 있었지. 자네 같은 아들이 있었으니."

가슴이 저릿저릿했다.

석방의 날이 없는 삶을 받아들인 어른들은 무슨 희망을 안고 하루하루를 버텼을까. 아무런 희망도 품지 못한 채 그저 살아야 하니 살았을 것이다. 벗어날 길 없는 등대섬에서.

'아무리 밑바닥에 떨어져 납작해진 삶이라도 사람은 꿈을 꾸고 미래를 그려가면서 일어서려고 애쓴다?'

서양 철학자들은 마치 인간의 고귀한 본성을 발견한 듯 말하지만,

그 말은 현우에게 관념의 울타리 안에서 맴도는 공허한 독백처럼 들렸다. 죽을힘을 다해 한 걸음씩 움직여 등대섬에 닿은 어른들은 자기가 누구이고 무엇인지 묻지 않았다. 대신 문을 열고 담을 허물어 서로를 받아들였다. 그들은 꿈이나 소망이 아니라, 납작해진 삶 자체에 대한 서로의 연민으로 이어져 있었다. 서로에게 선물이 되려 애썼고, 끝없이 서로에게 빚진 사람처럼 살았다. 그것은 삶의 어떤 방식이 아니라 삶 자체였다.

"그런데, 나 때문에 박씨 어른이 돌아가신 것 같아!"

"삼촌, 그게 무슨 말씀이세요?"

"내가 아주 많이 아팠을 때, 박씨 어른이 돌아가셨잖아."

"노환으로….'

남 집사는 쉬엄쉬엄 가슴속 응어리를 털어놓았다.

아들이 있었다는 사실, 처자식을 떼어 놓고 등대섬에 들어온 사연을 평생 비밀로 부쳤던 그였다. 해마다 한두 번씩 큰섬 부두의 허름한 식당에서 찾아온 아들을 만나 밥을 같이 먹고, 아들이 쥐여 준 봉투를 들고 돌아오는 일이 오랫동안 계속됐단다. 마지막으로 아들을 만나고 돌아오면서 코로나바이러스 병을 자기가 섬으로 옮겨왔을 것으로 남 집사는 믿고 있었다. 박씨 어른 죽음이 자신 때문이라며 그는 무거운 죄책감에 시달리고 있었다.

현우가 그를 위로했다. 그가 할 수 있는 마지막 일이었다.

"삼촌, 그렇게 생각하지 마세요. 병을 진단하는 것은 국가의 책임이에요. 이 섬에서 국가는 그 의무를 포기했어요. 우리는 국가가 채워주지 못한 것을 서로 채워주며 함께 살아왔어요. 누구의 잘못도 아니에요. 이제 안심하세요."

그제야 남 집사는 고개를 끄덕였다. 마른 얼굴 위로 안심 섞인 미소가 조용히 번져 나갔다.

등대섬 어른들의 장례는 언제나 쓸쓸했다. 하기야 먼 곳에서 찾아올 가족이나 인연이 남아 있었더라면 어쩌면 어른들은 등대섬에 들어오지 않고 다른 곳에서 달리 살다 생을 마감했을 것이었다.

마지막 어른 남 집사 장례식은 등대섬 마지막 장례식일 수밖에 없었다. 끝까지 기독교인으로 남았던 그였기에 장례도 기독교식으로 치르기로 했다. 마지막 숨을 내쉬며 눈감는 모습을 보면서 현우는 그래야 한다고 생각했다.

남 집사가 생전에 자기 묻힐 자리로 정해 둔 곳은 등대교회 오른쪽 언덕이었다. 햇볕이 잘 들고 마을이 한눈에 내려다보이는 곳. 비록 지금은 텅 빈 교회였지만, 평생 섬겨온 교회 옆에 묻히고 싶다던 남 집사의 말이 현우의 가슴속 깊이 박혀 있었다.

현우가 수레를 끌고, 미숙은 뒤에서 밀며 좁고 가파른 언덕길을 지그재그로 올라갔다. 얼마 전, 남 집사를 태우고 올라왔던 길이다. 젊어서는 자기 두 발로 걸어 올랐고, 이제는 죽은 이가 되어 수레에 실려 마지막으로 언덕을 오르고 있었다.

교회 마당에 도착해 겨우 숨을 돌린 뒤, 현우는 미숙과 함께 시신을 예배당 안으로 모시기로 했다.

"현우가 위쪽을 들어 모셔! 내가 아래를 두 손으로 받칠 테니까."

시신에 위아래가 어디 있을까마는 살았을 때의 형상을 끝까지 존중

하려고 남은 이들은 언제나 애를 쓴다.

강대상 앞에 시신을 안치하고 현우는 남 집사가 집에 고이 모셔 두었던 등대교회 십자가를 예배당 정면에 다시 걸었다. 예배당에 딸린 살림방 구석에 먼지를 뒤집어쓰고 걸려 있던 낡은 하얀 가운을 찾아 입고 현우가 장례 예식을 시작했다.

등대섬의 마지막 기독교인으로 세상을 떠난 남 집사, 기독교를 떠났으니 더 이상 목사라고 부를 수 없는 현우, 교회를 보면 악어가 떠올라 두려움에 젖었던 미숙, 이 셋이 함께 치르는 남 집사의 장례식은 세상에서 가장 기묘한 의식이었다. 예식을 치르는 내내 그는 교회 직분대로 '남 집사'로 불렸다.

현우는 시신 곁에 무릎을 꿇고 고개를 숙였다. 장례식이란 본래 떠난 이와의 관계를 매듭짓는 절차다. 시신이 흙으로 덮여 그 흔적이 눈앞에서 완전히 사라질 때 한 사람의 생에 마침표가 찍힌다. 특히 현우는 남 집사 장례식을 치르면서 그동안 애매하게 이어온 기독교, 교회와 관계를 그 자신이 완전히 정리하는 의식으로도 삼았다.

"남 집사님의 육신은 땅에 묻히지만, 영혼은 이제 하느님 품에 안겨 안식을 누릴 것입니다. 그곳에서 먼저 떠난 가족들을 만나고, 안타깝게 끊어졌던 땅에서의 인연들을 영원히 이어가실 줄 믿습니다."

현우는 정중히 예를 갖추어 기도했다. 삼촌이라 불렸던 남 집사에게 예의를 지키는 일이었다. 과거 등대교회 목사 시절, 그는 죽음은 두려운 것이 아니며 천국 동산으로 올라가는 자유로운 여정이라 설교하곤 했다. 하지만 몸과 생명을 분리해서 생각하지 않던 등대섬 어른들에게 그것은 그저 허공을 맴도는 소리에 불과했다.

'몸에 깃들지 않는다면, 도대체 생명은 몸 밖 어디를 떠돌 것인가.'

황씨 할머니가 남긴 말처럼, 등대섬 어른들에게는 몸이 곧 생명의 현상이었다.

그들은 삶 저쪽에, 죽음 이후에, 다른 삶이 기다린다고 믿지 않았다. 이 세상에서 사는 시간이 다른 세상을 준비하는 기간이라고 생각하지 않았다. 그렇게 믿는 순간, 삶은 단지 다른 시간을 기다리는 일이 되기 때문이다. 등대섬까지 밀려왔을 때부터 더 이상 옮겨갈 곳이 없음을 깨달은 이들은, 오로지 '지금, 여기에서' 살아내는 일에 온 생을 바쳤다.

장례를 마치고 빈 수레를 끌고 언덕을 내려오는 길, 현우와 미숙은 깊은 침묵에 빠졌다.

말을 나누지 않아도 무슨 생각을 하는지 서로 잘 알았다. 섬에 두 사람만 남게 되면 떠나자고 했던 말, 어딘가 새로운 곳으로 가 등대섬에서 어른들과 살던 것처럼 다시 살아 보자던 이야기를 떠올리고 있었다. 큰섬에서 초등학교에 다니던 은지가 코로나바이러스 때문에 한동안 집에 오지 못한 일을 겪으며, 미숙은 은지를 위해서도 섬을 벗어나겠다는 결심을 굳혔다.

"은지가 오면…."

"그럼 그때…."

길 위에 서서 짧게 말을 나누고 두 사람은 각자 자기 집으로 향했다. 섬을 떠나기 전에 등대섬을 마지막으로 한 바퀴 돌아볼 시간을 은지에게 주자고 이미 약속해 두었으니, 더 길게 상의할 일은 없었다.

다음 날 아침, 현우는 미숙의 집을 찾았다.

"은지야!"

습관처럼 아이의 이름을 부르며 마당에 들어섰으나 기척이 없었다. 부엌을 들여다보고 방문을 열어 보아도 그녀는 보이지 않았다.

'어디 간 거지?'

큰섬에 나간다는 얘기가 없었으니 분명 섬 안 어딘가에 있겠지만, 갑자기 섬 전체가 텅 빈 것 같았다.

마당 가 나무에서는 매미들이 악을 쓰듯 울고 있었다. 등대섬에는 매미도 여러 종류, 온갖 새가 깃들어 살았다. 바다 한가운데 뚝 떨어진 외딴섬에 어떻게 날아들어 알을 낳고 새끼 치며 살게 되었는지 생각해 본 적 없었지만, 이 섬은 애초에 사람만 사는 곳은 아니었다.

문득 엉뚱한 생각이 스쳤다.

'등대섬 인구 반을 나머지 절반이 우두커니 서서 기다리고 있네.'

이제 섬에 남은 사람은 미숙과 그뿐이었다.

한참을 기다려도 미숙은 돌아오지 않았다. 할 수 없이 터덜터덜 집으로 발길을 돌리는데, 큰섬댁 아주머니가 혼자 살던 집에서 그녀가 걸어 나오는 것을 보았다. 소리쳐 부르려다 어떤 생각이 훅 밀려들어서 그대로 멈춰 섰다.

미숙은 남 집사 집에도 들러 한동안 머물렀고 이어 박씨 노인 집, 배씨 노인 집, 황씨 할머니 집을 차례로 찾아 들어갔다. 그리고 꽤 오랜 시간이 지나서야 다시 모습을 드러냈다.

'떠나기 전 인사는 드려야겠지.'

현우는 더 지켜보지 않고 조용히 집으로 돌아왔다. 그리고 아버지처럼 벽에 등을 기대고 앉아, 기억의 첫머리부터 차곡차곡 더듬기 시작했다. 족히 하루는 걸리는 일이고, 어쩌면 영원히 끝나지 않을지도 모를 일이었다.

'그 어디나 하늘나라.'

기독교에서 걸어 나왔고, 교회를 완전히 떠났다고 생각했는데, 찬송가 구절 하나가 머릿속에서 맴돌았다. 남 집사의 장례식에서 불렀던 찬송가가 슬그머니 그를 움켜잡고 좀처럼 놓아주지 않았다.

남 집사까지 떠난 뒤, 등대섬에는 두 사람만 남았다. 은지가 돌아와 섬을 한 바퀴 돌아본 뒤 그들마저 떠나면, 등대섬은 그때부터 사람이 살지 않는 무인도가 될 것이다.

그런데 왜 하늘나라라는 말이 마음에 들러붙는 걸까. 하늘나라는 장소인가, 때인가, 아니면 그 모든 것인가. 내가 그 속에 없어도 그곳은 하늘나라일 수 있는가. 현우는 아무 대답도 하지 못했다. 끈질기게 달라붙어 떨어지지 않는 그 말에 잡혀 있었다.

미숙은 밤새 몸을 뒤척였다. 파도는 말 그대로 텅 빈 등대섬 마을을 끊임없이 흔들어 댔다.

'어쩌라고?'

바다에게 묻는 말인지, 흔들리는 마음을 다잡는 혼잣말인지 알 수 없었다. 밤새 묻고 또 물었다. 몇 분이면 닿을 수 있는 거리의 현우를 찾아갈 수는 없었다. 하늘 아래, 바다로 둘러싸인 외딴섬 안에 오직 두 사람만 남았지만, 현우 방문을 다시 두드릴 용기가 나지 않았다. 한 사람이 완전히 무너지지 않는 한, 두 사람의 관계는 한 발짝도 나아가지 못할 것 같았다.

코로나바이러스로 배가 끊긴 시간을 보내는 동안, 그녀는 더 늦기 전에 섬을 떠나기로 마음먹었다. 다니엘은 벌써 대학생이 되었지만, 이제 중학교 2학년이 된 은지를 더 이상 육지에 혼자 둘 수 없었다. 엄마 없이 하루하루를 지내는 것이 얼마나 마음 시린 일인지 미숙은 잘 알았다.

외로운 사람에게 검정소바위는 어디에나 있기 마련이다. 딸아이 역시 육지의 어느 검정소바위에 홀로 앉아 엄마를 기다리고 있을지 모를 일이었다. 이제 딸의 곁으로 가, 함께 앉아 있기로 했다. 자식에게 해줄 수 있는 일에는 다 때가 있다는 것을 미숙은 경험으로 알고 있었다.

미숙은 그날 낮에 찾아갔던 집들을 하나씩 떠올렸다. 그 집에 살던 어른들에게 작별 인사를 하지 않고는 도저히 떠날 수 없을 것 같았다. 떠나는 일보다 마음이 더 무거운 것은 정리하는 일이었다. 아무 말 없이 사라지는 일이 남겨진 사람들 마음을 얼마나 허전하게 만드는지 그녀도 겪어 보지 않았던가.

한 번도 어머니라고 불러 보지 못한 큰섬댁을 먼저 찾아갔다. 모든 것을 다 아는 사람의 눈으로 미숙의 손을 잡아 준 분이었다. 마지막 가쁜 숨을 쉬다가 끼고 있던 금가락지를 빼 건네고는 눈으로 뒷일을 부탁하던 큰섬댁. 천 마디 만 마디 말보다 더 깊은 이야기를 눈빛에 담아 전하던 그녀에게 작별 인사를 드렸다.

한 집 한 집 들를 때마다 마음이 출렁였다. 어른들과 얽힌 사연들이 하나하나 생생하게 떠올라 쉽게 발길을 돌릴 수 없었다. 갓난아기를 안고 도망치듯 돌아온 미숙을 아무 말 없이 받아 주던 그분들의 너른 품이 새삼스러워, 자꾸 눈물이 흘렀다.

평소 자주 드나들던 집도, 한 번도 마당 안으로 들어가 본 적 없는 집도, 오랫동안 비어 있던 집도 빼놓지 않고 모두 들렀다. 어른들은 누구도 '왜 떠나느냐' 묻지 않았다.

"어이구, 왔구만. 어디 가든 잘돼야 할 텐데…."

속 깊은 어른들이 있었기에 돌아온 섬에서 살아낼 수 있었다. 미숙은 혼자 눈물을 훔치기도 하고, 어른들이 들려주던 이야기를 생각하며 빈 부엌을 서성였다. 괜히 솥뚜껑도 한 번 열어 보고, 정든 어른들과 인사를 나누었다.

마지막으로 선착장 옆 검정소바위를 찾았다. 물을 건너 바위에 오르지는 않았다. 곧 만조가 될 시간이라 자칫 바위에 갇힐 수 있었기 때문이다. 어쩌면 다행이었다. 바위 위에 덩그러니 혼자 앉은 모습을 본다면 현우는 분명 눈살을 찌푸릴 것이다. 그때마다 그는 늘 고개를 돌리며 싫은 기색을 내비치지 않았던가.

만조까지는 아직 한 시간 넘게 남았지만, 바닷물은 벌써 출렁이며 제법 높게 밀려들고 있었다. 바위인지 바다인지 모를 무언가가 미숙에게 말을 걸어왔다.

"언제든 다시 들러. 내가 그때 길을 열어 줄 테니, 꼭!"

언제라도 돌아오면 다시 받아 주겠다는 약속이었다. 갈매기 한 마리가 검정소바위에 내려앉아 바다를 바라보다가, 미숙을 쳐다보고 다시 바다를 바라보고 있었다. 마치 그녀가 돌아올 때까지 그 자리를 대신 지키고 있겠다는 신호처럼 보였다.

경계 밖의 불빛

섬을 떠나는 날, 현우는 아버지 산소를 찾아 올라갔다. 산소 앞에 앉아 오랫동안 마을을 내려다보았다.

"아버지, 저 이제는 떠나요. 달아나는 것은 아니니 안심하세요. 이 섬에 남아 제가 더 이상 할 일은 없어요."

아버지는 아무 말도 없었다. 자식이야 자라면 언제나 품을 떠나기 마련이지만, 이번에 떠나면 언제 다시 돌아올지 알 수 없는데도, 아버지는 무덤덤했다. 마치 무슨 계획이 있는 분 같았다.

마을 어른들의 산소를 하나씩 찾아가 둘러보았다. 황씨 할머니 산소와, 삼촌이라고 불렀던 남 집사에게도 들러 섬을 떠난다는 인사를 드렸다.

마지막으로 교회 예배당에 들어가 남은 것들을 정리했다. 남 집사 장례식 때 다시 걸어 두었던 십자가를 바로잡고, 강대상을 꼼꼼하게 살펴보았다. 펼쳐져 있던 성경과 찬송가를 덮어 가지런히 놓고, 예전에 그가 사용하던 살림방도 들여다보며 잠시 회상에 젖었다.

'떠난다고 떠나지는 거 아니지라.'

그는 다시 예배당에 들어가 바닥에 몸을 던져 엎어졌다. 예전에 가끔 그렇게 했듯, 두 손을 모아 쭉 뻗고 두 다리도 일직선으로 곧게 편채, 예배당 전면의 십자가 쪽을 향해 엎드렸다. 지난날에 대한 예의라는 생각이었다. 떠나기는 하지만, 적대감을 품은 것은 아니었으니 완전히 등질 수 없는 미련이 남았다.

문을 닫고 나오다가 잠시 멈춰 선 그는 다시 예배당 안으로 들어갔다. 그리고 입구 벽에 고정해 매어 두었던 종 치는 줄을 풀어 놓았다. 이제 바람이 불면, 사람이 없는 빈 교회라도, 사람이 살지 않는 빈 섬이라도, 종은 저 혼자 댕그랑댕그랑 울릴 것이다.

'사람이 남긴 소리.'

듣는 사람은 없어도, 그 소리에 맞춰 언덕을 후유후유 오르던 사람들은 다 사라졌어도, 기억은, 그들의 삶은, 등대교회 종소리로 남을 것이다.

미숙은 은지를 데리고 마을 어른들이 살던 집을 한 집 한 집 찾아다녔다. 그곳에 살던 어른들이 어떤 분들이었는지 아이에게 들려주었다. 기억을 심어 주려는 듯했다.

은지는 어떤 어른은 기억난다 하고, 어떤 어른들은 생각이 나지 않는다 하면서도 마당을 나설 때마다 돌아서서 공손히 허리를 굽혀 인사했다.

큰섬으로 가는 마지막 배를 탔다. 섬에 마지막으로 남아 있던 두 사람, 현우와 미숙이 떠나면 여객선도 더는 운행하지 않는다. 등대섬을 덮고 있던 하늘도, 언덕 아래 마을을 내려다보는 등대도, 떠나는 사람들을 조용히 배웅하는 마을도 노을에 조금씩 물들고 있었다.

뒤돌아본 섬은 마음이 시리도록 아름다웠다. 붙잡고 실컷 울고 싶을 만큼 슬프고, 꿈속에서라도 돌아와 서성일 것만 같았다. 자꾸 삐져나오는 마음을 꾹꾹 누르며 세 사람은 묵묵히 배에 올랐다.

여객선은 등대섬을 향해 마지막 인사를 보냈다.

"부웅! 부웅!"

그때 섬 서쪽 언덕 위 등대에 불이 들어왔다. 높지 않은 그 언덕을 등대섬 사람들은 산이라고 불렀다. 산이라 부르며 어른들은 떠나온 고향을 떠올렸다는 것을 현우나 미숙은 어렴풋이 알고 있었다.

키 작은 동생처럼 교회 건물이 등대 옆에 바짝 붙어 서 있었다. 등대교회라는 큰 글씨 간판이 여전히 종탑에 달려 있다. 종탑에 매달린 구리종은 바람이 불면 저 혼자 댕그랑댕그랑 울릴 것이다. 예배 시간을 알리던 종은 까마득한 옛일이 되었고, 지난 스무 해 남짓은 마을의 중요한 일을 상의할 때 모임을 알리는 종이었다.

더 이상 교회로 쓰이지 않는 건물에 십자가와 간판이 남아 있듯, 사람이 살지 않는 무인도가 되어도 등대는 저녁마다 자동으로 불을 밝힐 것이고 섬은 여전히 등대섬으로 불릴 것이다. 이름이 존재의 정체성을 확인하는 것이라면, 등대가 불을 밝히는 한 등대섬은 자신의 정체성을 붙들고 있을 것이다. 어둠이 세상을 덮으면 불 꺼진 섬에서 오직 등대 불빛만 허공을 헤매며 바다를 떠돌 것이다.

어릴 적부터 눈에 익은 별들이 여전히 빛으로, 신호로, 기억으로 남쪽 하늘 제자리에 하나둘 모습을 드러냈다. 곧 하늘을 빼곡하게 채울 것이다. 섬은 별빛 아래 점점 멀어지고 낮아지고 작아졌다.

현우는 등대섬이 바다 저쪽으로 사라져 어둠에 묻힐 때까지 바라보았다. 파도는 끊임없이 뱃전을 치며 그를 옛날로 밀어냈다가 지금으로 끌어당겼다. 돌아오라고 붙드는 것처럼.

난간 기둥을 잡고 서 있던 미숙과 은지도 아무 말 없이 멀어지는 섬을 바라보고 있었다.

"아빠, 슬퍼요."

은지가 현우의 어깨에 머리를 기댔다. 중학교 2학년이 되었지만 현우 눈에는 아직도 말을 배우던 아이였다. 아이는 젖은 목소리로 울먹울먹했지만, 미숙은 의외로 무덤덤했다. 공연이 끝나고 막이 내려진 뒤, 무대 위에 남아 멍하니 서 있는 사람처럼. 세상이 움직임을 멈추고, 모든 소리와 색깔이 사라진 절대 정적 속에 그녀 혼자 남겨진 듯했다.

"나는….."

말하려다 현우는 입을 닫았다.

숫자로 셀 수 없는 무게가 있듯, 말로 옮길 수 없는 감정도 있다. 교회를 떠난 지 오래된 사람이 어느 날 문득 찬송가 한 소절을 흥얼거리듯, 모든 것을 정리하고 문을 꾹 닫고 떠나왔다고 해서, 몸으로 살아낸 날들과 완전히 단절할 수는 없는 노릇이었다.

사람은 몸으로 산다. 끊어짐과 이어짐을 따로 떼어 생각할 수 없고, 하나를 완전히 내려놓은 채 다른 하나를 쥘 수도 없다. 그 사실을 깨닫는 순간, 같으면서도 다르고 다르면서도 같은 세계가 열린다.

현우는 미숙의 손등에 가만히 자신의 손을 포갰다. 그녀는 천천히 손을 뒤집어 그의 손을 맞잡았다. 손바닥은 따뜻했지만 놀랄 만큼 거칠었다. 그녀의 삶이 그러했음을 그는 알고 있었다. 삶은 언제나 몸에 흔적을 남긴다.

등대섬 쪽에서 외롭게 하늘을 헤매던 불빛이 마침내 수평선 너머로 사라졌다.

"등대는 저 앞바다를 지나는 배에게 보내는 신호란다. 지금 위치를 확인하고 가야 할 목적지를 가늠하라고."

아버지의 목소리가 또렷하게 들렸다.

현우는 여전히 등대를 바라보고 있었다. 눈앞에서 모습을 감추었을 뿐, 완전히 사라진 것은 아니었다.

*

큰섬 부두에 바짝 붙어 있는 낡은 모텔에 숙소를 정했다. 방 두 개를 얻어 짐을 내려놓고 근처 식당에서 늦은 저녁을 먹었다.

"어때, 다른 사람이 끓여 주는 음식 먹으니…. 맛이 좋지?"

현우의 말에 미숙은 눈을 흘겼다.

"내 음식 맛이 어때서…."

특별한 뜻 없이 꺼낸 말이었는데 미숙에게는 달리 들린 모양이었다. 잠시 뒤 미숙이 말했다.

"현우, 너 한 사람만을 위한 밥상을 꼭 차려 주고 싶었는데…. 이제 등대섬에서는 할 수 없게 돼 버렸네."

현우는 아무 말도 할 수 없었다. 등대섬이 수평선 너머로 사라질 때 가슴속에 슬쩍 파고들었던 생각이 있었다. 큰섬에 도착한 뒤부터 그 생각은 점점 몸집을 키우더니 이제 꿈틀거리기 시작했다.

겉보기로는 중년 부부가 딸을 데리고 단란하게 저녁을 먹는 모습 같지만, 세 사람은 저마다 다른 세상을 바라보고 있었다. 마주쳤다가 피하는 눈길 속에서 어색함과 서운함, 당혹이 말없이 얽혔다 풀어지고 이내 다시 얽혔다.

숙소로 돌아와 이런저런 딴소리만 하다가 마침내 현우는 어렵게 말을 꺼냈다. 그가 다시 설명하려고 하자 미숙이 말을 잘랐다.

"다 알아들었어. 너는 등대섬을 벗어나면 못 사는 사람이니까."

은지가 울먹이며 물었다.

"아빠, 같이 안 가시는 거예요?"

미숙이 대신 대답했다.

"안 가는 게 아니고, 못 가는 거야!"

"왜 못 가요? 같이 가면 되잖아요?"

미숙이 말했다.

"민물고기가 어떻게 바다에 가서 사니?"

그 순간, 분명해졌다. 십사오 년 전 섬을 떠났다가 돌아온 뒤 목사직을 내려놓고 몸으로 일하며 살았어도, 미숙의 눈에 그는 여전히 등대섬 안에서만 살 수 있는 '민물고기'였다. 육지에서 새로 시작하겠다던 공동체와 헌신하는 삶, 그가 입에 올렸던 수많은 다짐들은 이제 그녀에게 아무 의미 없는 말이 됐다.

"이현우! 나는 등대섬으로는 안 돌아가!"

미숙은 또박또박 자기 의견을 밝혔다. 그녀다웠다.

"아!"

현우 눈에 보였다. 그녀는 은지를 끌고 바다로 헤엄쳐 나가고 있었다. 다시는 도망치지 않겠다고 다짐하며, 악어가 득실댄다는 세상으로 돌아가는 미숙은 패배를 이겨낸 어미였다.

고개를 숙일 수밖에 없었다. 딸과 미숙을 떼어 놓고 혼자 등대섬으로 돌아가려는 사람, '민물고기'보다 더 잘 설명하는 말이 있을까. 미숙은 이번에도 제 살 한 점을 현우에게 뭉텅 떼어 주고 떠나는 셈이었다.

이튿날 아침, 큰섬에서 육지로 향하는 배의 출발 시간이 다가오자 사람들이 줄지어 갑판 위로 오르기 시작했다. 은지는 '아빠, 아빠' 흐느끼며 자꾸 현우에게 매달렸다.

"은지야, 아빠가…!"

"꼭 금방 찾아와야 해!"

미숙은 아이를 달래 먼저 배 안으로 들여보냈다. 바닥에 짐을 내려 놓고 물끄러미 현우를 바라보더니 작은 목소리로 말했다.

"이은지. 성을 붙여 줘서 고마워!"

그 말을 하고 싶어서 은지를 먼저 배에 태운 것일까.

"내가 해야 할 일이었어."

"고마워."

현우는 미숙을 위로해 주고 싶었다. 사람들이 보든 말든 한번 안아 주고 싶었지만 마지막까지 그럴 용기는 없었다. 마음에 떠오르는 대로 말했다.

"참, 다니엘이 군대 가기 전에 우리 식구 다 함께 보자고 하던데. 그때 모여서 밥 한 끼 같이 먹자."

미숙의 눈빛이 흔들렸다. 지킬 수 없는 약속임을 알았지만, 그 말은 그녀가 세상을 헤쳐 나갈 때 등대 불빛이 되어 줄 것이다.

"다니엘이 그랬어? 그럼 우리 곧 또 만날 수 있겠네!"

미숙은 '우리'라는 말에 유난히 힘을 주어 말했다.

그녀의 얼굴이 발그레했다. 잠시 어디 다니러 가는 사람처럼, 밝은 표정으로 고개를 까딱하고 돌아서더니 배에 올랐다.

현우는 아침 해가 만들어 낸 긴 그림자를 밟고 서서 미숙의 뒷모습을 끝까지 지켜보았다.

남은 것은 등대섬으로 돌아가는 일뿐이었다.

등대 불빛이 혼자 밤바다를 훑지 않도록 섬으로 돌아가야 한다. 벗어나고 싶었지만, 벗어날 수 없는 곳. 현우에게 등대섬은 도착점이 아니고 시작점이었다.

*

등대섬으로 돌아갈 배편을 알아보던 중, 젖먹이 아기까지 딸린 젊은 부부가 현우에게 말을 걸었다. 그가 배를 수소문하고 있는 걸 눈치챈 모양이었다.

"새로 부임하게 된 항로표지관리원인데, 등대섬 가는 배가 없네요."

등대관리원을 그렇게 어려운 이름으로 부른다는 것을 현우는 처음 알았다.

현우는 곧장 여객선 사무실로 향했다. 직원은 마지막 주민이 섬을 떠났기 때문에 더 이상 여객선이 뜨지 않는다고 했다. 앞으로 어른 셋에 아기 하나, 주민이 넷이나 된다고 하며 배를 새로 배정해 달라고 부탁했지만, 면사무소와 군청에 항로 개설 허가를 다시 신청해야 한다며 한두 달은 걸릴 거라고 했다.

"젖먹이 아기가 있어요. 아기한테 언제 무슨 일이 있을지 몰라요. 가능하면 빨리 처리해 주세요."

현우는 관청이든 회사든 어떻게 말해야 일이 빨라지는지 이제 알 만큼은 알아서 아기 얘기를 일부러 강조했다.

외사촌 형을 잘 아는 사람을 통해 작은 배 한 척을 빌리고 뱃삯은 현우가 치렀다. 새로운 주민과 함께 섬에 들어가는 일이었으니 그만한 부담은 해야 된다고 생각했다. 더구나 새로 섬에 들어오는 사람을 언제나 환대하는 것이 등대섬의 전통이었다.

등대섬으로 돌아오는 배 안에서 젊은 부부는 심하게 멀미를 했다. 아기는 배에 오르자마자 울기 시작해 섬에 도착할 때까지 그치지 않았고 아기 엄마는 걱정 가득한 어둔 얼굴로 내내 굳어 있었다.

두 시간 만에 섬에 도착했다. 마지막 남았던 현우와 미숙이 떠났으니 등대섬은 무인도여야 했다, 다만 하루였을지라도. 그런데 선착장에 배가 도착하는 순간, 여전히 사람들이 살고 있는 섬처럼 보였다. 그가 기억하는 모든 사람들이 아직도 제자리를 지키고 있는 것 같았다.

누군가 낮은 소리로 말을 걸었다. 현우는 목이 콱 막혔다.

'등대마을은 비우면 안 된다.'

등대마을. 불이 꺼지면 안 되는 마을. 마을이 바로 등대라는 말이었다.

선착장 위쪽, 검정소바위에 조그만 여자애가 쭈그리고 앉아 있는 것처럼 보였다. 깍지 낀 두 손으로 무릎을 감싸안고 있는 아이. 고개를 숙였다가, 망연히 바다를 바라보다가, 배에서 내리는 현우와 눈을 맞추려고 아이는 애를 썼다. 그 바위에 앉아 데리러 오지 않는 엄마를 날마다 기다리던 미숙이었다.

'미숙일 수도 있고, 나일 수도 있고, 다른 누구일 수도 있고….'

눈이 시큰거렸다. 자꾸 컥컥 기침이 터져 나왔다.

"여기네요."

젊은이의 말에 현우가 정신을 차렸다. 이제 그들을 맞아야 한다.

"예, 여기예요. 등대마을이에요. 잘 오셨어요."

현우가 아기 엄마의 짐을 받아 들고 앞장서서 미숙이 살던 집으로 안내했다.

떠나면서도 미숙은 집을 말끔히 정리해 두었다. 이불보따리는 오래된 궤짝 위에 단정히 놓여 있었다. 부엌에는 밥상이며 그릇이 잘 정리돼 있고, 숟가락 젓가락도 수저통에 가지런히 꽂혀 있었다. 단지마다 쌀, 보리, 간장, 된장, 고추장이 조금씩 고루 담겨 있었다. 누군가 곧 들어와 살 것처럼, 남겨 놓고 담아 놓고 쌓아 놓고 그녀는 떠났다.

현우가 돌아올 것을 미숙은 미리 알고 있었던 것 같았다. 떠날 수 없는 사람이라 그는 섬으로 돌아왔고, 돌아오고 싶은데도 그녀는 그냥 떠났는지 모를 일이었다. 현우가 붙잡기를 기대했을까.

젊은 부부를 들여보낸 뒤 현우는 집으로 발걸음을 옮겼다.

나지막한 돌담을 지나는데 남 집사가 그를 불러 세웠다.

'잘 돌아왔어. 나는 자네가 꼭 돌아올 줄 알았지.'

마당에서 빨래를 널던 큰섬댁 아주머니도, 문 앞에 서서 바라보던 황씨 할머니도 손을 흔들며 알은체했다. 집집마다 사람들이 그대로 살고 있었다. 다정하게 그에게 말을 걸고 맞아들였다.

아무도 돌아온 이유를 묻지 않았다. 원래 섬사람들은 서로 묻지 않고 털어놓지 않고 살아왔듯, 그저 잘 왔어, 잘 왔어 하면서 그를 반겼다. 그 어른들이 다 세상을 떠났다는 것을 알면서도 하나도 무섭지 않았다. 무서울 이유가 없었다.

'사람은 기억 속에 산다. 살았든 죽었든.'

그가 직접 장례를 치른 어른들이 아직도 등대섬에 살고 있었다. 기억이 남아 있는 한, 외롭지 않겠다고 생각하며 살던 집으로 돌아왔다.

'이제 오니?'

"예!"

아버지의 목소리를 들으면서 안방에 들어가 짐을 풀었다. 그는 죽은 사람들만 사는 섬이 아니라, 여전히 살아 있는 사람들과 함께 살아갈 곳으로 돌아온 것이다. 살고 죽은 것이 별반 차이 없는 곳, 등대섬으로 돌아왔다.

아주 섬을 떠날 요량으로 배를 탔다가 하루 만에 돌아와 보니, 이제까지 보이지 않던 것들이 눈에 들어왔다. 끼룩거리며 바다 위를 잽싸게 나는 갈매기, 극성스럽게 짖어 대는 까마귀, 뜯는 사람 없이 저절로 크는 해풍쑥.

섬은 사람들이 살기 때문에 존재하는 곳이 아니라, 저마다의 생명이 제 몫의 삶을 누리는 터전이었다. 사람도 그중에 하나일 뿐이었다. 살다가 사라지면 뒤이어 누군가 돌아오고, 꼭 그 사람은 아니더라도 또 다른 누군가 들어와 삶을 이어가는 곳.

떠났다가 돌아오고, 다시 떠났다가 돌아오는 길 위에서 어제까지의 기억과 어려서부터 쌓였던 기억들이 각각 다른 줄기로 흘러들더니 하나로 엉겨 붙었다. 아무리 애써도 그 줄기들을 갈라 떼어 낼 수 없었다.

기억을 분리해 시간과 장소, 사람별로 차곡차곡 정리하는 것이 무슨 의미가 있을까. 분리하자면 끝이 없었고, 굳이 그럴 필요도 없었다. 억지로 떼어 놓으면 서로 연관되어 살았던 일들은 온데간데없고, 혼자 허공을 떠도는 잠자리처럼 공허해질 뿐이었다.

떼 지어 날아다니던 잠자리가 얼마나 아름다웠던가. 기억은 잠자리일지도 모른다. 쫓아가면 멀리 날아가 버리고, 가만히 지켜보고 있으면 슬며시 어깨 위로 내려앉는.

여기저기 기웃거리며 마을을 돌아다녔다. 돌담 너머 집 안을 들여다보면 손짓하며 환한 웃음으로 기억 저쪽에서 걸어 나오는 어른이 있고, 다시 살펴보면 마당에 풀이 수북했다.

'내가 이러다 도인이 되려나.'

도인이든 아니든 상관없었다. 혼자 도를 닦아 깨닫는 것보다 누군가와 함께 사는 일이 훨씬 중요하다는 것을 그도 이제 알 만큼 알게 되었다. 그래서 젊은 부부와 함께 섬에 돌아온 일이 참 다행처럼 느껴졌다. 언제 시간을 내서 그들 부부를 데리고 집집마다 들러 그곳에 살았던 어른들이 얼마나 아름다운 분들이었는지 들려주고 싶었다. 가만히 귀 기울이면 등대와 바다가 나누는 이야기도 들을 수 있다고, 등대 역시 할 말이 많은 존재라고 말해 주고 싶었다.

젊은이가 데리고 온 젖먹이 아기가 커 가는 모습을 지켜본다면, 다시 한번 은지를 키우는 일이 될 것이다. 태어나는 모든 아기가 은지이고, 걸어 다니는 모든 아이가 다니엘 아니겠는가.

"여기서 봐도 교회가 참 예쁘네요."

등대를 점검하러 올라가는 젊은이와 함께 언덕을 올랐다. 젊은 부인도 아기를 업고 숨을 헐떡이며 언덕길을 걸었다. 젊은 사람도 그러하니 나이 많이 드신 어른이야 얼마나 힘들었을까. 왜 높은 곳에 교회를 지었을까. 등대를 닮으려 그랬을까.

"주민 수에 비해 교회가 굉장히 커 보이네요!"

현우는 예배당 문을 열고 한편으로 비켜섰다. 젊은 부부가 안으로 들어가도록 길을 터주고 따라 들어가지는 않았다.

예배당 안에서 두 사람은 무릎을 단정하게 꿇고, 두 손도 앞으로 가지런히 모았다. 눈을 꼭 감고, 앞뒤로 몸을 끄덕이며 기도를 드렸다. 외딴섬에 들어왔으니 하느님의 돌보심에 의지해 살아갈 수밖에 없다는 간절한 기도였을 것이다. 엄마 등에 매달린 아기는 버둥거리며 끝없이 울었다.

"저희, 교회 다니거든요. 여기 교회가 있을 줄 몰랐어요."

현우는 아무 말도 하지 않았다. 그가 말하지 않는다면 그들이 어찌 알 것인가. 그가 등대교회 목사였다는 사실을.

"여기 예전에 살았던 주민들이 모두 교인이었나요?"

"그럴 수도 있고, 아닐 수도 있고."

현우는 애매하게 말하며 웃었다. 그러다가 불쑥 한마디를 보탰다.

"등대와 교회가 한 쌍이에요. 등대마을이 등대였고요."

"예?"

"하는 일이 같아요."

무슨 소리냐는 듯 젊은이는 현우를 잠시 바라보다가 이내 등대로 향했다.

섬에 들어오기 전에 그는 이미 열쇠를 받았는지 철커덕철커덕 문을 열고 안으로 들어갔다. 무인등대라 원격으로 운영되지만, 그래도 누군가는 등대를 돌봐야 했다. 태풍이 불고 폭우가 쏟아지는 밤에 등대가 고장 나면 큰일이기 때문이다.

젊은이는 이제 남 집사를 대신해 이 외딴섬에서 등댓불을 지키는 사람이 되었다. 어쩌면 등대교회 목사로 처음 내려왔을 때의 현우보다 더 큰 책임을 맡은 사람이다.

"그런데 어제부터 여쭙고 싶었는데요, 아저씨는 왜 여기서 혼자 사세요?"

"그냥요. 그렇게 됐어요."

"그래도 궁금해요. 저는 섬에 몇 분은 더 살고 계실 줄 알았거든요."

"다들 그냥 살고 계세요. 갈 데가 없어서요."

또 이상한 소리를 한다는 듯, 그는 현우의 얼굴을 빤히 바라보았다. 젊은 부인의 얼굴에 살짝 두려운 그림자가 스쳐 지나갔다. 이상한 아저씨와 한 섬에서 살아가기가 마음에 걸리는 듯했다.

아기까지 겨우 네 사람, 그들 부부는 걱정스러운 마음으로, 현우는 땅을 뚫고 올라오는 새싹을 들여다보는 마음으로 또 하루를 지냈다.

젊은이는 손재주가 좋았다. 등대섬 위성통신망을 손보고 태양광 발전설비, 비상용 디젤 발전기도 정비했다. 컴퓨터 자판을 몇 번 두드리자 인터넷 속도까지 눈에 띄게 빨라졌다.

현우는 혼자 논밭에 나가 가을걷이에 매달렸다. 벼를 베어 탈곡하고, 깨를 털고, 붉게 익은 고추를 거둬들였다. 봄부터 늦여름까지 언제나 미숙과 함께하던 농사일이었지만, 거둬들이는 일은 혼자 할 수밖에 없었다.

벼를 베며, 지게를 지고 논두렁을 걸으며, 밭에서 뽑은 배추와 무를 외발 수레에 싣고 내려오며 자주 미숙을 떠올렸다.

그녀는 섬 여기저기에 기억을 참 많이도 걸어 놓고 떠났다. 황씨 할머니의 얘기처럼, 미숙과 살림을 합쳐 한집에 살았으면 어땠을까. 그래도 미숙은 섬을 떠났을까.

'나만 생각했지. 미숙이 생각은 눈곱만큼도 안 한 게지.'

자신이 세워 둔 마지막 경계를 끝내 넘지 못했다는 것을 현우는 이제 깨달았다.

논밭에서 하루 종일 같이 일하고서도 저녁이면 꺼덕꺼덕 제집으로 혼자 돌아가는 현우의 등을 보면서 그녀의 마음은 얼마나 참담했을까. '아빠, 아빠' 하며 그를 따르던 은지를 데리고 잠자리에 누워 이리저리 돌아누울 때마다 얼마나 한숨을 쉬었을까.

"우리 섬으로 다시 돌아갈까?"

큰섬에서 배를 타고 떠나기 전까지, 그녀는 그 한마디를 기다리고 있었는지도 모른다.

"아냐. 나는 그냥 떠날 거야. 이제 섬으로는 안 돌아가."

현우는 그녀의 입에서 그 말이 나올까 봐 두려웠을 것이다. 두 사람에게 등대섬은 도착점이 아니라 떠나야 할 출발점이었기 때문이다. 현우는 떠나지 못했지만.

＊

어떻게 소문이 났는지, 겨울을 지나 봄이 될 때까지 여섯 명이나 더 섬으로 들어왔다. 젊은 등대관리원의 젖먹이 아기까지 합쳐 주민은 열 명으로 늘었다. 줄어들기만 하던 마을 인구가 부쩍부쩍 불어났다.

"집도 있고, 땅도 있고, 바다 어장도 있고, 아무도 간섭하지 않는 세상 끝 파라다이스라고 해서 무작정 왔어요. 사람이 살던 곳이니 우리가 못 살게 무어냐 생각했지요. 정말 잘 왔네요."

"교회도 있다고 들었심더. 목사님이 혼자 끝까지 남아 있다 카데예. 우리 대구에서 교회 안 다녔습니꺼."

대구에서 왔다는 남자가 스스로 출신을 밝히며 목사 이야기를 꺼내자 곁에 있던 등대관리원 젊은이가 의아하다는 듯 현우를 쳐다보았다. 믿기지 않는다는 표정이었다. 그들 부부는 섬에 들어온 뒤 매주 교회 언덕을 오르내렸다. 아기가 자지러지게 우는데도 그들은 등대 관리보다 교회 청소와 보수에 더 열심이었다. 마치 농사는 농부가, 바

다는 어부가 맡아야 한다고 믿는 사람들처럼 그들은 예배당을 가꾸는
일에 매달렸다.

어느 날, 현우가 등대마을 주민들을 한자리에 불러 모았다.
"이렇게 다 모였으니 한마디할게요. 이 섬에서 살아가려면…."
모두가 귀를 기울였다. 그중 무언가에 쫓기는 듯 불안해 보이던 젊
은이 하나가 더 바짝 다가앉았다. 그를 볼 때마다 현우는 황씨 할머니
가 들려준 젊은 날의 아버지 모습을 떠올렸다. 아버지도 분명 저런 표
정으로 섬에 들어왔을 것이다.
"여기서는 내가 무엇을 하던 사람이고, 왜 이 섬까지 들어왔는지
말할 필요가 없어요. 묻지도 않고 말하지도 않고. 그게 이 섬에 살던
사람들이 애써 지킨 일이었어요."
"왜요?"
"왜 그런지 묻지도 않았어요. 그냥 서로 묻지 않고 얘기하지 않고
옆을 지키며 함께 살았어요. 여기는 세상의 축소판이 아니니까요."
그들 생각에도 그래야 한다는 듯 모두 고개를 끄덕였다. 현우는 말
을 이었다.
"한 가지만 더…. 모두 한자리에 모여 무슨 일을 할 때, 예를 들어
식사를 같이 하든, 회의를 하든, 다른 사람이 들어와 끼어 앉을 자리
를 남겨 두세요. 누구든 새로 이 섬에 들어올 수 있으니까요! 묻지 않
고 받아들여서 등대마을에서 함께 살지요."
말을 마치자마자 현우는 아차 후회했다. 모르는 새에, 그는 법과 규
칙을 정해 주는 사람의 역할을 하고 있었다. 바람 불고 파도 높은 밤

에 섬을 떠났다가 돌아온 이후, 섬에서는 누구도 지도자 노릇을 하지 않기로 정했다.

목사라고 지도자가 아니다. 게다가 그는 스스로 목사 자리에서 내려온 사람이었다. 지휘하는 사람도 없었고, 서로 적당한 거리를 두고 살았다. 그걸 커뮤니타스라고 생각하며 살았다. 다른 사람 속으로 너무 깊숙이 들어가면 간섭이나 강제가 되고, 너무 멀어지면 소외와 배제가 되는 것도 알고 살았다.

'새로 섬에 들어온 사람들이 스스로 살아가도록 나는 입을 다물고…'

큰섬에서 젊은이 부부와 젖먹이 아기 새로운 주민 세 사람과 함께 배를 타고 섬으로 돌아올 때부터 그가 작정한 일이었다. 이제 보니 피하고 싶었던 일을 그가 한 셈이었다.

등대관리원 젊은이가 물었다.

"근데, 목사님 얘기는 뭐예요? 아저씨가 정말 목사님이셔요?"

할 수 없었다.

"예전에⋯."

"그럼 지금은요?"

"상관없어요. 그냥 사세요."

'상관없다'보다 더 적당한 말은 없을 것 같았다. '그냥 살라'는 말은 그가 할 수 있는 마지막 말이었다. 그리고 현우는 입을 닫았다.

며칠 후, 현우는 등대관리원 젊은이가 언덕을 올라가는 것을 보았다.

"교회 가시나요?"

"아니요. 등대를 좀 손보려고요. 등명기 돌아가는 소리가 부드럽지 않아서 점검해 보려고요."

"나도 등탑에 올라가 봐도 될까요?"

"같이 가시죠."

두 사람은 말없이 언덕을 올랐다. 등탑 문이 열리고, 현우는 안으로 들어섰다. 45년 만이었다.

두꺼운 유리창에 둘러싸인 둥근 방 안, 커다란 렌즈 앞에 어린 현우가 서 있었다. 오랜 세월 등탑 안에 머물러 있던 아이는 알 것 같으면서도 참 낯설다는 묘한 표정으로 어른 현우를 바라보았다. 그 아이가 입을 달싹이며 막 무언가 말을 하려는데 등대관리원 목소리가 들렸다. 하고 싶은 말을 못해 서운한 얼굴로 어린 현우는 사라졌다.

"기록을 보니 그동안 몇 번 크게 수리했더군요."

"나는 몰랐어요. 섬을 떠나 있어서……."

"천천히 보세요. 기계에는 손대지 마시고요."

젊은 등대관리원이 분주히 오르내리며 점검하는 동안, 현우는 난간을 따라 돌며 바다를 보았다.

바다는 섬을 꼼짝 못 하게 에워싸고 있었다. 누군가에게 이 바다는 세상의 거부이자 배제였을 것이다. 세상 어디로도 달아날 수 없이 막다른 곳.

현우야 섬에서 나고 자랐지만, 처음 섬에 들어온 사람들에게는 얼마나 막막하고 절망스러웠을까.

그러나 어른들은 이 섬에서 서로를 살려냈다. 죽어도 마땅한 사람이란 세상에 하나도 없다는 믿음으로, 서로에게 생명이 되어 등대마을을 이루었다. 연결을 찾아 헤매는 사람들에게 등대 불빛으로 초대의 신호를 삼은 어른들. 그들은 자기 몸의 깊은 상처에는 빨간 약 한 번 바른 채 버티면서도, 다른 사람 상처에서는 끝까지 눈을 떼지 않고 처치해 주며 살았다.

처치라는 말을 생각하자 갑자기 어찔했다. 세상이 빙빙 돌았다. 난간을 붙잡고 겨우 버텼다. 숨이 막히고 가슴이 먹먹했다.

"미숙아."

겨우 이름을 한 번 불렀을 뿐인데 눈물이 쏟아졌다. 살이 뭉텅 떨어져 나간 미숙의 상처가 비로소 선명하게 보였다. 뼈가 허옇게 드러난 몸으로 그녀는 어린 은지를 끌고 사나운 바다를 헤엄쳐 가고 있었다. 아버지 해 주는 일을 미숙에게 떠넘기고 현우는 홀로 섬으로 돌아온 사람이었다.

자신이 입힌 상처가 아니므로 책임도 없다고 믿었던가. 책임은 원인을 제공한 사람의 몫이라고 여긴 채, 눈앞에 빤히 보이는 상처를 외면해 온 일이 떠올랐다.

미숙이 늘 입에 올렸던 '처치'는 상처가 아물 때까지 계속 떠들어 보고 씻어 내고 약을 발라 주는 일, 바로 고통을 함께 아파하는 일이었다. 현우가 등대섬의 일꾼이 되어 논과 밭, 해풍쑥 비탈에서 엎어져 몸으로 일했다지만, 그것은 등대섬 어른들의 상처를 돌보는 일과는 상관이 없었다. 과거의 상흔을 묻지 않는다는 어른들의 말을 현재 눈에 보이는 상처에 눈 감아도 되는 것으로 잘못 이해한 탓이었다.

"이 섬에서 살았지만, 나는 등대마을 사람이 되지 못했구나."

눈물이 자꾸 흘렀다. 볼을 타고 내리고, 목을 타고 현우를 적셨다.

어른들은 등대섬에 들어온 현우와 미숙이라는 위험을 침입자라고 밀어내지 않고 공동체의 일부로 바꾸었다. 상대를 멸절하지 않고 내 몸 안에 받아들여 다스리는 힘이 면역이다. 현우는 자신이 어른들을 섬기고 돌본다고 믿었으나 오히려 위험을 무릅쓰고 그를 받아들여 등대섬 사람으로 변화시킨 것은 어른들이었다.

어른들이 숨을 거두면서 가슴 깊이 묻어 두었던 사연을 그에게 넘겨준 까닭도 그제야 또렷해졌다. 등대마을의 오늘만 놓고 보면 그럴 이유는 없었다. 시간을 가로로 자르면 등대마을의 오늘이지만, 세로로 가르면 어른들이 마지막까지 품고 살았던 고통이었다.

등대마을은 그 시간과 고통이 만나는 접점이자, 각자 안고 살아온 항아리가 쌓여 있는 자리였다. 종착점이면서 동시에 새로운 출발점이었다. 어른들이 건네준 작은 항아리는 다른 사람의 아픔을 내 아픔으로 삼아 더 나은 삶을 이루라는 마지막 부탁이었다.

이제야 그는, 너무 늦게 그 뜻을 깨닫고 있었다.

사흘 뒤 토요일, 등대섬에 새로 들어온 주민들이 현우의 집 마당으로 한꺼번에 우르르 모여들었다. 엄마 등에 업힌 아기까지 모두 아홉이었다.

마루에 올라앉으라는 말을 들은 척도 하지 않고 마당에 그대로 버틴 채 그들은 서 있었다. 젊은 등대관리원이 앞으로 나섰다.

"내일이 주일입니다. 마지막으로 확인하려고 왔습니다."

"마루에 좀 올라앉으시지요."

"괜찮습니다, 목사님."

그는 '목사님'이라는 말을 또박또박 붙여 말했다. 예전에는 곧잘 아저씨라고도 부르던 사람이었다.

"저희는 이번 주일부터 교회에서 예배를 드리려고 합니다. 폐쇄됐던 등대교회를 다시 창립한다는 의미가 있지요. 목사님께서 함께해 주시면 좋겠습니다. 예배를 인도해 주시면 더 좋고요. 제 아이에게 유아 세례도 부탁드리고 싶습니다."

세례는 기독교라는 종교를 받아들이는 첫 의식이었고 기독교인과 비기독교인을 가르는 경계였다. 한 생명을 구원한다는 의미의 세례의식을 거부한다면, 기독교를 거부한다는 말과 같았다. 예배에 동참하라고 권하는 것처럼 등대관리원은 말했지만, 실제로는 현우에게 다시 목사가 되라는 요구였다. 아이에게 세례를 베풀어 달라는 요청은 엄청난 압박이었다. 세례는 오로지 목회자만 집전할 수 있기 때문이다.

기독교 교회는 오래전부터 의식의 내용보다 형식, 의미보다 이미 굳어진 절차와 순서를 중시하는 종교가 되었다. 연속하는 의식 중 하나라도 빠뜨리거나 순서가 바뀌면 전체 의식이 무의미할 정도였다. 새로 섬에 들어온 주민들은 목사가 인도하는 예배를 드림으로 그들이 경험했던 바깥세상의 질서 하나를 다시 등대섬 안에 세우겠다는 계획이었다.

"굳이 제가 다시 나설 일은 아닙니다."

그 말이 떨어지자 마당의 공기가 달라졌다. 젊은 부인의 얼굴이 유난히 더 굳어졌고, 몇몇 사람은 적의를 띠고 고개를 저었다.

등대관리원이 다시 나섰다.

"그럼 저희끼리 시작하겠습니다. 대신 이것만은 알아 두셔야 합니다. 목사님만 빼고, 여기 모든 사람들이 함께 교회를 다시 열기로 결정했습니다."

"그러세요. 제가 이래라저래라 할 일은 아니지요."

아마 섬에 들어오기 전에는 불교를 믿었다던 장 씨, 아무런 종교가 없다던 한 씨까지 모두 기독교인이 되기로 작정했다는 말이었다.

현우의 말은 짧았고 더 이어지지 않았다. 등대관리원은 잠시 숨을 고르더니 독한 말을 거칠게 내뱉었다.

"우리는 등대섬이 왜 무너졌는지 이제 확실하게 깨달았습니다. 그건, 아저씨가 전능하시고 자애로우신 하나님을 떠나 배교했기 때문입니다. 우리 중에는 아저씨가 배교자를 넘어, 어쩌면 적그리스도일지 모른다고 말하는 사람까지 있습니다. 자기 손으로 교회 문을 닫은 사람을 달리 무어라 부르겠어요?"

"맞아."

대구에서 왔다는 사내가 맞장구를 쳤다. 등대관리원은 선심을 쓰는 말을 덧붙였다.

"언제든 잘못을 뉘우치고 돌아오면, 우리는 아저씨를 형제로 영접하겠습니다."

그들은 우르르 마당을 빠져나갔다. 어떤 사람은 관리원의 어깨를 툭툭 치며 수고했다 칭찬했고, 젊은 부인 등에 업힌 아기는 여전히 버둥거리며 울었다.

현우는 이미 오래전부터 깨닫고 있었다. 기독교라는 종교는 함께 공동체 생활을 하다가 떠난 사람들을 배반자라 부르고 가차 없이 내친다는 것을. 자기들 공동체의 공동고백과 조금만 달라도 '같은 하늘

아래 절대로 살아갈 수 없는 적'으로 삼는다. 뉘우치고 돌아오라는 말은 기독교라는 큰 틀로 들어오라는 열린 초대가 아니었다. 자기들이 설정한 방식으로 자기들이 고백하는 공동체로 돌아오라는 말, 어찌 보면 조건 없이 항복하라는 요구였다.

'왜 저들은 새로운 곳을 찾아 떠나려 하지 않고, 떠나온 과거 어느 때 어느 곳으로 되돌아가려고만 하는가.'

현우는 홀로 남겨졌다. 서로 달라도 함께 살아갈 수 있던 등대섬에서 다르기 때문에 함께 살 수 없는 사람으로 밀려나는 형편이 되었다. 옛 등대섬 어른들은 여기 말고는 세상천지 어디 다른 곳에 갈 곳이 없는 사람들이라 서로를 품고 살았다. 스스로 기회를 찾아 들어온 새 주민들은 지킬 것이 있어서 그런지 벽을 쌓는 일부터 시작했다.

'적그리스도.'

그것은 기독교 내부자였던 현우가 외부자보다 더 위험하다는 판정이었다. 독이 약이 된다는 파르마콘(Pharmakon)의 역설을 전혀 이해하지 못하는 기독교였다. 면역이란 병원체를 몸의 일부로 받아들여 나를 해치지 못할 정도로 순화하는 현상이다. 병원체를 완전히 멸절한 후 다시는 공격받지 않도록 청정 무균실에서 살겠다고 작정하지 않는다면, 모든 생명은 병원체와 함께 살아가는 전략을 선택할 수밖에 없을 것이다. 기독교 교리로는 절대 받아들일 수 없는 일이었다.

'서로 다름에도 함께 살아가는 일이 이토록 어려운 일인가.'

신과 절대 이성이 결합된 서구 기독교 문화권과 달리, 동양에는 모든 생명이 서로 다름을 인정하며 공존해 온 오랜 생활 문화가 있었다. 하지만 이제 서양의 물질문명과 결합한 기독교는 등대섬에서도 다시 주인 노릇을 하겠다고 팔을 걷어붙이고 나섰다. 커다란 문패를 달겠다고 쾅쾅 못을 박는 단호한 얼굴, 등대교회 목사였던 현우이기에 더 또렷이 볼 수 있었다.

거슬러 올라가 닿을 수 있는 시간의 끝, 거기에는 현우가 기억하는 어른들의 얼굴만 있었다.

'그분들만 이 섬에 살았을까.'

오래전부터 세상에서 밀려난 사람들이 찾아든 섬이었을 것이다. 묻지 않고 받아들이는 약속은 등대섬이라는 이름이 붙기 훨씬 전부터 이어져 내려왔는지 모른다. 누군가 남아 다음 사람에게 건네고, 또 다음 사람에게 건네며.

현우는 이제 등대섬에서 아무 의미 없는 사람으로 떨려 난 것 같았다. 등대섬이 어떤 곳이었는지 알지 못하는 사람들, 밖에서 살던 익숙한 삶의 방식과 의식을 섬으로 끌고 들어온 사람들 때문이었다.

십자가가 달려 있는 교회가 여전히 언덕 위에 서 있고, 등대는 밤바다를 비추고 있으니, 스스로 세상의 등대가 되겠다고 다짐하는 일도 그들에게는 자연스러웠을 것이다.

*

그날 저녁, 현우는 혼자 등대언덕에 올라갔다. 교회 마당 끝 벤치에 앉아 오래오래 밤바다를 바라보았다. 바람이, 파도 소리가, 섬을 떠났다가 돌아온 지난날의 기억이 순서 없이 뒤섞여 천천히 가파른 섬 비탈을 올라오며 말을 걸었다.

현우가 늘 어디론가 떠나는 꿈을 꾸던 자리였다. 먼 길 떠돌며 헤매다가 정신을 차리면 언제나 그 나무 벤치에 앉아 있었다.

까끌까끌 일어선 나뭇결을 손으로 뜯어내며 한참 앉아 있다가 몸을 돌렸다. 마당 저쪽, 어둠 속에 허옇게 서 있는 교회를 바라보는 일이 부담스러웠다.

'교회 문을 닫은 사람.'

하얀 가운을 입고 일요일마다 강대상 앞에 다시 서면 유지될 수 있는 교회일까? 돌이키면 다시 목사가 되는 걸까? 십자가 앞에 오래 엎드려 그분의 목소리를 들으려 했던 시간들이 스쳐 지나갔다.

"네 길을 가라!"

정말 그분의 음성이었는지 이제는 자신이 없다. 어쩌면 끝없이 흔들어 대던 자신의 목소리였는지 모를 일이었다.

'길'.

그 말이 현우를 여기까지 끌고 왔다. 그가 떠났다가 돌아왔듯 사람은 걸어간 길로 결국 돌아온다. 길은 사람과 사람, 마을과 마을을 연결하는 관계다.

"마음의 문을 닫아걸지 마라."

아버지인지 그분인지 알 수 없는 목소리가 슬그머니 말을 걸었다. 예배당 옆 살림방의 어둔 창문으로 밤새 불을 켜 놓고 글을 쓰던 시간이 그를 내다보고 있었다.

그리움과 체념이 가득 들어차 있을 그 방을 다시 들여다볼 용기는 없었다. 현우는 스스로 물러난 사람, 벗어난 목사였다.

내일이면 등대교회 예배당에는 다시 사람들이 모여들고 예배를 드릴 것이다. 진리가 형식으로만 반복될 때, 그것을 무엇이라 불러야 할까.

"어쩌면, 연극만도 못한 일이겠지."

현우는 낮게 한숨을 내쉬었다. 기독교라는 제도종교는 처음부터 가르침과 제의가 뒤섞인 채 시작됐다.

'예수의 가르침을 집어삼킨 제의(祭儀, Cult)의 그리스도.'

왜 하느님이 등대섬에서는 하실 일이 없는지 아버지가 했던 말을 이제는 알 것 같았다. 섬사람들에게 중요한 것은 어떤 존재를 섬기는 일이 아니라 옆에 있는 사람과 함께 살고 서로에게 빛이 되어 주는 일이었다.

'어쩌면 섬사람들이 등대마을을 이루려 할 때마다 발목을 붙잡은 억지의 힘, 카테콘(Katechon)이 바로 교회였구나!'

현우 역시 한때 그 힘의 일부였다. 새로 들어온 주민들에게 교회에 참여하지 않겠다고 말한 지금까지도 그는 여전히 목사라는 멍에를 지고 있었다.

등댓불은 일정한 간격으로 하늘을 돌아 다시 남쪽 바다를 비추었다. 아버지와 나란히 등대언덕에 앉아 하염없이 밤바다를 내려다보던 일을 생각했다. 그때나 지금이나 언덕을 불어 올라오는 바람 소리는 계곡을 흐르는 물소리 같다. 바다 소리와 바람 소리는 때로 묘하게 어울려 무엇으로도 설명할 수 없는 말을 소곤거리며 시간 위로 현우를 끌고 다녔다. 그러더니 깊고 낮고 굵고 부드러운 소리를 내는 시간 줄을 툭 건드렸는지 아버지의 목소리가 바람 속에서 들렸다.

"얘야, 바다가 참 멀지?"

아버지는 넓다고 하지 않고 멀다고 말했다. 먼 것과 넓은 것이 같은 말이었을까? 넓고 먼 바다를 바라보면서 아버지는 무척 외로웠음이 분명했다. 다 자란 아들과 언젠가 나란히 앉아 얘기를 나눌 날을 기다렸는지도 모를 일이다.

오늘이 그날인가.

등대 불빛을 바라보는 사이, 현우는 섬이 남쪽 바다를 헤쳐 나가는 듯한 착각에 빠졌다. 파도를 가르며 섬은 앞으로 나아가고 등대는 점점 등 뒤로 물러났다. 등대와 분리된다면 이 섬을 무슨 이름으로 불러야 할까.

'이러다가 등대 불빛이 닿는 끝까지 흘러가겠네!'

등대섬 남쪽에는 끝없는 바다와 파도만 보이고, 북쪽에는 작은 섬들이 아스라이 떠 있다. 바라보는 방향에 따라 바다는 전혀 다른 모습으로 다가온다. 점처럼 떠 있는 섬들을 보고 있으면 더 서럽다. 오지 않는 사람을 기다리는 마음보다, 결국 떠나야 할 운명이 먼저 그림자처럼 드리웠다.

어쩐지 모든 것이 낯설게 느껴졌다.

이제 이 섬은 그가 알던 등대섬이 아니었다. 교회가 다시 세워지는 순간, 등대마을은 등대섬 마을로 돌아갈 것이고, 그는 다시 떠나야 할지도 모른다.

"떠날 때 떠나더라도 저 혼자일망정 오래오래 버텨 볼게요. 누군가는 지금도 기억으로 살아 있는 어른들의 이야기를 전해 주어야 할 테니까요."

예전 같으면 바닷바람에 댕그랑댕그랑 울려 퍼졌을 종소리가 들리지 않았다.

현우가 풀어 놓은 종 줄을 등대관리원이 다시 단단히 묶어 놓은 것 같았다. 하기야 아무리 기독교인이라고 해도 시도 때도 없이 울려대는 종소리를 어찌 견딜 수 있단 말인가? 하느님도 정해진 날, 정해진 장소, 정해진 방식으로 만나고 헤어질 수 있어야 사람이 안심하고 살 수 있지 않겠는가?

현우는 예배당 문을 열고 들어가 벽에 묶인 종 줄을 더듬더듬 풀었다. 캄캄한 예배당 안을 잠시 들여다보다가 그냥 문을 꾹꾹 눌러 닫고 나왔다.

벤치에 앉았을 때 마침 바람이 비탈을 타고 불어 올랐다. 종소리가 들렸다.

댕댕. 짧은 바람에 흔들리는 소리. 댕그르르르렁. 긴 바람이 종을 흔들 때 나는 소리. 댕댕 댕그르르.

급하게, 느리게. 종소리는 언덕을 흘러 마을로 내려갔다.

'아, 어른들은 그렇게 살았지…'

예전 등대섬 어른들을 닮은 소리였다.

사람의 손을 타지 않고, 제멋대로 울리는 소리. 바람이 흐르는 대로 스스로 울리는 소리. 집집마다 기웃거리며 마당에 서서 숨결을 헤아리는 분의 마음이 된다.

파도 소리와 바람 소리, 제멋대로 울리는 종소리는 귀 열린 사람만 듣는 그분의 음성일 것이다.

웬일인지 종소리에 메아리가 따라붙었다.

바다가 종소리를 섬 안에 붙잡아 두었음이 분명했다. 천지 사방으로 흩어지지 않도록, 섬 안에 모여서 사람들 숨결과 맞추도록 조율한 종소리였다. 푸르스름한 바다 안개가 원통처럼 섬을 둘러싼 채 넘실대는 파도를 막아 내고 있었다.

"내가 너희를 여기에 가뒀다고? 나는 한 번도 그런 적 없다. 다 너희들 생각일 뿐."

그때 갑자기 등대관리원 아내의 겁먹은 표정과 자지러지게 울던 젖먹이 아기, 초라한 가방 하나 들고 등대섬 선착장에 내려 망연히 서 있던 젊은이 얼굴이 떠올랐다.

"현우야, 네가 누구를 미워할 수 있느냐? 저들을 놔두고 또 혼자 떠날 수 있겠느냐?"

아버지는, 그분은, 등댓불은 마치 처음부터 한 분이었던 것처럼 마을 위를 획획 훑고 지나갔다.

새로 섬에 들어온 사람들에게도 뒤로하고 떠나온 과거가 있을 것이다. 그들 역시 가슴 깊은 곳에 저마다 작은 항아리를 품고 이 섬에 들어왔을 것이다. 자기들 절박함에 눈 감는 목사, 그래서 그들은 현우를 적그리스도라고 불렀을지도 모른다.

현우는 길게 한숨을 쉬었다.

딸깍딸깍, 자꾸 돌을 떠들고 고개를 내밀려고 애쓰던 어떤 생각의 얼굴을 드디어 본 것 같았다.

'어릴 적 너를 찾아가서 위로하고 끌어안아 주면 안 되겠니?'

눈물이 핑 돌았다.

어린 현우, 늘 고개를 푹 숙이고 땅만 보며 걷던 아이가 슬쩍 그에게 말을 걸었다. 참고 참았던 말인 것 같았다.

"내가 그때 너에게 넘겨준 일을 어찌 생각하는지 이제 얘기해 주었으면…."

과거가 현재에게 말을 걸었다. 섬에서 살다 숨을 거둔 어른들의 모습도 보였다. 현우는 미소를 띠며 어린 현우에게 고개를 끄덕이며 대답했다.

"그게 시작일 수 있어."

현우는 생각했다.

'과거의 나를 찾아가 만나 끌어안고 위로하자. 그때 내가 겪었던 아픔과 슬픔과 외로움을 위로해 주자. 기억이 그대로 남아 더 이상 나를 갉아먹지 못하도록…. 나를 위로하고 감싸안을 수 있으면, 다른 모든 사람에게 똑같이 할 수 있게 될 테니….'

어린 현우 눈에 눈물이 가득 고인 것을 보았다. 그 아이는 고마운 눈으로 현우를 바라보더니 저쪽으로 슬그머니 물러났다.

등대 불빛이 더 이상 너무 밝거나 날카롭지 않았다.

외로움까지도 다 이해하고 받아들인다는 듯 부드러워졌다. 현우의 마음도 어느덧 가라앉았다.

"저기요!"

현우는 깜짝 놀라 뒤를 돌아보았다. 몇 걸음 뒤에 젊은이가 서 있었다. 젊은 날의 아버지도 저러했으리라 느꼈던 사람이다. 언제부터 그 자리에 서 있었을까. 등대섬에 아직도 등 뒤에서 가만히 지켜보는 사람이 있다는 사실에 가슴이 저릿했다.

자기도 모르게 숨을 깊이 들이마셨다. 오래전 겪은 일을 다시 마주한 듯했다. 까마득하게 먼 옛날과 가 닿을 수 없으리라 여겼던 미래가 등대언덕에서 서로를 마주 보는 순간 같았다.

"선생님이 예배당 안을 들여다보실 때 저는 기도하고 있었습니다."

캄캄한 예배당 바닥에 엎드려 혼자 기도하던 사람. 그 마음을 알 것 같았다. 아버지도, 삼촌이라고 부르던 남 집사도, 젊은 날의 현우도 그러하지 않았던가.

"여기 와서 앉아요."

현우는 벤치 한쪽에 자리를 내주었다. 젊은이는 바다를 바라보며 그와 나란히 앉았다. 등대섬에서 누군가가 옆자리에 앉아 있다는 것만으로도 고마웠다. 아버지가 아들과 앉아 이야기 나누던 그 벤치에, 이제는 현우와 젊은이가 함께 앉았다.

"선생님 뒷모습을 한참 바라봤어요. 참 쓸쓸해 보이셨어요."

예배당에 엎드린 젊은이를 현우는 알아보지 못했지만, 젊은이는 어둠 속에 혼자 앉은 사람을 지켜보았다.

등대 불빛이 먼 남쪽 바다까지 훑고, 마을 하늘을 스치며 지나가지만, 정작 등대 아래는 가장 어둡다. 그 어둠은 두렵기도 하지만, 때로는 슬픔을 감춰 주기도 한다.

"이제는 목사님이 아니라고 하시니… 선생님은 왜 이 섬에 혼자 사셨어요? 너무 궁금해서요, 등대관리원 말로는 처음부터 선생님 혼자 계셨다던데요."

"혼자가 아니에요. 어른들 모두 다 그냥 사셔요. 차곡차곡 쌓아 두었던 것 여기 다 내려놓고…."

"아하!"

젊은이는 고개를 끄덕였다.

그들만 사는 섬이 아니라, 어른들도 함께 살고 있다는 말을 알아들었을까. 어둠 속에 녹아들어 있는 외로움을 볼 줄 아는 사람이라면, 그 뜻을 알아차렸을 것이다.

"여기 등대섬은, 옛날로 치면, 소도(蘇塗) 같은 곳이지요. 등대섬이라는 이름이 붙기 전부터 그랬을 거예요."

"소도…. 아, 소도."

"등대가 세워지자 사람들은 그걸 솟대로 삼았겠지요. 교회가 들어오기 훨씬 전부터."

젊은이는 한동안 말이 없었다. 그의 숨소리가 가깝게 들렸다. 마치 자신의 호흡을 현우의 숨소리에 맞추는 듯했다. 이윽고 조심스럽게 입을 열었다.

"교회가 별로 할 일이 없는 곳이, 바로 여기 등대섬이라는 말처럼 들리네요!"

'아!'

현우는 다시 숨을 크게 내쉬었다.

등대와 솟대가 무엇이 같고 다른지 더 따질 필요는 없었다. 외딴섬과 소도를 연결해 설명할 이유도 없었다. 이미 아버지가 걸었던 길을 걷는 또 한 사람이 섬에 들어왔으니, 그것으로 등대섬은 다시 이어진 길이 되기 시작했다.

'소도와 솟대를 알아듣는 사람이라면….'

현우는 젊은이의 어깨를 가만히 감싸안았다. 그는 스스럼없이 몸을 기대어 왔다. 젊은 날의 아버지를 닮았다고 생각했던 그가, 어느새 어린 시절의 자신처럼 느껴졌다. 등탑 안에 갇혀 있던 어린 현우가 그를 찾아 내려와 옆에 앉은 듯했다.

머리 위를 찬찬히 훑고 지나가는 등대 불빛은 멀리와 가까이를 고루 비추고 있었다. 날카롭게 경계를 가르는 감시의 빛이 아니라, 외로운 사람을 품어 감춰주는 등대였다. 등대 불빛은 그곳에 새로운 세상이 이어지고 있다는 신호를 보내고 있었다.

(끝)

삶으로 살아내는 예수를 찾아서

장동석(문학평론가)

섬에게 바다는 필연이자 숙명이다. 바다에게도 섬은 마찬가지일 터. 바다가 있기에 섬이 거기 있고, 섬의 존재는 바다에게 망망대해를 견딜 수 있는 한 줌 위로와 같다. 서로가 서로에게 주는 작은 희망, 그것이 바다와 섬의 존재 의의다. 거대한 청새치와 사투를 벌인 노인 산티아고는 "희망을 버리는 것처럼 어리석은 일은 없어"라고 말했지만, 종종 바다와 섬이 그 자체로 희망의 이름인 것만은 아니었다. 특히 섬은, 그리고 그곳의 사람들에게는 더더욱 그럴 수밖에 없었다.

《등대섬》에서 바다는 등대섬 사람들에게 받아들이기 어려운 역설이다. 삶은 살아지는 것이 아니라 살아내는 것이다. 사방을 둘러봐도 바다만 보이는 섬을 삶의 터전으로 선택했다면, 자의든 타의든, 거기서 살아내야만 한다. 등대섬 사람들에게 바다는 "그저 받아들일 수밖에 없는 질서, 가둬 놓고도 보호한다고 내세우는 억지"를 부리는 그 무엇일 뿐이다. 하지만 보이는 것과는 다른 세상도 분명 존재한다.

메시아의 길, 혹은 사람 예수의 길

전작《소설 예수》에서 예수를 세상을 구원할 메시아가 아닌 '새로운 세상을 꿈꾸며 걸어간 사람'으로 구현했던 윤석철 작가는《등대섬》을 통해 '메시아의 길'을 따른 사람들과 '다른 사람보다 한발 앞서 걸어 간 사람 예수'의 삶을 전승(傳承)한 사람들의 엇갈린 길을 보여준다. 본래 두 길은 하나였으나, 시간의 흐름과 더불어 무수한 갈래로 나뉘 어 오늘에 이르렀다.

어쩌면 '길'은 모호함 그 자체였을 것이다. 인생이라는 길 앞에 명 확한 것도 정해진 것도 없으니 말이다. 그래서 루쉰은 한 단편소설에 서 길과 희망을 섞어 이렇게 이야기했는지도 모른다. "나는 생각했다. 희망은 본래 있다고 할 수도 없고, 없다고 할 수도 없다. 그것은 지상 의 길과 같다. 사실은, 원래 지상에는 길이 없었는데, 걸어 다니는 사 람이 많아지자 길이 된 것이다."

길은 많은 사람이 걷고서야 만들어진다. 그런 의미에서 생각해 보 면 '메시아의 길'을 따른 사람들은 우리 시대의 '성실한 기독교인'이 되었다. 박해를 견디며 초대 교회를 지켰던 신자들은, 예수의 얼굴이 그려진 성화를 밟지 않고 순교한 성인들은, 메시아의 길을 무던히 따 르며, 오늘의 신앙인들에게 깊은 감동을 준다. 메시아 예수처럼 살고 자 했던 사람들의 길이 어찌 아름답지 않을 수 있으랴.

문학도 그 아름다움을 찬양했다. 17세기 영문학을 대표하는 작가 이자 설교자였던 존 버니언은《천로역정》에서 메시아 예수의 고행을

몸소 실천하고자 했던 남자의 오롯한 신앙을 실감 나게 보여준다. 작품 속 남자의 역정(歷程)은 베드로 사도의 "만일 그리스도인으로 고난을 받으면 부끄러워하지 말고 도리어 그 이름으로 하나님께 영광을 돌리라"(베드로전서 4:16)는 가르침을 말 그대로 실천한 것이었다.

레프 톨스토이가 1881년 발표한 단편소설 〈사람은 무엇으로 사는가〉의 주인공 셰묜과 마트료나는 기독교 교리의 핵심인 사랑을 행동으로 옮긴 사람들이다. 가난하지만 벌거벗은 청년을 한겨울 찬 바람 속에 내버려둘 수 없어서 집으로 데려온 셰묜이나, 비록 투덜거릴망정 자신의 집에 들어선 청년에게 소박하지만 따뜻한 음식을 차려낸 마트료나나 '환대'의 정신이 무엇인지 체득하고 있었다. 일찍이 기독교의 하나님은 이렇게 말씀하셨다. "고아와 과부를 위하여 정의를 행하시며 나그네를 사랑하여 그에게 떡과 옷을 주시나니 너희는 나그네를 사랑하라. 전에 너희도 애굽 땅에서 나그네 되었음이니라"(신명기 10:18~19).

하지만 오늘에 이르러 메시아 예수를 따르는 길은 변질되었다. 교회는 이제 바리새인들의 길을 걷고 있다. 바리새인은 '분리된 사람, 구분된 사람'이었다. 율법을 준수하고, 그 가르침을 전하는 데 있어 그들만큼 열심인 사람들은 없었다. 신의 뜻에 합당한 삶을 살기 위해 그들은 고군분투했다. 하지만 예수는 그들을 일러 "회 칠한 무덤"이라고 했다. 율법만을 곧이곧대로 믿은 나머지, 그 속에 담긴 진리는 바라볼 마음이 없었기 때문이다. 율법은 한사코 '네 이웃을 사랑하라'고 말했음에도, 그들은 한 치의 오차도 없이 율법을 수행하는 일에만 관심을 가졌다.

바리새인들의 이야기는 그저 옛날이야기로만 치부할 수는 없다. 21세기에 이르러서도, 어떤 이들은 예배당 건물을 구약시대 제사를 지냈던 성전(聖殿)이라 부르곤 한다. 예수는 모든 속박을 파하려고 세상에 왔는데, 온갖 규정을 만들어 사람들의 삶을 속박하고 있다. 다시 말하자면, 성경의 문자주의를 강조하는 '기독교 근본주의'는 지금 더 위세가 등등하다. 번영신학에 취해 '나만 잘되면 그만'이라는 풍조가 팽배하다는 사실은 더 이상 화젯거리도 아니다. 사랑의 종교인 기독교가 언제부턴가 '혐오'의 발원지가 되었다. 타 종교에 대한 인내는 찾아볼 수 없고, 동성애나 낙태, 양심적 병역거부 등에 대해서도 타협이 없다. 최근에는 정치적 지향을 달리하는 사람들을 대놓고 '사탄'이라고 정죄한다.

문제는 이러한 현상이 기독교 신앙이 오랫동안 경계해 온 맘몬, 즉 돈에 대한 거침없는 욕망 때문이라는 점이다. 혐오와 차별의 뒤에는 언제나 돈이라는 존재가 도사리고 있다. 미국의 한 목사는 기독교가 그리스로 가서는 철학이 되었고, 로마에서는 제도가 되었으며, 유럽에서는 문화가 되었다고 말했다. 이어지는 문장에 가슴을 베일 수도 있다. "마침내 미국으로 왔을 때 교회는 기업이 되었다." 한국에서는 기업화된 교회가 혐오의 근원지가 되었다. 물론 수많은 교회가 본질을 향해 달음질하고 있겠지만, 세간에 비추인 교회 혹은 기독교의 모습은 돈과 중첩되곤 한다.

삶으로 살아내는 신앙

《등대섬》의 배경은 제목처럼 등대섬이다. 목포에서 한 시간 반 거리에 있는 큰섬, 거기서 작은 여객선으로 갈아타고 다시 두 시간을 달려야 닿을 수 있다. 등대가 세워지기 전에는 어떻게 불렸는지 아무도 모르지만, 그저 등대섬이라 부르는 곳에 작은 교회가 있다. 등대교회다. 등대가 먼저고 교회가 나중이었다. "서쪽 언덕 오래된 등대 옆에 햇살을 담뿍 받아 불그스레 물든 교회가 터울 많은 동생처럼 바짝 붙어 있다." 이 문장의 미묘함은 다시 언급하도록 하자. 등대섬도 한때는 100명도 넘는 주민이 살던 곳이었다.

하지만 시간의 흐름과 함께 섬은 점점 초라해져 갔다. 그곳에 부임했던 젊은 목사 현우는 '등대섬 어부 아들'이었다. 등대섬 어부였던 이민수 장로는 등대교회의 산파와도 같았다. 하지만 이 장로는 흔치 않게 깨인 사람이었다. 섬사람들을 전도하겠다며 들어온 목사에게 그는 이렇게 말했다. "죽은 사람이 다시 살아나 하늘에 올라갔다는 얘기도 이상하고 믿기 어려운데, 이것저것 조건마저 까다로우면 누가 교회에 나오겠어요? 그냥 예수 안 믿고 말지!"

그래서이겠지만, 등대교회는 섬사람들의 '삶의 중심'은 아니었으나 그럭저럭 그 존재감을 드러낼 수 있었다. 또한 등대섬 어부 아들 현우의 등대교회 부임은 어쩌면 바다와 섬의 관계처럼 필연이자 숙명이었을 것이다. 그는 등대섬을 바꿔보려고 했다. 기독교 신앙이 오롯하게 배어나는 등대섬을 만들고 싶었다. 스스로 목사의 틀 안에 자신을 가둔 셈이었다.

하지만 초등학교 친구 미숙은 현우에게 "목사 티 좀 그만 내"라면서 "이 섬에는 교회와 상관없는 사람들도 많잖아. 신학교에서 배운 말만 주절주절 늘어놓는 목사가 뭐 그리 대단한 존재라고"라며 타박했다. 근본주의적 성향을 지닌 남 집사는 이현우 목사의 설교에 기독교의 케리그마가 없다는 것을 지적하며 불만을 표했다.

이렇듯 등대섬 출신이지만 어려서부터 타지에 나가 자기만의 방식으로 삶을 살아낸 현우를 보며 섬사람들은, 친밀감과 함께 생경함을 느꼈다. 늘 경계인의 삶을 살아온 현우도 마찬가지였다. 그의 선택은 경계를 넘어서는 일, 즉 섬을 탈출하는 것이었다.

그는 등대섬과 등대교회를 위해 평생을 바친 아버지 이 장로를 생각하면 '훌쩍 떠나면 안 되는 사람'이었다. 하지만 섬사람들은 오히려 "현우의 마음을 다 헤아릴 수는 없었지만, 그래도 탈은 없기를 바랐다." 예수를 믿는 일과는 별개로 등대섬 사람들의 품은 그만큼 넓었다. 목사가 없어도 교인들은 주일마다 교회로 향했다. 현우가 떠난 자리, 교인들은 '다시는 종을 치지 않기'로 이심전심 마음을 모았다.

그리고 한 달, 다시 등대교회의 종이 세차게 울렸다. 현우가 예배당 바닥에 엎드려 있다는 소식에 교인들은 물론 마을 사람들까지 몰려들었다. 현우의 부복은 처절한 고뇌의 표현이었다. "내가 할 수 있는 일이 무엇인가? 등대교회 목사를 그만두면, 기독교에서 걸어 나오면, 나는 더 이상 살아갈 이유가 없는 사람인가?"

현우의 발길이 다시 등대섬으로 향한 것은 경전이 말하는 믿음이 아니라 신앙을 삶으로 살아내기 위한 마지막 선택이었다. 등대섬은 말하자면, 기독교 없이도 기독교적 가치, 즉 환대하는 삶을 살아내고 있는 신앙의 동산인 것을 그제야 깨달은 것이다. 그가 몸담았던 "기독교에서는 그렇다고 말하겠지만, 등대섬은 그렇지 않은 곳이었다. 세상 끝이라지만 교회가 아니라도, 기독교라는 종교가 아니라도 어떻게 함께 살아갈지 터득한 사람들이 모여 사는 곳이었다."

침묵하지 않고 함께하는 신

등대섬에서 현우는 설교, 즉 말로써 종교가 추구하는 세계를 구현하고자 했지만, 등대섬 사람들은 이미 삶으로 그 세계를 살아내고 있었다. 현우의 아버지 이민수 장로는 애초부터 그것을 명징하게 알고 있었다. 이 장로는 벌써 오래전 어린 현우에게 "등대섬에는 굳이 하느님이 직접 나서서 하실 일은 없어"라고 알 듯 말 듯한 이야기를 했었다.

그의 말은 종교 혹은 교회가 필요 없다는 말이 아니라, 등대교회가 등대 옆에 동생처럼 자리 잡기 전에 이미 사람들은 서로의 필요를 나누는 공동체를 살아내고 있었다는 의미다. 등대섬 사람들은 "살아오던 대로 살면서 교회라는 이웃 하나 새로 받아들인 것"이었다. 온 세계에 편만한 신이라면, 교회가 없던 때도 그곳에 임재(臨在)했으리라.

현우가 한 달 만에 등대섬에 다시 발을 디뎠을 때, 그는 목사가 아닌 등대섬 사람 중 하나였다. 그곳에서 힘없는 노인들을 돕고, 아버지 없는 소년의 아버지 역할을 하면서 신의 현현(顯現)을 등대섬 사람들과 함께 체험하였다.

작가의 말이 저릿하다.

"그들은 꿈이나 소망이 아니라, 납작해진 삶 자체에 대한 서로의 연민으로 이어져 있었다. 서로에게 선물이 되려 애썼고, 끝없이 서로에게 빚진 자처럼 살았다. 그것은 삶의 어떤 방식이 아니라 삶 자체였다."

등대 그리고 교회

등대섬 사람들은 교회를 이웃으로 받아들였고, 스스로 교회가 되어 갔다. 이즈음에서 앞서 언급했던 문장의 의미를 되짚어 보자. "서쪽 언덕 오래된 등대 옆에 햇살을 담뿍 받아 불그스레 물든 교회가 터울 많은 동생처럼 바짝 붙어 있다." 등대섬 사람들은 신앙의 유무와 상관없이 천변만화(千變萬化)하는 바다를 향해 늘 일정한 빛을 내보내며 좌표를 알려준 곳을 터전 삼아 살아왔다. 등대교회는 세상을 향해 빛을 내비치는 등대 옆에서, 등대섬 사람들에게 작은 빛을 비추는 곳이었다. 삶이 있고 교회가 있는 것이지, 교회가 먼저 있고 삶이 있는 것이 아니다. 한 종교를 신앙하는 사람이기에 앞서, 우리 모두는 삶이라는 신비를 살아내야만 하는 존재들이다. 교회 안에서만 제자가 되는 것이 아니라 삶이라는 현장에서 신앙인이자 제자가 되어야 한다.

등대섬 사람들은 2,000년도 더 전에 세상에 온 예수의 가르침, 즉 환대하는 정신과 서로 사랑하는 마음을 자기들만의 방식으로 실천하며 제자도(弟子道)를 그려내고 있었다. 그런 점에서 본다면, 등대섬 사람들은 메시아의 길을 따르면서도 예수의 길을 걸어갔다. 이들이 교회가 아니면 누가 교회이겠는가.

교회만을 고집하는 신앙과 삶으로 살아내는 신앙의 극명한 대비는 《등대섬》 말미에 잘 드러난다. 그 구체적 결말을 이 글에서 세세히 드러내지는 않으려 한다. 물론 교회를 고집하는 신앙을 탓할 수는 없다. 교회는 오랜 세월 기독교가 추구한, 예수의 몸이자 신앙인들의 지향이기 때문이다. 전통이라는 것이 무조건 배척받아서는 안 된다. 우리 시대의 신앙인들은 전통에 의지하면서도 저마다의 방식으로 신을 따르고 있다. 다만 저마다의 방식이 교조적 신앙으로, 혹은 변질된 형태로 세상에 비칠까 염려될 뿐이다. 《등대섬》은 기독교를 넘어 우리 시대의 종교가 바라봐야 하는, 하나의 길을 제시한다. 《등대섬》은 제대로 신앙하며 살고자 하는 사람들의 모습은 어떠한지, 아울러 '나는 침묵하고 있었던 게 아니다. 함께 고통을 나누고 있었을 뿐'이라고 했던 신이 그들의 삶에 어떤 자취를 남겼는지 보여주는 증거를 제시하고 있다.

윤석철 작가를 편들 수밖에 없겠다. 한발 앞서 걸어갔던 예수의 삶은 오늘 우리 시대에 어떻게 구현될 수 있을지, 《소설 예수》와 《등대섬》을 함께 읽노라면 그 하나의 해답, 아니 길을 찾을 수 있겠다.

"나를 십자가에서 내려 달라"
구원의 메시아가 아닌 인간 예수의 초상

소설 예수

윤석철 대하장편

" 나는 메시아가 아니오!
…
누군가를 꼭 메시아로
부르고 싶다면 여러분 모두
메시아입니다. 혼자 세상을
바꾸는 메시아는 없습니다.
오래 기다린 메시아 한
사람이 아니라, 수백, 수천,
수만 명의 메시아가 세상에
나올 때가 되었습니다. "

예수를 구원의 메시아로만 바라보는 오래된 통념에서 벗어나, 가장 낮은 곳에 있는 이들까지 속박에서 벗어나 자유롭게 살아가는 세상을 꿈꾸었던 예수의 삶을 대하장편 《소설 예수》(전 7권)를 통해 만난다.

가난한 목수의 아들 예수가 로마제국의 지배와 예루살렘 성전 권력의 음모에 맞서 새로운 세상을 향해 나아간 여정을 담았다. 이 작품이 그려내는 예수는 '그리스도'로 불리기 이전의, 불완전하기에 더 인간적인 모습을 지닌 한 사람 예수의 초상이다.

소설 예수(전 7권)
제1권 운명의 고리·564면·14,800원
제2권 세상의 배꼽·604면·15,800원
제3권 새로운 약속·456면·14,800원

제4권 닫힌 문·476면·14,800원
제5권 하느님이 떠난 성전·440면·14,800원
제6권 땅으로 내려온 하늘·472면·14,800원
제7권 문이 열리다·468면·14,800원

나남
nanam

나남출판 원고지